U0892776

读客

读客外国小说文库

熊猫君激发个人成长

幽灵舰队

[美] 约翰·斯卡尔齐 著

姚向辉 译

江苏凤凰文艺出版社
JIANGSU PHOENIX LITERATURE AND ART PUBLISHING, LTD

THE GHOST BRIGADES

JOHN SCALZI

献给莎拉·佐尔，为了友情及一切。

献给克里斯蒂和雅典娜，为了耐心和爱。

目　录

第一部

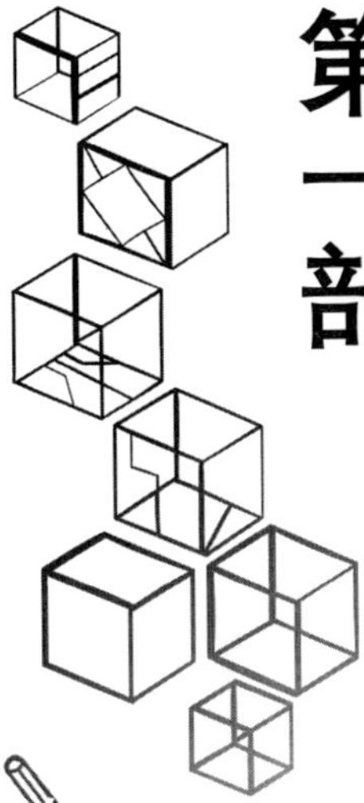

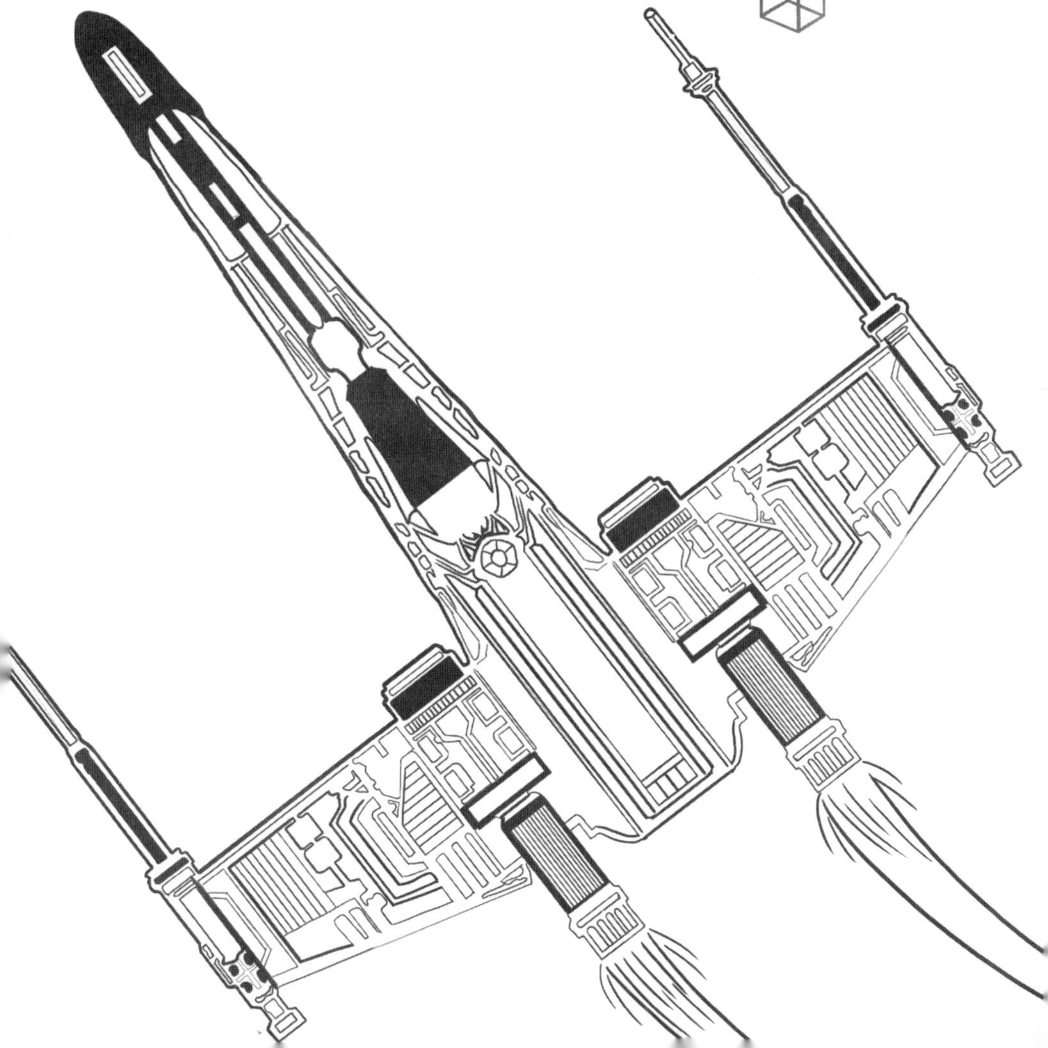

1

谁也没注意到那块岩石。

原因非常简单，那块岩石毫无特色，混在数百万的岩石和冰块之中，飘浮在某个已经没有了彗星的空轨道上，再怎么看都只是那颗彗星的一片残骸。这块岩石比有些碎片小，比有些碎片大，但就分布标度而言，没有任何特征能将它与其他碎片区分开。尽管可能性小得可怜，但就算行星防御网络探测到了这块岩石，粗略检查也只会显示出它的成分是硅酸盐和些许金属矿物。言下之意，一块岩石，尺寸远没有大到能造成任何实质性的损害。

不过对于恰好拦住这块岩石及其数千兄弟去路的这颗行星来说，这只是个学术假设而已，因为它并不拥有行星防御网络，倒是毫无例外地有个引力势阱。那块岩石和许多同胞就这么掉了进去——它们将形成一场流星雨，这颗行星每公转一圈与彗星轨道相交一次，每次都会有许多岩石和冰块化为灰烬。岩石与空气摩擦产生过多热量，细小的彗星碎片在大气层中燃烧，可惜没有智慧生物站在这颗苦寒行星的表面，否则一抬头就能看见美丽的满天火雨。

绝大多数新产生的流星将在大气层中气化；它们凹凸不平的固态表面在炽热的坠落过程中，变成细小颗粒构成的漫长尾迹。这些细小颗粒悬浮在大气层中，以后会成为水滴的凝结核，被水滴的重量拖向地面，形成雨水（就这颗行星的自然条件而言，更有可能是雪花）。

但这块岩石的质量却占了上风。风压在石块上撕开发丝般的细缝，密度越来越大的大气层使得石块暴露出了结构上的缺陷和弱点，大气层继而发动猛烈的攻击。碎块剥落，火光一闪而逝，在空中燃尽。岩石穿越大气层走到旅途尽头，剩下的质量足以对行星表面造成冲击，狠狠砸在一片被狂风扫净了冰雪的石质平原上。

撞击气化了这块岩石和不大不小的一片平原，制造出同样不大不小的一个陨石坑。这片石质平原在行星表面之上和之下的绵延距离都颇为可观，撞击让平原像铃铛似的响了起来，但谐波比大多数已知智慧生物的听觉范围都低了几个八度。

大地颤抖。

行星表面之下的深处，终于有人注意到了那块石头。

“地震。”莎兰盯着监视器说。

几秒钟后，又是一阵颤动。

“地震。”莎兰说。

凯南隔着自己的监视器望向助手，问：“你打算震一次说一次？”

“想让你随时知道发生了什么。”莎兰说。

“好意我心领了，”凯南说，“但真的没必要震一次说一次。我是科学家，明白大地抖动说明我们在经历地震。第一次宣布挺有用，但重复个五六次就单调了。”

又是一阵隆隆声。“地震，”莎兰说，“第七次了。另外，你不是地质构造学家。你擅长的领域虽然多，但地震不在其中。”尽管莎兰说话时还是老样子板着脸，但讽刺意味却不难察觉。

要是凯南没有在和这位助手睡觉，他说不定会被激怒；可惜事实相反，他只好逼着自己宽宏大量地笑了笑，说：“我怎么不记得你是构造地质学专家？”

“爱好而已。”莎兰答道。

凯南张嘴正要说话，地面忽然猛地扑向了他。他花了好一会儿才意识到不是地面突起扑向他，而是他突然被掀翻在地。此刻他四仰八叉地躺在地砖上，身边是原本摆在工作台上的半数物件，高脚凳倒在右手边一人远的地方，还在不停摇动。

他望向莎兰。莎兰总算从监视器上挪开视线，部分原因是监视器掉在地上撞碎了，散落在摔倒的莎兰身边。

“怎么回事？”凯南问。

“地震？”莎兰带着希望猜测道，实验室又开始剧烈抖动，吓得她尖叫起来。灯具和隔音板从天花板上掉落；凯南和莎兰挣扎着爬进工作台底下，他们蜷缩起身体，周围的一切都在向内坍塌。

震动不久停止。凯南借着还没熄灭的闪烁灯光环顾四周，发现整个实验室差不多都落在了地上，大半个天花板和部分墙壁也包括在内。实验室平时满是工人和凯南的其他助手，但今天只有他和莎兰半夜回来给测序工作收尾。团队人员都回基地兵营了，多半在睡觉——好吧，现在应该醒了。

通往实验室的走廊里回荡起凄厉的噪声。

“你听见了？”莎兰问。

凯南点头表示肯定。“战斗岗位的警笛。”

“我们被袭击了？”莎兰问，“还以为这个基地有护盾呢。”

“确实有，”凯南答道，“好吧，曾经有。至少应该有。”

“嗯，不得不说，护得不错。”莎兰说。

凯南终于被惹火了，怒道：“没有十全十美这回事，莎兰。”

“抱歉。”面对老板突如其来的怒火，莎兰连忙安抚他。凯南“哼”了一声，从工作台底下爬出来，走向一个倒下的储物柜。“过来帮帮我。”他对莎兰说。两人把储物柜转到凯南能推开柜门的角度，里面是一柄小型射弹枪和一个弹夹。

“从哪儿搞来的？”莎兰问。

“这是军事基地啊，莎兰，”凯南答道，“当然有武器。我有两把枪。这儿一把，军营一把。我觉得碰到这种局面也许会有用。”

“咱们又不是军人。”莎兰说。

“记得问袭击者咱们是不是军人有啥区别，”凯南把枪递给莎兰，“拿着。”

“别给我，”莎兰说，“我不会用。你拿着吧。”

“确定？”凯南问。

“确定，”莎兰说，“我拿着的结果多半是打中自己的腿。”

“好吧，”凯南说着把弹夹插进手枪，把枪揣进衣袋，“咱们去兵营。我们的人在那儿。要是出了事情，咱们应该和他们在一起。”莎兰没有出声，点头赞同，平时喜欢冷嘲热讽的个性荡然无存，她面色惨白，胆战心惊。凯南飞快地捏了捏她的胳膊。

“走吧，莎兰，”他说，“不会有事的。咱们先试着回兵营。”

两人穿行于走廊的瓦砾之间，忽然听见地下楼梯间的门隆隆滑开。凯南在尘埃和昏暗的光线中勉强辨认出两个硕大的人影走进门，他转身沿原路返回实验室，莎兰的想法和老板相同，但动作更快，已经跑到了实验室门口。离开这一层只能搭电梯，可电梯在楼梯间的另一头。他们被困住了。凯南边退边拍拍衣袋，他对枪械的经验并不比莎兰更丰富，很难相信自己能击中远处的一个目标，更别说两个了，而且两个恐怕都是训练有素的士兵。

“凯南主管。”一个人影说。

“什么？”凯南不由自主地答道，马上后悔这么轻易暴露了自己。

“凯南主管，”人影又说，“我们是来救你的。你在这儿不安全。”人影走到一簇光线下，变成了亚滕·兰特，基地的指挥官之一。凯南其实是根据证章和他甲壳上的家徽认出他的。亚滕·兰特是艾尼沙人，凯南不得不有点羞愧地承认，尽管在基地待了这么久，艾尼沙人在他看来还都是一模一样。

“谁在袭击我们？”凯南问，“他们是怎么找到基地的？”

“无法确定袭击者的身份和袭击原因。”亚滕·兰特答道。

挂在他脖子上的小型仪器将口器发出的咔嗒声翻译成凯南能听懂的话。亚滕·兰特不需要仪器就能听懂凯南说的话，但需要仪器与凯南交谈。“轰击来自行星轨道，目前只找到了敌方的登陆舰艇。”亚滕·兰特走向凯南，凯南尽量按捺住闪避的冲动。尽管他们在这里住了这么久，双方也保持着良好的工作关系，但接近这个巨型昆虫种族还是让他提心吊胆。“凯南主管，不能被他们发现你在这里。我们必须在基地被攻破前转移你。”

“好吧。”凯南说。他示意莎兰过来。

“她不行，”亚滕·兰特说，“只有你。”

凯南停下脚步，说：“她是我的助手，我需要她。”

又一次轰击震得基地颤动不已。凯南被摔在墙上，瘫倒在地。他注意到亚滕·兰特和另一名艾尼沙士兵都纹丝未动。

“主管，现在不是讨论这个问题的时候。”亚滕·兰特说。翻译器的单调语气给这句话增添了挖苦的味道。

凯南还想争辩，但莎兰轻轻抓住他的手臂。“凯南，他说得对，”她说，“你必须离开。我们不能继续待在这里，尤其是你，如果你被发现，那就是一场灾难。”

“我不能撇下你啊。”凯南说。

“凯南，”莎兰指着漠然旁观的亚滕·兰特说，“他是基地军衔最高的长官之一。我们正在遭受袭击。上头不会因为区区小事派他来找你。现在不是争论的时候。快走吧。我能找到办法回兵营。我们在这儿已经住了不少时间，对吧？所以我记得怎么回去。”

凯南盯着莎兰看了足足一分钟，指着亚滕·兰特背后的艾尼沙士兵说：“你，护送她回兵营。”

“我需要他在我身边，主管。”亚滕·兰特说。

“你一个人就能搞定我，”凯南说，“要是他不护送她，那就我自己去。”

亚滕·兰特遮住翻译器，示意士兵过来，他们凑得很近，咔嗒咔嗒地小声交谈——其实没有必要，因为凯南完全不懂艾尼沙语。两人随即分开，士兵走过去站在莎兰身边。

“他会带她回兵营，”亚滕·兰特说，“你别再提要求了。我们已经浪费了太多时间。快跟我走，主管。”他伸出手，抓住凯南的胳膊，拉着他走向楼梯间的连通门。凯南扭头张望，看见莎兰害怕地抬头打量巨大的艾尼沙士兵。亚滕·兰特把他推进门，助手爱人最后的身影消失了。

“很痛啊。”凯南说。

“安静。”亚滕·兰特说，推着凯南上了楼梯。他们开始向上爬，艾尼沙人短得惊人但非常灵巧的后附肢恰好配合上了凯南的步伐。“找你花的时间就够长了，劝你走又耽搁了这么久。你怎么不在营房里？”

“我们正在做一些收尾工作，”凯南说，“反正也没别的事情可做。现在去哪儿？”

“向上，”亚滕·兰特说，“去地下维修铁道。”

凯南停下脚步，回头看着亚滕·兰特，尽管落后了几级台阶，但亚滕·兰特还是几乎和他一般高。“那条铁道通往水耕农场。”凯南说。凯南、莎兰和团队的其他成员有时会去基地广阔的地下水耕农场欣赏绿叶——除非你格外喜欢体温过低的感觉，否则这颗行星的地表可不怎么招人喜欢。水耕农场是这儿最近似于大自然的地方。

“水耕农场是个天然洞窟，”亚滕·兰特推着凯南继续向前走，“底下是个封闭区域，有条地下河汇入地下湖。那儿隐藏着一个供你居住的小型生活舱。”

“你怎么没告诉过我？”凯南说。

“没想到有这个必要。”亚滕·兰特说。

“得游过去吗？”凯南问。

“有个小潜艇，”亚滕·兰特说，“即使对你来说也很狭小，已经按照生活舱的位置设置好了路线。”

“我要在那儿待多久？”

“最好一秒钟也别待，”亚滕·兰特说，“否则就会是很长一段时间。还有两段楼梯，主管。”

又爬了两段楼梯，两人停下脚步，凯南气喘吁吁，亚滕·兰特对着通信器咔嗒咔嗒说话。战斗的声音隔着石质地面和混凝土墙壁从几层楼之上传下来。“敌人已经攻到基地，但被我们暂时拦在了地面，”亚滕·兰特对凯南说，他放下通信器，“敌人还没有打到这一层。还是先让你安全藏好吧。请跟紧我，主管，别落下。听懂了吗？”

“听懂了。”凯南说。

“那就出发。”亚滕·兰特说。他收起颇为吓人的武器，打开门，大踏步走进走廊。亚滕·兰特继续前进，凯南注意到艾尼沙人的后附肢从甲壳内多伸出了一个关节。这个构造类似于弹簧，让艾尼沙人能在战斗时发挥出可怕的速度和敏捷性，凯南不由想起小时候见过的各种爬行昆虫。他按捺住反感和战栗，跑步跟上，奔向这层另一头的小地铁站，走廊里遍地瓦砾，他走得磕磕绊绊，怎么也快不起来。

凯南喘着粗气跑到小地铁站前，亚滕·兰特正在检查车头的控制系统，地铁的乘客车厢是敞篷的。亚滕·兰特已经松开了车头和车厢之间的连接装置，他说：“叫你跟紧我的。”

“咱俩中有个老人，再说我的腿也不会变成两倍长，”凯南指着车头说，“要我上去吗？”

“我们应该走路的。”亚滕·兰特说，凯南听得腿肚子已经开始抽筋了。“但我认为你跑不完整段路，而且就快没时间了。我们只能冒险开车，上去。”凯南满怀感激地爬进车头的乘客区——空间很大，因为是给两个艾尼沙人准备的。亚滕·兰特把小车头开到最高速度，大约两倍于艾尼沙人的跃步速度，在逼仄的隧道里快得令人很不舒服。接着，亚滕·兰特转过身，举起武器，在背后的隧道中寻找目标。

“基地如果被攻破，我该怎么办？”凯南问。

“你在生活舱里很安全。”亚滕·兰特说。

“对，但如果基地被攻破，谁来救我呢？”凯南问，“我总不能一辈子待在生活舱里吧？再说我也不知道怎么出去。无论生活舱准备得多么充分，给养迟早会耗尽。更别提空气了。”

“生活舱能分离出水中溶解的氧气，”亚滕·兰特说，“你不会窒息而死。”

“太棒了，但还有饿死的问题呢？”凯南说。

“地下湖有个出口——”亚滕·兰特只说到这里，车头就猛地一晃脱轨了。隧道坍塌的声音淹没了其他所有响动。凯南和亚滕·兰特感到脚下一顿，接着便飞离了车厢，跌进烟雾腾腾的无边黑暗。

不知过了多久，凯南发觉自己被亚滕·兰特戳醒了。“快醒来，主管。”亚滕·兰特说。

“我看不见。”凯南说。亚滕·兰特闻言打开武器上的照明灯。“谢谢。”凯南说。

“你还好吧？”亚滕·兰特问。

“我没事，”凯南说，“但只要可能，我希望今天别再摔在地上了。”亚滕·兰特咔嗒两声表示同意，转动光束，查看困住他们的崩塌落石。凯南爬起身，踩着碎石有点立足不稳。

亚滕·兰特把光束转回到凯南身上，说：“留在这里，主管，比较安全。”光束落向铁轨。“也许还有电流。”光束再次转开，照向新监狱的墙壁。不知出于偶然还是有人安排，轰击使得铁轨将凯南和亚滕·兰特围了起来，碎石垒成的墙壁上没有任何缺口。凯南心想这下子窒息成了真正的问题。亚滕·兰特继续勘察周界，不时试着对通信器说话，通信器似乎不工作了。凯南坐下，尽量不深呼吸。

过了一段时间，已经放弃勘察、关灯休息的亚滕·兰特忽然打开灯，把光束投向最接近基地的碎石墙壁。

“怎么啦？”凯南问。

“安静。”亚滕·兰特说着走近碎石墙壁，像是在听什么。几秒钟过后，凯南也听见了，有可能是说话声，但不是本星球的人，也不带善意。爆破声随即传来。碎石墙壁另一边的人决定要进来了。

亚滕·兰特快步从碎石墙壁走向凯南，举着武器，光束照得凯南什么也看不见。“非常抱歉，主管。”亚滕·兰特说，这时凯南意识到亚滕·兰特得到的安全护送命令恐怕到此为止了，他不假思索地一扭身，避开光束；原本射向身体中央的子弹打在胳膊上，带着他转了半圈，他再次摔在地上。凯南挣扎着跪起来，看见自己的影子投在面前，因为亚滕·兰特的光束落在了他背上。

“等一等，”凯南对着影子说，“别从背后开枪。我知道你必须这么做。但别从背后开枪。求你了。”

一阵沉默，其间点缀着爆破碎石的声响。“转过来，主管。”亚滕·兰特说。

凯南缓缓转身，膝盖碾着碎石，手放在上衣口袋里——口袋像是铸住了他的手。亚滕·兰特开始瞄准，不慌不忙地把枪口对准凯南的大脑。

“准备好了吗，主管？”亚滕·兰特说。

“好了。”凯南说完，在衣袋里把枪口对着光束，向着亚滕·兰特开火。

凯南的枪声正好和碎石墙壁另一侧的爆炸声同时响起。亚滕·兰特没有意识到自己被打中了，直到鲜血淌出甲壳上的伤口。光束下的凯南几乎看不清那道伤口，他只看见亚滕·兰特低头去看自己的伤口，盯着看了几秒钟，又抬头望向凯南，一脸困惑。这时候凯南已经掏出了衣袋里的枪，对着亚滕·兰特连开三枪，在艾尼沙人身上将弹夹打空。亚滕·兰特倚着前腿微微俯身，接着又向后移动了同等距离，各条腿以不同的角度张开，巨大的身躯落在地上。

“抱歉。”凯南对尸体说。

封闭空间内充满尘土，碎石墙壁终于被炸开，光线洒了进来，武器上带着照明灯的生物紧随其后。其中之一看见凯南，吼了一声，几束灯光突然集中在他身上。凯南丢下枪，举起没受伤的胳膊投降，从亚滕·兰特的尸体旁走开。要是入侵者决定给他开几个窟窿，为了保命而杀死亚滕·兰特就毫无意义了。一名入侵者穿过光束走向凯南，嘴里用它自己的语言嘟囔着什么，凯南终于看清了对方是什么种族。

他受过的外星生物学教育起了作用，帮他细数这个物种的表型特性。左右对称，两足，因此有手臂和腿的肢体区分；膝盖的弯曲方向与他不同；体形和正视图与他相差无几，这点不足为奇，因为无数所谓“智慧种族”都是左右对称的双足生物，而且体形和体重近乎相同。这正是宇宙这个角落的物种间屡有争端的原因之一：可用的土地那么少，有相同需求的物种却那么多。

那生物又朝他吼了一嗓子，凯南心想，这下看出区别来了，对方的躯干更宽阔，有扁平的腹部，骨架和肌肉总体而言很不灵巧。双脚如树桩，双手如木棍。性别差异明显（要是没记错，面前这个是雌性）。感觉器官低劣，只有两个小小的视觉和听觉输入口，不像凯南，绕头一周都是视觉和听觉带。头上是角蛋白细丝，而不是供散热的皮肤褶皱。凯南不是第一次想道，就身体而言，演化可没有特别优待这个种族。

演化只让他们更有侵略性，更加危险，而且他妈的很难从星球表面铲除干净。这确实是个大问题。

凯南面前的生物叽里咕噜地说着什么，掏出一个模样难看的短小物件。凯南直勾勾地盯着对方的视觉输入器官。

“操你妈的人类。”他说。

生物抡起手里的东西砸向凯南，凯南感到一阵天旋地转，各种颜色在眼前乱舞，他当天最后一次栽倒在地。

凯南被带进房间，桌前的人类说：“记得我是谁吗？”俘获凯南的人给了他一把椅子，适应他那（对人类而言）向反方向弯曲的膝盖。人类开口说话，桌上的扬声器放出翻译后的结果。桌上仅有的另一件东西是个注射器，装满了透明液体。

“你是打晕我的那个士兵。”凯南说。扬声器没有翻译他的话，说明士兵在什么地方还藏了一个翻译装置。

“说得对，”人类说，“我是简·萨根中尉，”她指指高脚凳，“请坐。”

凯南坐了下去。“没必要打晕我的，”他说，“我会心甘情愿跟你走。”

“我们有我们自己的理由要打晕你。”萨根说。她对凯南被亚滕·兰特打伤的胳膊打个手势，问：“胳膊怎么样了？”

“感觉挺好。”凯南说。

“我们没法完全修复它，”萨根说，“我们的医学技术能迅速治愈我们受的伤，但你是勒雷伊人，不是人类。我们的医疗方式并不特别奏效。不过我们已经尽力了。”

“谢谢。”凯南说。

“我猜打伤你的是我们发现和你在一起的艾尼沙人，”萨根说，“也就是被你打死的那位。”

“对。”凯南说。

“我很好奇，你们怎么会互相开枪？”萨根问。

“他要杀我，我不想死。”凯南说。

“这就引出了另一个问题，这位艾尼沙人为什么要杀你？”萨根说。

“我是他的囚犯，”凯南说，“估计他收到的命令是不能让我活着被俘，必要时就杀了我。”

“你是他的囚犯，”萨根重复道，“但你却有武器。”

“我找到的。”凯南说。

“真的？”萨根说，“这个艾尼沙基地的保安措施太糟糕了。不像他们的风格。”

“唉，人无完人嘛。”凯南说。

“我们在基地发现的其他勒雷伊人呢？”萨根问，“他们也是囚犯？”

“是啊。”凯南心头泛起对莎兰和团队其他成员的关切之情。

“你们都是怎么成为艾尼沙人的囚犯的？”萨根问。

“我们搭勒雷伊飞船去一个殖民地替换当地的医疗队，”凯南说，“艾尼沙人袭击了我们的飞船。他们登船俘虏了我们，把我们送到这里来。”

“多久以前的事情？”萨根问。

“有段时间了，”凯南答道，“我也不确定具体多久。这儿按照艾尼沙人的时间作息，我不熟悉他们的时间单位。另外，这颗行星有自己的自转周期，一天的时间很短，所以就更让人糊涂了。再说我也不懂人类的计时方法，所以我没法精确描述。”

“我们的情报机关没有过去一年内——也就是你们的三分之二个赫克德内——艾尼沙人袭击勒雷伊飞船的记录。”萨根说的赫克德是个勒雷伊词，指母星环绕其恒星一周所需的时间。

“也许贵情报机关没你想象的那么高明呗。”凯南说。

“有可能，”萨根答道，“不过，考虑到艾尼沙和勒雷伊从外交上说还处于交战状态，因此飞船遭袭肯定会引起注意才对。比这更小的纠葛都惹得双方打过仗。”

“我不知道的事情怎么告诉你？”凯南说，“我们被带下飞船，送进基地。基地外面在这段时间内发生了什么或者没发生什么，我知道的恐怕并不多。”

“你们被关押在基地里？”萨根问。

“是的。”凯南答道。

“我们搜查了整个基地，只找到一个很小的拘押区，”萨根说，“没有证据表明你们被关了起来。”

凯南以勒雷伊人的方式沮丧一笑。“如果你见过基地，那无疑也见过了这颗行星的表面，”他说，“如果有谁企图逃跑，走不了多远就会被冻死。再说能往哪儿逃呢？”

“你怎么知道？”萨根说。

“艾尼沙人说的，”凯南答道，“我的团队成员并不打算用远足验证这个论断。”

“那么你并不了解这颗星球喽？”萨根说。

“只知道有时候很冷，有时候非常冷，”凯南说，“我对这颗星球的了解仅限于此。”

“你是医生。”萨根说。

“我不明白这个词，”凯南指了指扬声器，“你的机器不够聪明，没找到我们语言里的对等词。”

“你是医学专家，你从事医疗活动。”萨根说。

“对，”凯南说，“我专门研究遗传学，所以我的团队和我才上了那艘飞船。我们的一个殖民地发生瘟疫，疾病影响的是基因定序和细胞分裂。上头派我们前去调查，希望能找到治疗手段。要是你们已经搜查过基地，就肯定见到了我们的设备。抓我们的艾尼沙人足够仁慈，给了我们地方搭建实验室。”

“他们为什么要这么做？”萨根问。

“也许认为让我们忙着研究我们的项目比较方便管理吧，”凯南说，“如果真是这样，倒是挺有效，因为我们尽责保守秘密，努力不惹麻烦。”

“但你偷武器是个例外。”萨根说。

“我得手有段时间了，显然没有引起怀疑。”凯南说。

“你使用的武器是为勒雷伊人设计的，”萨根说，“这是个艾尼沙军事基地，多奇怪啊。”

“肯定是他们登船时缴获的，”凯南说，“你要是去搜查基地，肯定还能找到很多勒雷伊人设计的其他物品。”

“我总结一下，”萨根说，“你和你的医疗小队在不确定的一段时间之前被艾尼沙人俘虏后带到这里来，你们被关押在这里，与自己人失去联系。你们不知道这是什么地方，也不知道艾尼沙人打算怎么对付你们。”

“正是如此，”凯南说，“除此之外，我认为他们不希望别人知道我在这里，因此基地遭受袭击后，一名艾尼沙人试图杀死我。”

“这倒是真的，”萨根说，“很抱歉，你比你们其他人运气更好。”

“我不明白你什么意思。”凯南说。

“我们只找到你这么一个活着的勒雷伊人，”萨根说，“其余的都被艾尼沙人枪杀了。大多数死在看似营房的地方。找到另一个的地方不远处估计就是你的实验室，因为那儿有很多勒雷伊科技的设备。”

凯南一阵难受，说：“你撒谎。”

“很遗憾，并没有。”萨根答道。

“是你们人类杀了他们。”凯南怒道。

“艾尼沙人既然试图杀你，”萨根说，“为什么不杀你们团队的其他成员？”

“我不相信你。”凯南说。

“我能理解，”萨根说，“但事实如此。”

凯南坐在那儿，哀悼逝去的同胞。萨根没有打扰他。

“好吧，”凯南最终开口，“说吧，你要我交代什么。”

“首先，凯南主管，”萨根说，“实话。”

凯南隔了几秒钟才意识到这是人类第一次对他直呼其名——还有头衔。他说：“我说的就是实话啊。”

“狗屁。”萨根说。

凯南再次指着扬声器说：“翻译不完整。”

“你是凯南·苏恩·苏主管，”萨根说，“你受过医学训练这一点倒是不假，两个主要研究领域分别是外星生物学和半有机神经网络防御系统，要我说，这两个研究领域能结合得很好。”

凯南一言不发。萨根继续道：“哪，凯南主管，我先介绍一下我们知道的情况。十五个月前，勒雷伊和艾尼沙还在打那场断断续续打了三十年的战争，我们当然很支持你们打仗，因为这样你们就不会来招惹我们了。”

“也不尽然，”凯南说，“别忘了珊瑚星战役。”

“啊，确实，”萨根说，“我参加了，险些送命。”

“我有个弟弟死在那儿，”凯南说，“最小的弟弟。你们说不定见过。”

“也许，”萨根说，“十五个月前，勒雷伊和艾尼沙还是敌人。接着忽然就不是了，具体为什么，我们的情报机关搞不清楚。”

“我们已经探讨过贵情报机关的短处了，”凯南说，“经常有种族停止交战。珊瑚星战役之后，我们和你们也不再打仗了。”

“你我停止打仗是因为我们击败了你们，你们撤退了，而我们开始重建珊瑚星，”萨根说，“这就是重点。我们有理由停止打仗，至少暂时休战，但你们和艾尼沙却没有原因。因此我们很担心。

“三个月前，我们在这颗行星上空的间谍卫星注意到一点，尽管这里据称无人定居，但忽然来了很多艾尼沙人和勒雷伊人的飞船。这颗行星既不归艾尼沙也不归勒雷伊所有，而是奥宾人的领土，事情就变得更有意思了。主管，你要知道，奥宾人不和其他种族混居，也足够强大，艾尼沙和勒雷伊都不敢贸然涉足他们的领土。

“于是我们在行星上空放置了一颗更先进的间谍卫星，寻找有人定居的迹象，但一无所获。身为一名防御专家，主管先生，能大胆猜测一下原因吗？”

“我猜是基地有护盾。”凯南说。

“确实如此，”萨根说，“而且事实证明，采用的就是你专门研究的那种防御系统。当然啦，我们当时并不清楚，但现在知道了。”

“基地如果有护盾，那怎么会被你们发现呢？”凯南问，“好奇而已，职业病。”

“扔石块。”萨根答道。

“什么？”

“石块，”萨根说，“一个月前，我们在行星表面撒了几十个地震探测器，设置用来分析返回的信号，确定地下是否有人工建筑。根据经验，位于地下的秘密基地更容易设置护盾。我们依靠行星的自然地震活动缩小调查区域，然后向感兴趣的区域扔石块。今天我们在攻击前扔了几块，获取基地的确切声波图像。石块之所以好，是因为看起来很像天然流星，不会惊动任何人。再说护盾没法防止地震波成像。大部分种族忙着开发抵御光学和高能电磁扫描的护盾，却忘了声波也很危险。这就是高科技的缺陷：总是忽视低等级技术的有效性。比方说，扔石块。”

“还是让人类互相砸石块吧。”凯南说。

萨根耸耸肩。“我们不介意敌手带枪参加刀战，”她说，“反而更方便我们挖心——或者其他负责输送血液的器官。你们的过度自信便宜了我们。结果如你所见，因为你在我们手上了。但是，主管先生，我们真正想知道的是你为什么出现在这里。艾尼沙和勒雷伊合作已经足够令人困惑，艾尼沙和勒雷伊加奥宾？这不止让人困惑，而是很有意思。”

“我根本不清楚这颗行星归谁所有。”凯南说。

“更有意思的是你本人，凯南主管，”萨根没有搭理凯南，“趁你失去知觉，我们对你做的基因扫描证明了你的身份，然后调取飞船上的记录，了解了你的个人历史。我们知道你在外星生物学领域内的主要研究方向就是人类。你在勒雷伊很可能是人类遗传学的头号权威。我们还知道你特别感兴趣的是人类大脑的工作机理。”

“那是我在神经网络方面的关注点之一，”凯南说，“和你说的不一样，我并不特别对人类大脑感兴趣。所有大脑都有其有趣之处。”

“随便你怎么说，”萨根说，“但不管你在这儿研究什么，都重要得足够让艾尼沙人宁可杀了你和你的团队，也不愿意见到你们落入人类之手。”

“我说过了，”凯南说，“我们是他们的囚犯。”

萨根翻个白眼，说：“咱们就继续互相装傻吧，凯南主管。”

凯南俯身向前，隔着桌子凑近萨根，问：“你是哪一种人类？”

“什么意思？”萨根说。

“我们知道有三种人类，”凯南说着竖起手指——比人类手指长得多，关节也多好几个——数着不同之处，“有未经改造的人类，各行星上的殖民者。他们的体型、身材和肤色各不相同——表现出良好的基因多样性。第二种是士兵阶层内的大部分成员，体型和身材仍旧有所不同，但区别要小得多，而且都是一个肤色——绿色。我们知道这些士兵使用的不是原装躯体，意识从贵种族年迈成员的躯体里被转移进了更强壮和健康的新躯体。新躯体经过了大量基因改造，改造得甚至不能生育，无论是在成员之间还是与未经改造的人类。但他们仍旧被认为是人类，尤其是从脑组织的角度来说。

“但第三类，”凯南说着靠了回去，“萨根中尉，我们听说了一些故事。”

“听说了什么？”萨根问。

“听说他们由死者创造而来，”凯南说，“听说是把死者的人类遗传物质与其他物种的基因混合再混合，就是想看看能制造出什么东西。听说他们之中有些成员虽然认为自己是人类，其实根本不像。听说他们生下来就是成年，拥有技能，但没有记忆。不但没有记忆，也没有自我。没有道德感。没有约束。没有——”他顿了顿，像是在寻找合适的字眼。“用你们的话说，”他最后说，“没有人性。在成年躯体里的儿童战士。可憎的怪物。殖民地联盟的工具，用来执行某些任务，这些任务他们不能或不愿交给拥有人生经验和道德自我的士兵，或信仰神灵以至担心遭受报应的士兵。”

“一位科学家居然会关心灵魂，”萨根说，“这有违实用主义。”

“我是科学家，但我也是勒雷伊人，”凯南说，“我知道我有灵魂，而且我很注意它。萨根中尉，你有灵魂吗？”

“据我所知，凯南主管，没有，”萨根说，“灵魂难以量化。”

“那么你是第三种人类了。”凯南说。

“没错。”萨根说。

“用死者的血肉构造而来。”凯南说。

“用她的基因，”萨根说，“不是血肉。”

“基因构造血肉，中尉。基因梦见血肉，灵魂栖息之所。”凯南说。

“现在你又是诗人了。”萨根说。

“引用而已，”凯南说，“一位勒雷伊哲学家说的，他也是科学家。可惜你不知道。能问一下你几岁吗？”

“七岁，快八岁了，”萨根说，“约合四个半赫克德。”

“这么年轻，”凯南说，“像你这么大的勒雷伊人多半还没上学。中尉，我比你大十多倍。”

“但你却成了我的俘虏。”萨根说。

“确实，”凯南赞同道。“真希望能换个别的环境见面，中尉，我很愿意研究一下你。”

“这话我不知道该怎么回答，”萨根说，“从你所谓‘研究’的意思来说，道谢好像不太适合。”

“可以让你一直活着的。”凯南说。

“哦，好极了，”萨根说，“不过你似乎要如愿以偿了，虽然方式有所不同。你现在应该明白自己的囚犯身份了吧，不过这次是真的，而且这辈子都只能当囚犯了。”

“你开始说那些我们政府或许感兴趣的事情时我就猜到了，”凯南说，“例如扔石块云云。看来你是打算处决我喽？”

“我们人类很讲求实际，凯南主管，”萨根说，“你拥有我们很感兴趣的知识，如果愿意配合，没理由不让你继续研究人类的基因和大脑。不过是为了我们，而非勒雷伊人。”

“但我必须背叛我的人民。”凯南说。

“正是如此。”萨根承认道。

“那我还是宁可死掉算了。”凯南说。

“恕我直言，主管先生，你要是真这么想，大概就不会干掉想杀死你的艾尼沙人了，”萨根说，“我认为你想活下去。”

“也许吧，”凯南说，“但不管你猜得对不对，孩子，我现在都跟你没什么可说的了。我的自由意志愿意透露的内容已经说完了。”

萨根对凯南微笑道：“主管先生，你知道人类和勒雷伊人有什么共同之处吗？”

“我们有不少共同之处，”凯南答道，“随你挑。”

“基因，”萨根说，“人类和勒雷伊人的基因序列大不相同，这点不必多讲，但从宏观层面说，我们颇为相似，特别是我们都各继承双亲的一组基因。双亲性交繁殖。”

“有性繁殖物种的性繁殖过程都很标准，”凯南说，“有些物种是三亲甚至四亲繁殖，但为数极少，因为效率太低。”

“毫无疑问，”萨根说，“主管先生，听说过弗洛尼希综合征吗？”

“勒雷伊人罕见的一种基因疾病，”凯南答道，“非常罕见。”

“据我所知，这种疾病起因于两个并无关联的基因组的缺陷，”萨根说，“一个基因组调节神经细胞发育，尤其是细胞周围的电绝缘神经鞘。第二个基因组调节的勒雷伊人器官能产生类似于人类淋巴的物质。这种物质的作用部分与淋巴相同，部分不同。人类淋巴拥有一定的导电能力，但勒雷伊人的这种物质是电绝缘的。就我们对勒雷伊人生理学的了解而言，你们淋巴的电绝缘性质没有特别的好处或坏处，就像人类淋巴的导电特性既不加分也不减分一样——只是生来如此。”

“是的。”凯南说。

“可是，对于不幸拥有两个神经发育基因缺陷的勒雷伊人来说，电绝缘性却非常有益，”萨根说，“这种液体充满勒雷伊人的细胞间隙，神经细胞也不例外，它确保神经的电信号不偏离正轨。勒雷伊人淋巴的有趣之处在于，它的成分由荷尔蒙控制，荷尔蒙信号只要有个微小变化就能让它从绝缘变得能导电。还是那句老话，对于大部分勒雷伊人来说，这一点不好也不坏。但假如有个勒雷伊人的神经细胞由于基因缺陷裸露在外——”

“假如神经电信号泄露进入他的身体，结果将导致癫痫和惊厥，继而死亡。”凯南说，“之所以非常罕见，就因为这是致命的。因基因缺陷而发生淋巴导电和神经裸露的个体总是死于妊娠期，细胞刚开始分化，综合征就开始现形。”

“但也有成年人弗洛尼希综合征发作，”萨根说，“基因编码在稍晚时候——成年早期——改变荷尔蒙信号。足以让个体繁殖后代，将基因传递下去。但另外一方面，要表达就得两组基因均有缺陷。”

“没错，那是当然，”凯南说，“这就是弗洛尼希综合征如此罕见的第二个原因，单一个体很难同时拥有两组带缺陷的神经基因和两组在成年后导致淋巴器官内荷尔蒙变化的基因。你到底想说什么？”

“主管先生，你登船后我们取了样本，证明你的基因会导致神经缺陷。”萨根说。

“但我没有荷尔蒙变化的基因缺陷，”凯南说，“否则我早就死了。弗洛尼希综合征在成年早期发病。”

“此话不假，”萨根说，“但杀灭勒雷伊人淋巴器官内的特定细胞束就能诱发荷尔蒙变化。杀灭足够多分泌必要荷尔蒙的细胞束，器官仍然能产生淋巴液，只是特性有所不同。对你来说，是致命的特性。化学手段可以做到这一点。”

凯南的视线落在始终摆在桌上的注射器上：“这大概就是有此功能的化学药品吧。”

“那是解毒剂。”萨根说。

简·萨根发现凯南·苏恩·苏主管自有其值得敬佩之处，他没有轻易崩溃。器官渐渐用新淋巴取代旧物质，液体成分发生变化，导电淋巴浓度逐步提高，全身各处神经随意失效，身体抽搐痉挛，整个身体的导电性每一分钟都在提高，他忍受了好几个钟头的痛苦。要是他没在最后一刻让步，恐怕想说话也说不出口了。

但他毕竟是垮掉了，哀求给他解毒剂。他终究还是想活命。萨根亲自为他注射解毒剂（事实上并不是解毒剂，因为死去的细胞束无法复活，他在余生中必须每日注射这东西）。解毒剂流遍凯南的全身，而萨根获悉有一场针对人类的战争正在酝酿之中，也知道了征服和扑灭所有人类的路线图。这场灭族屠杀计划周详，基于前所未有的三种族通力合作。

以及，一个人类。

2

詹姆斯·罗宾斯上校盯着验尸台上的腐尸看了一分钟，记住了尸体在地下埋藏一年多能腐烂成什么样。他注意到了颅骨的损伤，其顶端的三分之一被霰弹枪弹丸打飞，颅骨严重变形，主人因此丧命——向三个异星种族出卖了人类的很可能就是他。接着，他抬起头，望向凤凰星太空站的验尸官温特斯上尉。

“你可别说这不是布廷博士的尸体。”罗宾斯上校说。

“嗯，确实是，”温特斯说，“但也不是。”

“我说啊，泰德，要是把你这种专家证词报告给麦特森将军听，我肯定会被打屁股的，”罗宾斯上校答道，“你就不能说得更明白一点吗？”

“抱歉，吉姆，”温特斯上尉指着台子上的尸体说，“从基因角度说，这就是你要找的人。布廷博士是殖民者，因此他从未被移入军人的躯体。因此他的躯体拥有他的全部原始DNA。我作了标准的基因测试。躯体拥有布廷的DNA，出于无聊，我也测试了线粒体DNA，同样对得上。”

“那问题在哪儿？”罗宾斯问。

“问题在于骨骼发育，”温特斯说，“在真实宇宙中，人类骨骼发育随着营养和锻炼之类的环境因素波动。要是在高重力行星生活了一段时间，然后搬去重力较低的星球，就会影响骨骼的生长情况。如果发生过骨折，也会留下证据。你的整个生活史都显示在骨骼发育之中。”

温特斯俯身拿起从尸体上锯下来的左腿，指着股骨横截面说：“这具尸体的骨骼发育却异常规则，生长过程中不存在环境变化和事故影响，纹理表明始终营养良好，生活毫无压力。”

“布廷来自凤凰星，”罗宾斯说，“凤凰星殖民已有两百多年。他成长的地方并不是条件艰苦的殖民地，不需要他挣扎求生，努力解决温饱问题。”

“也许吧，但还是对不上，”温特斯说，“就算住在人类宇宙中最发达的地方，但你还是会滚下楼梯，会在运动时骨折。当然你有可能一辈子连一次旁弯骨裂都没遇到过，但你认识这样的人吗？”罗宾斯摇摇头。“可这家伙就是。但事实却并非如此，因为医疗记录表明他十六岁那年摔断过这条腿，”温特斯晃晃那截左腿，“滑雪时的意外，撞上一块石头，折断了股骨和胫骨。可这里却见不到证据。”

“据说如今医疗科技很发达的。”罗宾斯说。

“谢谢夸奖，确实先进得很，”温特斯说，“但不是魔法。

折断股骨不可能不留下印痕。就算一辈子不骨折也无法解释骨骼发育得如此均匀规则。想得到这样的结果，只能让骨骼在没有任何环境压力的条件下发育。布廷必须一辈子活在一个盒子里。”

“或者克隆养育所。”罗宾斯说。

“或者克隆养育所。”温特斯赞同道，“还有一个合理解释是这位朋友截断大腿，重新长了一条，但我查过他的记录，并不存在这种事。为了确证，我从肋骨、骨盆、臂骨和颅骨的未损伤部位都取了样本，所有样本均显示出不自然的均匀规则骨骼发育过程。吉姆，这是一具克隆的躯体。”

“那么，查尔斯·布廷还活着。”罗宾斯说。

“我不清楚，”温特斯说，“但这具尸体不是他。唯一的好消息是各项身体迹象表明，这个克隆人直到死前最后一刻都泡在缸里，非常有可能根本没苏醒过，就算苏醒过也没有意识和知觉，否则醒过来看见世界的第一眼也是最后一眼就只是枪口，人生可真是太糟糕了。”

“那么，要是布廷还活着，他同时也是杀人犯。”罗宾斯说。

温特斯耸耸肩，放下那截左腿。“你说了算，吉姆，”他答道，“殖民防卫军每天都在生产躯体，我们为新兵制作改良过的超级躯体，等他们服役期满，再给他们从原始DNA克隆而来的新躯体。这些躯体在放入意识之前拥有人权吗？每次传送完意识，就会多出一具躯体，而这具躯体也曾经有过意识。这些躯体有人权吗？如果有，那咱们的麻烦可就大了，因为我们处理躯体的动作快得很。吉姆，知道我们怎么对待那些使用过的躯体吗？”

“不知道。”罗宾斯承认道。

“做肥料，”温特斯说，“实在太多，埋不过来，所以我们绞碎躯体，灭菌后制造肥料，送往新开拓的殖民地，驯服土壤，种植适应人类的农作物。说新殖民地是靠尸体建立起来的也不为过，当然，其实并不是死者的尸体，而是生者抛弃的躯体。只有当意识死在里面的时候，我们才会埋葬躯体。”

“泰德，你得考虑一下休假了，”罗宾斯说，“这份工作正在让你变态。”

“让我变态的不是这份工作，”温特斯指着假冒查尔斯·布廷的尸体说，“要我怎么处理？”

“埋回去。”罗宾斯说。

“但这不是查尔斯·布廷啊。”温特斯说。

“对，确实不是，”罗宾斯赞同道，“但查尔斯·布廷如果还活着，我不希望他发现我们已经知道了。”他扭头看着验尸台上的尸体，“无论这具躯体知不知道它的命运，都应该得到更体面的待遇。起码能让他入土为安。”

“日他妈的查尔斯·布廷。”格雷戈·麦特森将军说着抬起双脚搁在桌面上。

罗宾斯上校站在办公桌的另一边，一言不发。见到麦特森将军，他总觉得心神不宁。麦特森担任殖民防卫军军事研究局的首脑已近三十年，但和防卫军的所有军事人员一样，军方配给他的躯体能抵抗衰老，所以他和防卫军的所有人员一样，看起来顶多二十五岁。罗伯逊上校认为一个人在防卫军里的军衔越高，外貌就该弄得越老成，看起来只有二十五岁的将军缺乏必要的威严感。

罗宾逊想了想麦特森恢复真实年龄的样子：一百二十五岁左右。脑海里浮现出一个比阴囊还皱巴的老东西裹着制服。要不是他自己也有九十岁，本来的样子比麦特森好看不到哪儿去，这么想想还挺好玩的呢。

房间里还有另外一位将军，躯体反映的若是真实年龄，他恐怕会比现在还要年轻。比起普通的防卫军人员，特种部队更让罗宾斯心神不宁，年龄只有三岁，但躯体已经发育完全，而且拥有致命武力——实在太不对劲了。

当然，这位将军不一定非得是三岁，说不定已经进入青春期了。

“这么说，我们的勒雷伊朋友没有撒谎，”坐在办公桌前的斯奇拉德将军说，“你们意识研究部的主任还活着。”

“轰掉了克隆体的脑袋，这一招倒是新鲜，”麦特森将军说，声音里的讽刺浓得都快滴下来了，“那帮倒霉蛋，从实验仪器里捡他的脑浆捡了一个星期。”他抬头看着罗宾斯说，“知道他是怎么做到的吗？怎么培育克隆体的？做这种事不可能神不知鬼不觉，总不可能是他在衣橱里随便凑合出来的吧？”

“就目前所知，他修改了克隆槽监控软件的代码，”罗宾斯说，“让监控系统误以为一个克隆槽出了故障，搬出去维修。布廷作了报废处理，拿去放在私人实验室储存区，接上自己的服务器和电源。服务器没有挂进网络，这个克隆槽是报废的，只有布廷有权进入那块存储区。”

“所以他确实是在衣橱里凑合出来的，”麦特森说，“下三滥的王八蛋。”

“他被推定死亡后，你们应该就能进入那块存储区了吧，”斯奇拉德说，“见到克隆槽，难道就没人觉得奇怪？”

罗宾斯刚张开嘴，麦特森就发话了：“一名表现优秀的研究带头人，例如布廷，总会储存大量报废或冗余的仪器，方便他改进和优化技术，以免干扰正在使用的设备。要我猜，发现克隆槽的时候，克隆槽肯定已经排空和消毒，断开了服务器和电源。”

“正是如此，”罗宾斯说，“要不是接到您的报告，斯奇拉德将军，我们无论如何也没法串起这些事情。”

“我们的情报能派上用场，我当然很高兴，”斯奇拉德说，“但我真希望你们在此之前就已经想通了。想到军事研究局有个身处高层的叛徒，而且还率领着一个极其敏感的部门，我觉得非常难以置信。你们早该发现的。”

罗宾斯对此无话可说。除了军事威力之外，特种部队的名声也就只有不会说话和缺乏耐心了。三岁的杀人机器可没什么时间学习社交礼仪。

“该发现什么？”麦特森说，“布廷从没有表露过要叛变的兆头。前一天他还在好好工作，后一天就被发现在实验室自杀了——至少我们当时这么认为。没有遗书。没有任何证据说明他脑袋里除了工作还有其他念头。”

“你之前说过布廷讨厌你。”斯奇拉德对麦特森说。

“布廷确实讨厌我，而且讨厌得很有道理，”麦特森说，“另外，我也讨厌他。可是，一个人不可能因为认为上司是狗娘养的就背叛整个种族啊。”麦特森指着罗宾斯说，“这位上校也不怎么待见我，他是我的副官，但他不会带着高度机密的情报去投靠勒雷伊人或艾尼沙人。”

斯奇拉德望向罗宾斯，问：“真的吗？”

“哪句话，长官？”罗宾斯说。

“你不喜欢麦特森将军。”斯奇拉德说。

“你得花上一段时间才能习惯他，长官。”罗宾斯说。

“言下之意是说我是个浑球，”麦特森吃吃笑道，“无所谓。我反正不是来讨大家喜欢的，我的任务是研发武器和新技术。至于布廷的脑袋里在转什么念头，恐怕和我扯不上什么关系。”

“他的脑袋里到底在转什么念头？”斯奇拉德问。

“你比我们更清楚，斯奇拉德，”麦特森答道，“是你在伺候那位勒雷伊科学家，教他告密。”

“凯南主管没有面对面见过布廷，至少他是这么说的，”斯奇拉德说，“他不清楚布廷的动机，只知道布廷向勒雷伊人提供了脑伴硬件的最新进展。凯南主管带领团队的任务之一就是尝试将脑伴技术和勒雷伊人的大脑结合起来。”

“真是谢天谢地，”麦特森说，“脑袋里装着超级电脑的勒雷伊人。”

“他的结合研究似乎不太顺利，”罗宾斯望向斯奇拉德，“至少你们从他的实验室取回的数据这么说。勒雷伊人的大脑构造和我们的大不相同。”

“狗运不错，”麦特森说，“斯奇拉德，你得从你那伙计嘴里多榨出点情报来。”

“除了他那份工作和研究内容之外，凯南主管并不是特别有用，”斯奇拉德说，“我们活捉的几个艾尼沙人拒绝交谈——这是委婉的说法。我们只知道勒雷伊人、艾尼沙人和奥宾人在联合对抗人类，但不知道原因、手段和时间，也不清楚布廷在里面扮演什么角色。麦特森，我们需要你们派人搞清楚这一点。”

麦特森朝罗宾斯点点头，问：“情况如何？”

“布廷掌握着大量敏感情报，”罗宾斯稀里哗啦地说了起来，“他带领的几个团队研究意识传送、脑伴研发和躯体制造技术，每一样对敌人都很有用，不但能帮助敌人研发科技，也能用来寻找我们的弱点。布廷本人是躯体间传送意识的权威。不过，他能带走的情报毕竟有限。布廷是平民科学家，他没有脑伴。他的克隆体拥有他登记过的全部人工大脑，他不太可能还有一个备份。人工大脑受到严格监控，而且需要几周时间训练适应。我们只查到了布廷使用他登记过的人工大脑的网络记录。”

“我们说的可是一个能瞒过你们自己操作克隆槽的家伙。”斯奇拉德说。

“倒不是说他绝对不可能携带信息储存设备离开实验室，”罗宾斯说，“但可能性微乎其微，他更有可能只带走了脑袋里的知识。”

“还有他的动机，”斯奇拉德说，“不知道他的动机，这对我们来说是最危险的一点。”

“我更担心他了解的情况，”麦特森说，“哪怕只是自然大脑记住的知识，也已经太多了。我让几组人停下手头的工作，想方设法提高脑伴的安全级别。我们要让布廷的知识尽快过时。罗宾斯负责梳理布廷留下的数据。只要里面有值得关注的信息，我们都会找到的。”

“等我们谈完，我要去见布廷以前的技术员，”罗宾斯说，“哈利·威尔逊中尉。他说他有些我应该会感兴趣的东西。”

“那我们就不耽搁你了，”麦特森说，“请便吧。”

“谢谢，长官，”罗宾斯说，“最后问一句，我们现在有什么时间限制吗？我们靠突袭那个基地得知了布廷的叛变消息。毫无疑问，艾尼沙人已经知道他们的计划泄露了。我想知道在他们报复之前，有多少时间可供我们调查。”

“我们的时间还算充足，上校，”斯奇拉德说，“谁也不知道我们突袭了那个基地。”

“他们怎么可能不知道？”罗宾斯问，“将军，我绝对没有不尊重特种部队的意思，但那种规模的袭击很难隐藏。”

“艾尼沙人只知道他们和基地失去了联系，”斯奇拉德说，“要是前去调查，他们会发现一块陨石落在距离基地十公里的地方，基地和附近的一切都化为乌有。他们爱怎么检测就怎么检测，但只会查到自然灾害的证据——因为确实掉了一颗陨石，只是有人推了它一把而已。”

“漂亮归漂亮，”罗宾斯上校说着朝哈利·威尔逊的全息显示器打个手势，那里似乎正在举行一场微型灯光演出，“可我不知道你到底要我看什么。”

“这是查理·布廷的灵魂。”威尔逊说。

罗宾斯连忙从显示器前退开，抬起头望着威尔逊说：“什么意思？”

威尔逊朝显示器点点头，重复道：“查理的灵魂。更精确地说，承载查尔斯·布廷意识的动态电子系统的全息展示。再精确一点，查尔斯·布廷意识的复本。你要是喜欢探讨哲学，当然可以说这不是他的灵魂，只是意识而已。但如果查理真的做了你说的那些事情，他也许还拥有原先的智慧，可我觉得他已经失去了灵魂——丢在这儿了。”

“大家都说这种事情不可能做到，”罗宾斯说，“没有大脑，意识模型就会崩溃，所以我们才需要在活体之间传送意识。”

“嗯，我不确定是不是这个原因，”威尔逊说，“因为我觉得吧，大家要是知道自己的意识会被防卫军的技术人员从脑壳里吸出来，直接放进电脑存储空间，恐怕会更加抗拒吧。请问你愿不愿意？”

“天，当然不愿意，”罗宾斯说，“传送我的时候，我险些尿了裤子。”

“我就是这个意思，”威尔逊说，“总而言之，你说得没错。直到有这东西为止——”他指了指全息显示器，“在此之前，我们想做也做不到。”

“布廷到底是怎么做到的？”罗宾斯问。

“作弊了呗，”威尔逊说，“一年半以前，查理和大家都只能研究源自人类的科技，还有从其他种族或偷或借来的技术。我们所在空域的大部分种族与人类的技术水平大致相同，因为太弱的不是被赶出家园等死就是已经亡族灭种。可是，有个邻居却领先大家好多光年。”

“康苏。”罗宾斯说，脑海里浮现出康苏人的模样：体型巨大，状如螃蟹，先进得难以想象。

“没错，”威尔逊说，“勒雷伊人几年前突袭我们的珊瑚星殖民地时，康苏人向他们提供了一项技术，我们在反击时偷了回来。我参加了负责逆向工程康苏技术的小组，实话实说，大部分内容我们到现在也没搞懂，好不容易只想明白了几点零星知识，其中之一交给查理研究，以改进意识传送过程。我就是这么和他打上交道的：我教他怎么使用这东西。如你所见，他学得飞快。当然了，工具先进自然方便做事，人类就是这么从燧石取火发展到使用喷灯的。”

“你对这东西毫无了解？”罗宾斯问。

“对，”威尔逊答道，“但见过类似的，因为查理在用康苏科技优化现有的意识传送过程。我们做到了从前做不到的事情，建立缓存机制，能极大降低传送两端的失败风险。但查理没有告诉别人。要不是你叫我彻查他的个人工作，我肯定发现不了。算我们运气好，否则这台设备就已经清空并转给防卫军天文所了。他们想看看康苏技术能把恒星内部模拟成什么样子。”

罗宾斯指着全息显示器说：“我觉得这东西比较重要。”

威尔逊耸耸肩：“一般来说，其实没什么用处。”

“开玩笑吧？”罗宾斯说，“从此能储存意识了。”

“那当然，这个也许有点用处，但拿它做不了什么啊，”威尔逊说，“你了解意识传送的细节吗？”

“略知一二，”罗宾斯说，“我不是专家。我担任将军的副官是因为有组织才能，而不是科研背景。”

“那好，听我说，”威尔逊说道，“你自己也说过，离开大脑，意识模型通常会崩溃。这是因为意识完全依赖于大脑的物质结构——不是随便哪个大脑，必须是产生意识的那个大脑。意识模型就像指纹，源自特定的某个人，究其根本，源自特定的基因组合。”

威尔逊指着罗宾斯说：“上校，请看一眼你的躯体。这具躯体经过了基因水平上的大量改造——你的皮肤是绿色的，拥有改良后的肌肉，人工血液的携氧能力比真正血液高出好多倍。你是本人基因和增强能力的人工基因的杂交体。因此，在基因水平上说，你早就不是你自己了——只有大脑除外。你的大脑是百分之百的人类大脑，完全源自你本人的基因。否则的话，你的意识就传送不过来。”

“为什么？”罗宾斯问。

威尔逊咧嘴一笑：“我也想知道。我只是在转述查理及其组员的原话而已，我在这儿只配打打下手。但我很清楚这意味着它——”威尔逊指了指全息显示器，“对你毫无用处，因为它需要大脑，而且是查理的大脑，否则不可能让它开口。另外，查理的大脑和他本人一起消失得无影无踪了。”

“要是这东西对我们毫无用处，”罗宾斯说，“那请问你叫我下来一趟倒是为了什么？”

“我只说一般情况下没什么用处，”威尔逊答道，“但换个非常特定的角度，也许能变得相当有用。”

“威尔逊中尉，”罗宾斯说，“求你别卖关子了。”

“意识不仅是一种本体感，也包括了知识、情绪和精神状态。”威尔逊指着全息显示器说，“这东西拥有的感知能力和制作这份复本时的查理完全相同。要我说，如果你想搞清楚查理的计划和原因，不妨从这里起步。”

“你不是说没有布廷的大脑就无法存取这个意识吗？”罗宾斯说，“我们可没有这东西。”

“但我们有他的基因，”威尔逊说，“为了达到他的目标，查理制造了一个克隆体。为了达到你的目标，上校，我建议你也制造一个。”

“克隆查尔斯·布廷，”麦特森将军嗤之以鼻，“一个难道还不够糟糕？”

麦特森、罗宾斯和斯奇拉德坐在凤凰星空间站的将军食堂里。麦特森和斯奇拉德正在吃饭，罗宾斯面前空空如也。原则上说，将军食堂对所有军官开放，但除非得到将军的邀请，将官以下的军官从不走进这里，进来了也顶多喝杯水。罗宾斯心想，天晓得这个荒谬的规矩是怎么开始的。他很饿。

将军食堂位于凤凰星空间站旋转轴的末端，一整块透明的水晶玻璃构成了四壁和天花板，景色煞是壮观。凤凰行星慵懒地沿轨道行进，占据了几乎全部天空，这块蓝白颜色的瑰丽宝石与地球颇为相似，总能一刀扎中罗宾斯大脑里的思乡中枢。离开地球很容易，因为当时你七十五岁，不离开就只能在飞快流逝的几年间老死，但一旦离开就再也不能回去。在人类殖民地所处的敌意宇宙里生活得越久，罗宾斯就越是怀念五六十岁乃至七十出头时那种逐渐衰弱但无忧无虑的日子。无知让人幸福——至少让人内心平和。

太迟了，罗宾斯心想，把视线放回麦特森和斯奇拉德身上。“威尔逊中尉认为，想搞清楚布廷的脑袋里在转什么念头，这是我们最好的机会。退一万步说，也比现在的两眼一抹黑强得多。”

“有一点我先弄明白，威尔逊中尉怎么知道电脑里储存的是布廷的脑波？”麦特森说，“布廷也有可能复制了别人的意识。妈的，难说不是他的猫。”

“脑波图形符合人类意识的特征，”罗宾斯说，“这一点可以确定，因为我们每天都要传送成百上千个意识。总之不是猫。”

“我开玩笑的，罗宾斯，”麦特森说，“但仍旧有可能不是布廷。”

“确实有可能是别人，但概率很小，”罗宾斯说，“布廷的实验室里没有第二个人知道他在研究这东西。你不可能随便复制某个人的意识，意识不是你能神不知鬼不觉偷走的东西。”

“知道该怎么传送出来吗？”斯奇拉德将军问，“你那位威尔逊中尉说它储存在由康苏科技改造而来的机器上。就算想使用，我们有谁知道怎么用吗？”

“没有，”罗宾斯说，“还没有。威尔逊似乎有信心能搞明白，但他不是意识传送的专家。”

“我是，”麦特森说，“更确切地说，我手下有一帮早就知道怎么传送的专家。传送过程不但涉及要传送的意识，还涉及两颗切实存在的大脑——当然我们可以减少到一颗。不消说，我们还得考虑伦理问题呢。”

“伦理问题？”罗宾斯没能按捺住音调里的讶异。

“对，上校，伦理问题，”麦特森有些恼火，“信不信由你。”

“呃，我不是想怀疑你的伦理，将军。”罗宾斯说。

麦特森挥挥手：“无所谓，但我没有胡说。殖民地联盟有一条历史悠久的法律，禁止克隆防卫军之外的其他人员——无论死活，尤其是活人。只允许我们在士兵服役期满后克隆人类，把他们塞回未经改造的躯体。布廷是平民，而且是殖民者。我们无法合法克隆他，千想万想都不行。”

“布廷就制作了一个克隆体。”罗宾斯说。

“即使如此，上校，我们也不能让叛徒的道德观引导我们。”麦特森又恼火了起来。

“可以以研究为理由获取殖民地法律的特许，”罗宾斯说，“有过先例，你也这么做过。”

“和现在的情况不一样，”麦特森说，“我们确实得到过特许，但那是在无人定居的行星上测试武器系统。折腾克隆体会让保守派大脑短路的。这种事情连委员会内部表决都过不了。”

“布廷是解开勒雷伊及其同盟的阴谋的关键，”罗宾斯说，

“这次我们应该学习美国海军陆战队，与其事先征询同意，不如事后求取原谅。”

“我敬佩你高举海盗旗的勇气，上校，”麦特森说，“但你可不是他们发泄的对象，至少不是唯一一个。”

一直在狼吞虎咽吃牛排的斯奇拉德咽下一口肉，放下刀叉说：“交给我们。”

“什么意思？”麦特森说。

“把意识模型交给特种部队，将军，”斯奇拉德说，“还有布廷的基因。我们拿来打造一名特种部队士兵。我们制造的每个士兵都用了不止一组基因，因此从技术角度说，他将不是克隆体。假如没有成功传送意识，那也无所谓。我们只是多了一名特种部队士兵而已。不会有损失。”

“但意识传送如果成功了，我们就有了一个想背叛人类的特种部队士兵，”麦特森说，“听起来不怎么好玩。”

“我们可以作好预防措施。”斯奇拉德重新拿起刀叉。

“你们要使用一个活人的基因，而且还是一名殖民者，”罗宾斯说，“如果我没有理解错，特种部队只使用志愿加入防卫军但在服役开始前死去的那些人的基因，所以才有‘幽灵旅’的别称。”

斯奇拉德抬起头，瞪着罗宾斯说：“我不喜欢这个名称。死亡志愿兵的基因只是一个组分，我们通常当成模板使用，但特种部队在用以制造士兵的遗传物质方面兼收并蓄，考虑到我们为防卫军执行的任务，这一点完全有必要。再者说，布廷从法律上说已经死亡，有携带他的基因的尸体为证。我们不知道他还活着。他有还在世的亲属吗？”

“没有，”麦特森说，“他有过老婆孩子，但都死在了他前面。没有其他亲属。”

“这就没问题了，”斯奇拉德说，“你死后，基因就不属于你了。我们以前也用过亡故的殖民者的基因。没理由不能再做一次。”

“我说斯奇拉德，你好像从来没提过你是怎么制造手下的。”麦特森说。

“我们向来守口如瓶，将军，”斯奇拉德说，“你知道的。”他切下一块牛排塞进嘴里，罗宾斯饿得肚子咕咕叫。麦特森冷哼一声，靠进椅子里，抬头仰望以难以察觉的速度自转的凤凰行星。罗宾斯跟着他的视线望过去，又是一阵思乡情绪涌上心头。

麦特森重新望向斯奇拉德，说：“好人坏人暂且不论，但布廷是我的人。斯奇拉德，我不能把责任推给你。”

“那好，”斯奇拉德朝罗宾斯点点头，“把罗宾斯借调给我。他担任联络官，这样军事研究局仍旧没有放手。两边共享情报。我们还需要借调那位技术员威尔逊。他可以和我们的技术人员一起研究整合康苏技术。要是成功了，我们就能得到查尔斯·布廷的记忆和动机，找出应对这场战争的手段。要是不成功，我就多了一名特种部队士兵。不奢求，不浪费。”

麦特森望着斯奇拉德，脑子转得飞快。“我说斯奇拉德，你似乎很想接下这个盘子。”

“人类正在迈向和三个结盟种族的大战争，”斯奇拉德说，“这种事情前所未有。我们能打败其中的任何一个，但一次三个就困难了。特种部队接到命令，要在开始前阻止这场战争。如果克隆布廷能帮助我们做到这一点，那就应该放手一搏。至少也该试试看。”

“罗宾斯，”麦特森说，“你怎么想？”

“要是斯奇拉德将军没弄错，这么做就能绕过法律和伦理问题，”罗宾斯说，“因此必然值得一试，而且线索也不会断掉。”对于和特种部队的技术人员和士兵合作，罗宾斯自然有他的顾虑，但现在似乎不是讨论的好时机。

麦特森却不需要像他这么细心，他说：“将军，你那帮孩子和普通士兵处得不好。这是军事研究局和特种部队研究部门很少合作的原因之一。”

“特种部队说到底也还是士兵，”斯奇拉德说，“他们懂得服从命令。会成功的，有过先例。防卫军有个普通士兵在珊瑚星战役中参与了特种部队的任务。既然上次能成功，这次就也能让双方的技术人员好好合作，不至于打破头什么的。”

麦特森边想边轻敲面前的桌子，问：“需要多长时间？”

“我们要建立这具躯体的模板，不止是沿用原主人的基因，”斯奇拉德说，“我得先和我的技术人员确认一下，不过从头搭建模板通常需要个把月，培育躯体又是至少十六周。另外一方面是研究传送意识的技术，需要多少时间很难说。不过两边可以同时进行。”

“有可能加快进程吗？”麦特森说。

“可以倒是可以，”斯奇拉德说，“但有可能培育出一具尸体，甚至更可怕。制造躯体是急不来的，这你很清楚。你那些士兵的躯体也需要遵循相同的时间表，加速的结果你应该很清楚。”

麦特森做个鬼脸。罗宾斯担任麦特森的联络官只有十八个月，这话让他想起麦特森在这个位置上已经坐了很久。工作关系如何暂且不论，罗宾斯永远不能完全理解他的上司。

“好吧，”麦特森说，“归你了。看你能不能榨出点什么情报。不过你得看好了。我和布廷虽说关系不好，但我从不觉得他有可能叛变。他糊弄了我，糊弄了所有人。你把查尔斯·布廷的意识放进特种部队士兵的躯体，天晓得他会做出什么事。”

“同意，”斯奇拉德说，“传送如果成功，我们很快就会挖出情报；如果不成功，我知道该怎么处置他。确保万无一失。”

“很好。”麦特森再次望向在天上转动的凤凰星。“凤凰，”他望着旋转不休的行星说，“这种动物会复活。很好，非常恰当。凤凰能浴火重生，知道吧？希望这个复活的家伙不要毁了那上面的一切。”

三个人一起望向天空中的行星。

3

封在容槽里的躯体被推进灌注实验室，罗宾斯上校对威尔逊中尉说：“就是它了。”

“就是它了，”威尔逊附和道，走到暂时用来展示躯体生命特征的显示器前，“上校，当过父亲吗？”

“没有，”罗宾斯说，“我的个人取向不往那头走。”

“好吧，”威尔逊说，“这是最接近那一刻的情形了。”

育成实验室通常会有最多十六名特种部队士兵一起接受意识灌注，这些士兵同时激活和受训，在训练中培养团队协调性，降低激活时拥有完整意识但没有任何表观记忆所产生的困惑感。但今天这里只有一名士兵，他将容纳查尔斯·布廷的意识。

两百多年前，初生的殖民联盟在一场保卫战中遭受了重大挫折——当时被毁灭而又重建的殖民星球被命名为凤凰星——意识到未经改造的人类士兵无法完成任务。心灵固然愿意，肉体却是软弱的。那些年，人类史书记载了有史以来最惨烈的几场败仗，其中屡被提及的例子就是阿姆斯特朗战役：我们扭转了败局，但是代价惨重。那次的敌人，所有的敌人，都太快，太无情，太残酷，太多。人类科技并不落后，所持武器也不亚于绝大多数敌手的，但决定性的武器还是扣动扳机的战士。

初期的改造相对简单：增加速度、耐久性、肌肉体积和力量。但是，早期的基因工程师在玻璃器皿里改造人类却有实践和伦理的双重约束，必须苦苦煎熬十八年左右，得等待受到改造的人类拥有足够的体魄和头脑去打仗。殖民防卫军懊恼地发现，很多经过较少（相对而言）基因改造的人类得知自己是天生炮灰时并不特别开心，拒绝踏上战场，无论怎么灌输宣传都不管用。未经改造的人类也同样心生反感，因为这种行径怎么琢磨怎么像是宣传优生学的人类政府，而人类历史上还没有哪个热衷于优生学的政府向星际空间拓展过。

基因改造士兵的最初尝试害得殖民联盟在政治上险些招致灭顶之灾，殖民联盟只是勉强存活下来。若不是阿姆斯特朗战役让各个殖民地看清了他们正在对抗一个什么样的宇宙，联盟恐怕早已解体，人类殖民地落得互相竞争，而不是协力对抗他们遇到的各个智慧种族。

拯救联盟的还有几乎同时出现的两项关键技术发明：一是在几个月内将人类躯体强制培育到成人大小；二是意识传送系统，能把一个人的人格和记忆传递到另一颗大脑内，前提是两颗大脑来自相同的基因，传送前用一系列程序在新大脑内培育出必要的生物电通道。两项新技术使得殖民地联盟可以转而开发一个巨大的兵源：老人，很多宁可接受军营生活也不愿老死的老人。另外还有个好处，老人不管怎么死，都不会导致大量健康年轻人被外星武器断送性命，从而造成断代性人口灾难。

有了这么广阔的新兵源，殖民防卫军忽然有了挑选成员的自由。防卫军不再要求殖民者服兵役，殖民者得以专注于开发新星球，按照所在地的承载能力尽量繁衍后代；同时消除了导致殖民者和政府之间政治紧张气氛的关键因素。既然殖民地的年轻人不必被迫抛下家人，死在几万亿英里之外的战场上，殖民者也就不再关注基因改造士兵的伦理问题，特别是那些士兵还是志愿参战的。

防卫军没有要求殖民者志愿参军，而是在人类母星地球的居民中挑选新兵。地球有几十亿人口，实际上，这个数量比所有殖民地加起来还多。兵源数量广阔极了，乃至于防卫军可以缩减范围，从最富裕和工业化程度最高的国家征召新兵，这些国家的经济环境使得国民能活到晚年，而社会蓝图导致了两方面的过度强调：一方面是对年轻的渴求；另一方面是全民对衰老和死亡都有严重的心理恐惧。这些老人被所属社会塑造成了防卫军最佳也是最渴望的新兵；防卫军很快发现他们甚至会在不甚了解兵役具体内容的情况下参军——不过话又说回来，报名者知道得越少，新兵就召得越多。新兵以为在防卫军服兵役和在地球上服兵役差不多。防卫军乐于保持这种误解。

事实证明，征召工业化国家的老人这条路异常成功，为了保护兵源，殖民联盟禁止这些国家向外星殖民，只从经济和社会问题促使年轻人希望尽快逃跑的那些国家挑选殖民者。划分士兵和殖民者的来源后，殖民联盟在两个领域内都获得了良好的结果。

征召老人当兵给防卫军带来了一个始料未及的难题，很多新兵在服役前就不幸辞世，成为心脏病、中风与过多食用芝士汉堡、芝士蛋糕和芝士条的受害者。防卫军一直在采集志愿者的DNA样本，最后发现手头积累了大量不知如何处理的人类基因组。另一方面，防卫军发现他们不仅希望而且有必要继续用士兵躯体模型做试验，这样既能改进设计，又不会影响部队已经具备的战斗能力。

接下来，又一项突破诞生了。无比强大而轻便的半有机质电脑，可以完全和人类大脑整合，虽说被非常不相称地轻描淡写冠以“脑伴”之名。对于满载一生知识和经验的大脑来说，脑伴在智力、记忆和沟通方面能够提供巨大帮助。

但对于货真价实的“空白心灵”，脑伴就更加有用了。

罗宾斯望向容槽里被悬浮场固定住的躯体，对威尔逊说：“看着不怎么像查尔斯·布廷嘛。”

威尔逊正在对储存布廷意识的硬件作最终调整，头也不抬地答道：“布廷是未经修改的人类，我们认识的他早已步入中年。

二十岁的他多半很像这具躯体，当然，绿色皮肤、猫眼和其他改进除外，再说他本人的体型只怕也没这么好。这一点我很清楚，因为我真正二十岁的时候可没我现在这么壮实，而且还不需要锻炼。”

“你的躯体经过改造，能照顾好自己。”罗宾斯提醒威尔逊。

“真是感谢上帝，我爱甜甜圈爱得深切。”威尔逊说。

“而代价是被宇宙里除人类之外的各个智慧种族追杀。”罗宾斯说。

“好段子。”威尔逊说。

罗宾斯转向容槽里的躯体，说：“做了这么多改造，不会影响意识传送吧？”

“应该不会，”威尔逊说，“新基因组里，有关大脑发育的基因都没有改动。脑壳里装的是布廷的大脑，至少从遗传学角度说是这样。”

“大脑情况如何？”罗宾斯问。

“看着不错，”威尔逊敲敲容槽控制系统的监视器，“健康，已经作好了准备。”

“你认为能成功吗？”罗宾斯问。

“问住我了。”威尔逊答道。

“知道咱们都充满自信可真是太棒了。”罗宾斯说。

威尔逊正要答话，却被打断了。房门打开，麦特森将军和斯奇拉德将军走进来，背后跟着特种部队的三名意识灌注技术员。

技术员径直走向容槽，麦特森走向罗宾斯，罗宾斯和威尔逊一起行礼。

“快说我们会成功。”麦特森一边回礼一边说。

“威尔逊中尉和我正好说到这儿。”罗宾斯只迟疑了微不可查的一瞬间。

麦特森转向威尔逊：“所以呢，中尉？”

威尔逊指着容槽里三名技术员正在摆弄的躯体：“躯体很健康，大脑也一样。脑伴工作正常，这个并不稀奇。我们已经把布廷的意识模型和传送设备整合在了一起，遇到的问题少得惊人，测试运行证明传送不会遇到问题。从理论上说，我们应该能像传送任何一个意识那样传送他的意识。”

“内容听起来很有信心，中尉，但语气怎么有点没底？”麦特森说。

“有很多不确定因素，将军，”威尔逊答道，“传送对象在传送时通常是有意识的，这对传送过程很有用处，但这次不同。只有唤醒躯体，我们才能知道传送成不成功。这是我们第一次尝试在不是两颗大脑之间传送意识。设备里存储的如果不是布廷，意识模型就无法接管大脑。即使是布廷的意识，也不敢保证一定能刻印成功。我们已经做了能做的所有事情来保证顺利传送。你读过我们的报告，但里面还有很多我们不了解的地方。通往成功的每一条道路我们都清楚，但导致失败的道路就难说了。”

“你到底认为会不会成功？”麦特森问。

“我认为会，”威尔逊答道，“对正在做但并不了解的事情，我们必须保持积极心态。出错的可能性还很大，长官。”

“罗宾斯？”麦特森说。

“我赞成威尔逊中尉的看法，将军。”罗宾斯说。

技术人员完成调试，向斯奇拉德将军报告，将军点点头，走到麦特森身边说：“技术员说他们准备好了。”

麦特森看看罗宾斯，看看威尔逊，最后说：“好吧，开始。”

殖民防卫军特种部队制造士兵的配方很简单：从人类基因组开始，逐步缩减。

人类基因组包括大约两万个基因，由三百亿对碱基构成，分布于二十三对染色体上。大部分基因组是所谓的“垃圾”，这些序列片段在DNA的最终产品——一名人类——身上并无编码作用。大自然只要把一个序列放进DNA，哪怕毫无用处，似乎也懒得再拿出去了。

特种部队的科学家可没那么讲究。每次构造新躯体模型时，他们的第一步就是除去冗余和不活化的基因物质，到最后只剩下干干净净的精简版DNA序列，但这个序列毫无用处，因为修改人类基因组破坏了染色体结构，复制能力随之丧失。不过这只是第一步，还有好几步才到重新装配和复制新基因组呢。

轻量化的新DNA序列包括让人类是人类的每一个基因，但这远远不足。人类的基因型决定了人类无法呈现出特种部队需要的可塑性，言下之意，我们的基因造不出特种部队那些超人。剩下的人类基因组被分开、重新设计和重新装配，得到的基因编码产生充分增强的各种能力。这个过程需要引入外源基因和遗传物质。来自其他人类的基因在结合时很少出现问题，因为人类基因组本来就能容纳来自他人基因组的遗传信息（这个经常被热烈完成的自然过程名叫“性爱”）；其他地球生物的基因相对而言也不难，因为地球生物都拥有相同的基因块，彼此在遗传学上有着亲缘关系。

结合非地球种族的遗传物质就困难得多了。有些星球演化出了类似于地球的基因结构，遗传物质中也有地球生物基因内的核苷（不一定非得是全部。也许并非意外，这些星球上的智慧种族都出了名地喜欢吃人，比方说觉得人肉颇为美味的勒雷伊人）。但大多数外星物种的遗传结构和成分都迥异于地球生物，使用他们的基因就不能只是剪切和粘贴了。

特种部队解决这个难题的办法是这样的：读取外星种族的DNA对等物，用转码器“编译”成地球生物DNA格式的遗传信息；所得到的DNA如果能发育，诞生的个体在外貌和官能上都会接近原先的外星生物。接下来就可以采集编译生物的基因，放进特种部队的DNA了。

这个基因设计过程最终的结果是一组DNA，所描述的生物基于人类，但完全不是人类；假如在这个阶段让它开始发育，你将得到一团纠结扭曲的肉块，连它的精神教母玛丽·沃斯通克拉夫特·雪莱见了都要绕着走。将DNA拽得远离人类之后，特种部队的科学家现在又要重新修饰遗传信息，把他们创造的怪物变回可辨识的人类外形。这些科学家自认这是最困难的步骤，有几个私下里还怀疑过有没有这个必要；但你必须记住，这些家伙本身看起来一个个都是人类外形。

DNA到这里总算装配完毕，其主人将有人类的外形和超人的能力。不过，即使加入了非地球的基因，它还是比一般的人类DNA简洁得多；后继的编码工程使得DNA组合成五对染色体，比未经改造人类的二十三对少了许多，比果蝇只多一对。尽管特种部队的士兵和基因来源者拥有相同的性别，与性发育有关的基因也保留在了最终的缩减版DNA内，但他们没有Y染色体，这一点让最初指派给特种部队的（男）科学家略感不安。

装配完毕的DNA放进受精卵空壳，再放进发育容槽，受精卵逐渐开始有丝分裂。从受精卵到胚胎发育完全的这个过程被加快了许多倍，新陈代谢的热量足以导致DNA变性。发育容槽充满了导热液体和纳米机器人，纳米机器人渗入发育中的细胞，散出胚胎快速生长时产生的热量。

特种部队的科学家还要继续降低士兵躯体的人类比重。生物层面的拆修之后是技术升级。将特殊化的纳米机器人注入快速发育的特种部队胚胎头部，目的地有两个：大部分赶往骨髓丰富的骨骼中心，消耗骨髓后取而代之，产生携氧能力更强、更容易凝结和几乎免疫所有疾病的智能血；其余的纳米机器人迁居快速扩张的大脑，为脑伴电脑奠定基础，完工的脑伴将是一个玻璃球大小的东西。这个球体深植于大脑中央，被密密麻麻的触须环绕，触须感应大脑的电场，翻译念头，将结果送往士兵的眼睛和耳朵内的输出设备。

还有其他的改造措施，很多尚处于试验阶段，仅在一小部分发育体身上测试，看是否能产生什么优势。要是有优势，改造措施就会在特种部队内广泛应用，列入殖民防卫军普通士兵的下一代升级方案候选清单。要是没有，改造措施随着试验主体消亡。

特种部队的士兵在二十九天内长成人类新生儿尺寸；只要容槽的新陈代谢管理不出错，十六周就能长到成人尺寸。殖民防卫军尝试过继续缩短发育周期，结果导致新陈代谢热量过大直接烤焦了躯体。要是DNA转录出错，胎儿没有流产，躯体就算不死也会患上癌症或出现致命突变。十六周，DNA的化学稳定性已被推到极限；在十六周结束后，发育容槽让一种人工荷尔蒙流遍躯体，将新陈代谢拉回普通水平。

在发育过程中，容槽会训练躯体，增强其力量，让未来的主人一醒来就能使用。大脑内，脑伴协助形成一般性的神经通道，刺激各个器官的控制中枢，减轻意识从无到有的困难。

对于大部分特种部队士兵来说，现在只剩下所谓的“出生”了，也就是灌注过程，接下来他将迅速（一般而言）而顺利地开始军旅生涯。对于某一名特种部队士兵来说，还剩下一个步骤需要完成。

斯奇拉德朝技术员打个手势，他们忙碌起来。威尔逊把注意力放回设备上，等待开始传送的信号。技术员示意准备完毕，威尔逊把那个意识送上路。机器轻轻嗡鸣，容槽里的躯体一动不动。过了几分钟，威尔逊和技术员讨论几句，又和罗宾斯说了几句，罗宾斯走到麦特森身边，说："完成了。"

"完成了？"麦特森望向容槽里的躯体，"看着没什么不同，还像是在昏迷。"

"还没有唤醒他呢，"罗宾斯说，"技术员想知道你打算怎么唤醒他。唤醒特种部队的士兵很简单，把脑伴切换到意识融合模式，让士兵在建立起意识之前能有个临时自我感。但这具躯体里已经有个意识了，他们不想打开脑伴，以免引起意识混乱。"

麦特森"哼"了一声，他觉得这个点子很好笑。"别打开脑伴，就这么唤醒他，"他说，"假如真是布廷，我可不喜欢他头脑混乱。我要他交代问题。"

"是，长官。"罗宾斯说。

"要是成功了，他一醒来就会知道他是谁，对吧？"麦特森问。

罗宾斯望向威尔逊，威尔逊能听见他们的对话，威尔逊耸耸肩点点头。罗宾斯说："我们觉得是的。"

"很好，"麦特森说，"我希望他一睁眼就看见我。"他走到容槽前，把自己贴在没有意识的躯体面前。"叫他们唤醒这个龟孙子。”他说。罗宾斯对一名技术员点点头，技术员伸出手指，猛戳她一直在摆弄的控制台。

躯体抖了一下，完全是人们在半梦半醒之间忽然感觉自己正在坠落时的反应。眼皮忽闪抽搐，突然睁开。双眼左右扫视，似乎有点迷糊，视线最后落在俯身狞笑的麦特森脸上。

“好啊，布廷，”麦特森说，“看见我吃了一惊吧？”

躯体拼命把脑袋凑近麦特森，像是想说什么。麦特森非常配合地弯下腰。

躯体放声尖叫。

斯奇拉德将军走出灌注室，在厕所里找到了正在撒尿的麦特森。

“耳朵怎么样了？”斯奇拉德问。

“这他妈是个什么问题啊，”麦特森面对墙壁说，“你试试让个白痴冲着你耳朵大叫一声，然后再来跟我谈感受。”

“他不是白痴，”斯奇拉德说，“你唤醒了一个新生的特种部队士兵，而且没有开脑伴。他毫无自我感，只是做了每个新生儿都会做的事情。你还能指望什么？”

“我指望他是查尔斯·他妈的布廷，”麦特森抖了抖那话儿，“你没忘记吧，否则我们为什么要培育容槽里的那个小王八蛋？”

“你知道不一定能成功的，”斯奇拉德说，“我告诉过你，你的部下也告诉过你。”

“谢谢你的提醒，”麦特森，他拉上拉链，走到洗手池前，“这场小冒险只是浪费了许多他妈的时间。”

“他仍旧可能有用，”斯奇拉德说，“意识也许需要时间浮现。”

“罗宾斯和威尔逊说他只要醒来，意识就在躯体里了，”麦特森在龙头底下挥着手说，“该死的自动龙头！”他最后干脆用一只手包住感应器，水终于流了出来。

“这是我们第一次尝试做这种事，”斯奇拉德说，“罗宾斯和威尔逊也许搞错了。”

麦特森一声冷笑：“没有‘也许’，斯奇拉德，他俩确实搞错了，但错的地方和你说的不一样。另外，在等待他的‘意识浮现’期间，你还打算派手下照顾一个发育完全的成年婴儿吗？我猜你会说‘不行’，反正我他妈的肯定不帮你养。浪费的时间已经够多了。”麦特森洗完手，左顾右盼找纸巾盒。

斯奇拉德指着对面墙壁说：“空了。”

“唉，不想都知道，”麦特森说，“人类能从DNA制造出士兵，却记不住厕所里是要放纸巾的。”他使劲甩手，把剩下的水擦在裤子上。

“先不提纸巾的问题，”斯奇拉德说，“你难道要把这名士兵让给我？如果是这样，那我就打开他的脑伴，让他尽快加入训练小队。”

“急什么？”麦特森说。

“他是一名发育完全的特种部队士兵，”斯奇拉德说，“虽然我也没那么着急，但你很清楚特种部队的周转率有多高。我们永远缺人。就这么说吧，我有信心断定这名士兵最后应该能派上用场。”

“你倒是乐观得很。”麦特森说。

斯奇拉德笑了笑，问麦特森：“你知道特种部队士兵是怎么起名的吗，将军？”

“沿用科学家和艺术家的名字。”麦特森说。

“科学家和哲学家，”斯奇拉德说，“其实只用姓氏，名是从常用人名里随便选的。我的名字来自里奥·斯奇拉德。他协助制造了第一枚原子弹，后来对此很内疚。”

“我知道里奥·斯奇拉德是谁。”麦特森说。

“我没暗示说你不知道，将军，”斯奇拉德说，“但谁知道你们真生人到底知不知道呢。你们的知识结构总有奇怪的空白。”

“我们把接受高等教育的那几年都花在求偶上了，”麦特森说，“分心得很，都没空把二十世纪科学家的事迹往脑袋里塞了。”

“想象得到，”斯奇拉德半冷不热地说，然后顺着刚才的思路讲了下去，“除了科学天赋，斯奇拉德还擅长预测未来。他预见到了二十世纪的两次世界大战和其他重要事件。这让他神经兮兮的，比方说他总是住旅馆，永远带着求生包。只是为了以防万一。”

“有意思，”麦特森说，“言下之意是？”

“我不想说我和里奥·斯奇拉德有任何关系，”斯奇拉德说，“我只是凑巧分配到了他的名字而已，但我觉得我也有他的预测天赋，特别是在战争方面。我认为这场即将来临的战争将非常险恶。这不是瞎猜，因为已经知道了目标，所以我们一直在搜集情报。但就算不掌握任何情报，也该知道人类同时对抗三个种族的胜算很小。”斯奇拉德朝实验室摆摆头，“这名士兵也许没有布廷的记忆，但他仍旧有布廷的基因。我认为这一点会很有用，我们将会需要一切能得到的帮助。你就管他叫我的求生包吧。”

“你决定留着他，仅仅因为直觉？”麦特森说。

“直觉很重要。”斯奇拉德说。

“斯奇拉德啊，有时候你倒确实像个青少年。”麦特森说。

“你愿意把这名士兵让给我了，将军？”斯奇拉德问。

麦特森随意挥挥手，说：“送你了，将军，好好享用。至少我不必担心这个会叛变人类。”

“谢谢。”斯奇拉德说。

“你打算怎么玩你的新玩具？”麦特森问。

“首先呢，”斯奇拉德说，“该给他起个名字。”

4

和大多数新生儿一样，他降临人世时也放声大叫。

他周围的世界是无形混沌。世界刚出现，有个东西离他很近，发出一些怪声音，这吓坏了他。那东西突然退开，留下了响亮的声音。

他哭了起来。他尝试移动躯体，但做不到。他继续哭。

又一个东西接近他，按照先前唯一的经验，他在恐惧中尖叫，试着逃开。那东西发出一些声音，做了一些动作。

清楚了。

就仿佛意识架上了一副矫正镜片。世界突然变得井然有序。陌生归陌生，但各种事物都有了意义。他知道尽管他认不出也叫不出所见事物的名称，但这些东西都有名称和属性。他的意识有一部分活跃起来，心急火燎地想给事物分门别类，但此刻还做不到。

整个宇宙就在嘴边但就是说不出来。

“能收到吗？”前方的形状——一个人——问他。他能。他能听见这个问题，但他知道对方并没有出声，问题被直接塞进了他的脑海。他不知道他是怎么知道这一点的，也不知道对方是怎么做到的。他同样不知道该怎么回应。他张开嘴，试图答话。

“别出声，”面前的人说，“试着把你的回答发送给我。比说话快。我们都是这么交流的。告诉你办法。”

指南出现在他的脑海里——他得到的不止是指南，还有一个念头：他不明白的所有事情都可以被定义、阐述和放入语境。就在他思考这一点的时候，他感觉到刚才收到的指南开始扩张，不同的概念和想法分别进入不同的神经通道，寻找着各自的意义，以建立起他能够使用的框架。这些概念和想法汇集成一个大想法，这个格式塔让他有了回应的能力。他感觉到回应面前那个人的愿望越来越强烈，意识觉察到这一点，提出一系列备选的回应内容。每份内容又像指南一样自动解压，提供了意义、语境和配套的回应内容。

所有这些只花了不到五秒钟。

“我收到了。”他最后说。

“很好，”他面前的人说，“我是朱迪·居里。”

“哈啰，朱迪。”他说，在此之前，大脑解压了名字的概念，解释了别人报上名字和身份后你该如何回应。他想报上他的名字，但这部分是个空白。他忽然非常困惑。

居里对他笑了笑，问：“怎么也想不起来自己的名字？”

“对。”他说。

“这是因为你还没有名字，”居里说，“想知道你叫什么名字吗？”

“谢谢。”他说。

“你叫雅列·狄拉克。”居里说。

雅列感觉到名字在脑海里解压。雅列：来自《圣经》的名字（“来自《圣经》的”一词的定义解压，领着他走向“书籍”和《圣经》的定义，他没有去读《圣经》，因为他感觉到阅读这本书和接下来将会解压的内容不是几秒钟读得完的），雅列是玛勒列的儿子，以诺的父亲，《摩门经》（又是一本解压但他没有理会的书）里雅列一族的领袖。词义：后代。“狄拉克”有几个定义，多数来自保罗·狄拉克，一位科学家。雅列本已解压过名字的意义和命名习俗的内涵。他望向居里。

“我是保罗·狄拉克的后代？”他问。

“不，”居里说，“你的名字是从候选姓名中随意挑选的。”

“但我的名意味着后代，”雅列说，“姓氏来自家族。”

“就算在真生人里，名通常也没有多少意义，”居里说，“对于我们，连姓氏也没有意义。雅列，不要过度研读你的姓名。”

雅列对此思考了几秒钟，让这些念头自由解压。有一个叫“真生人”的概念拒绝自我解压；雅列记下要继续探索，但此刻暂且搁下。他最后说："我很困惑。"

居里笑着答道："刚开始确实会经常困惑。"

"帮助我，让我别这么困惑。"雅列说。

"我会的，"居里说，"但我没法陪你太久。雅列，你没有按照时间表出生，你的队友两天前就开始训练了。你必须尽快融入集体，否则就有可能永远滞后。我带你去见队友，路上尽量给你说说，剩下的交给他们解释。好了，从容槽里出来吧。既然已经能思考，看看你走路怎么样。"

"走路"的概念自我解压，容槽里捆住雅列的束具松开，雅列稳住身子，坐起来，跳出容槽，一只脚站上地面。

"人类的一小步。"居里说。雅列惊讶地发现这句话解压出的内涵异常丰富。

"首先第一点，"居里领着雅列穿过凤凰星空间站，"你认为是你在思考，其实并不是。"

雅列的第一反应是说我不懂，但他忍住了，直觉第一次起作用，告诉他这恐怕是他近期对大部分事情的反应。他改口道："请解释。"

"你刚出生，"居里说，"你的大脑——真正的大脑——还是一片空白，没有知识和经验。代替大脑工作的是一台名叫'脑伴'的脑内电脑，正在向你传递知识和信息。你认为你明白了的所有事情实际上都通过了脑伴的处理，以你能领会的方式反送给你。建议你如何回应各种事情的也是脑伴。注意人群。”居里左右躲闪，避开聚在通道中央的一群防卫军士兵。

雅列跟着她躲闪。“但我感觉这些我都知道，”雅列说，“就仿佛我曾经知道，但现在不知道了。”

“在你出生前，脑伴调整过你的大脑，”居里说，“帮你铺设所有人类都具备的神经通道，让大脑为快速学习和处理信息做好准备。你的大脑已经作好了学习的准备，所以你会感觉你早就知道了。在你生命中的第一个月，看什么都会觉得似曾相识。等你学会了，知识储存进真正的大脑，就不需要把脑伴当成拐杖了。我们天生如此，搜集信息、处理并理解信息的速度比真生人快好几倍。”

雅列停下脚步，一方面是让意识解压居里刚才说的那些内容，但还有另一方面的原因。居里觉察到他停下了脚步，也跟着站住，说：“怎么了？”

“这是你第二次使用‘真生人’这个词，我找不到它的定义。”

“上头不会把这种词语放进脑伴。”居里说。她继续向前走，指着通道里的其他士兵说：“他们就是‘真生人’——生下来是婴儿，发育时间很久，需要好些年。你出生才十六分钟，而他们活十六年知道的也许还不如你多。这么发育非常没效率，但符合自然规律，他们因此认为这就是正确的。”

“你不认为？”雅列问。

“我认为这无关正确错误，只是缺乏效率而已。”居里答道，“我和他们一样活着，‘真生人’这个字眼并不恰当，因为我们也是生出来的。出生，生活，死去。没有区别。”

“所以我们和他们一样。”雅列说。

居里扭头看了他一眼，答道：“不，我们和他们不一样。我们被设计得在肉体和精神方面都强于他们。我们行动更敏捷，思考更迅速，连交谈都比他们快。第一次和真生人交谈，感觉就像他们在以半速行动。哪，看着。”居里停下脚步，做出困惑的表情，拍拍恰好路过的一名士兵的肩膀。

“抱歉，”她说——用嘴巴说，“据说这一层有个餐厅，汉堡好吃得不得了，但就是找不着。能帮个忙吗？”居里说话的声音和雅列在脑海里听见的声音差不多，但语速比较慢，刚开始雅列都有点不明白她在说什么。

“没问题，”士兵答道，“你说的那地方离这儿有几百码，顺着这个方向继续走就能看见，遇到的第一个餐厅就是。”

“太好了，谢谢，”居里重新迈步，对雅列说，“明白我的意思了吧？就好像他们是弱智什么的。”

雅列心不在焉地点点头。他的大脑已经解压了“汉堡”的概念，继而解压了“食物”，导致他意识到了与谈话内容完全无关的一件事。他对居里说：“我认为我饿了。”

“不急，”居里说，“你应该和训练队友一起吃饭。这是团队体验的一部分。以后你做大部分事情都要和训练队友一起做。”

“你的训练队友在哪里？”雅列说。

“这个问题有意思，”居里说，“我有好几年没有见过他们了。训练结束后你很难再见到训练队友。训练结束后，你将被分配到需要你的岗位上，然后融入所在的班和排。现在我融入的特种部队排负责在士兵出生时灌输意识。”

雅列在脑海里解压“融入”的概念，但发现很难理解。正要再次尝试，居里打断了他的思路，她还在继续说话。“很抱歉，你在队友中将处于不利位置，”她对雅列说，“他们醒来时就已融入集体，已经习惯了彼此的存在。他们要花几天时间适应你。你应该和他们同时出槽和融合的。”

“我为什么没有呢？”雅列问。

“到了。”居里说着在一扇门前停下。

“这是什么？”雅列问。

“交通艇机师的待命室，”居里说，“带你飞一段。来吧。”她为雅列开门，然后跟着雅列进去。

房间里有三位正在打扑克的机师。居里说：“我找克劳德中尉。”

“他啊，正被操得死去活来呢，”一名机师说着把一枚筹码丢进底池，“加十点。”

“欲仙欲死，”另一名机师说着也扔了一枚，“跟十点。”

“我们要是真在赌钱，二位的嘲笑或许还稍微有点杀伤力，”第三个人说，根据排除法，他就是克劳德中尉。他扔下三枚筹码，“十点跟了，再加二十。”

“费用全免的地狱观光就属这一点最不好，”第一名机师说，“费用既然全免，就没理由发钱给大家了。跟。”

“要是早知道我的老板是这样，我保准不会申请加入，”第二名机师说，“跟。”

“嘿嘿，看来你们俩除了没脑子之外，现在就连老命也快没了，”克劳德说，“别说什么被劳动异化，你们早就异化得连渣都不剩了。另外，见到这手牌还得破费几百块钱。”他摊开手上的扑克，“一对A，三个8。相对垂泪吧二位。”

“唉，妈的！”第一名机师说。

“谢谢你，卡尔·马克思。”第二名赞颂道。

“有史以来第一次有人在牌桌上这么说，”克劳德说，“你该感到自豪。”

“哦，我自豪得很，”那名机师答道，“就是千万别告诉我老妈。她那颗德州老心脏会碎成几瓣的。”

“一定帮你保守秘密。”克劳德说。

“克劳德中尉，”居里说，“您能在本世纪内回答我一句吗？”

“抱歉啊，中尉，”克劳德说，“我只是必须先完成仪式性的口头羞辱。你肯定能理解的。”

“不怎么理解，”居里说着朝雅列点点头，“这就是要送往卡森营地的那个新兵。命令和许可你应该已经拿到了。”

“应该吧，”克劳德停下半分钟，访问脑伴，“对，拿到了。我的交通艇也已经整修完毕，加满燃料。我提交一下飞行计划，咱们就可以出发了。”他望着雅列，“就你一个人，没别的？”

雅列望向居里，居里摇摇头。“没有，”他说，“就我一个人。”第一次听见自己的嘴里发出声音，第一次明白形成语言是多么缓慢，他有点惊讶。他还觉察到了舌头的存在和舌头在嘴里的蠕动过程，这让他稍微有点恶心。

克劳德注意到雅列和居里之间的交流，没有评论，朝椅子打个手势说：“那好，哥们儿，请坐。我马上就带你出发。”

雅列坐下，抬头看着居里，问：“我现在该做什么？”

“克劳德中尉用交通艇带你去凤凰星的卡森营地，你和训练队友会合，”居里说，“他们比你提前几天进入训练，但最初一两天主要是融入集体和稳定人格。你不一定错过了真正的训练。”

“你会在哪儿？”雅列问。

“我就在这儿，”居里说，“你觉得还会是哪儿？”

“不知道，”雅列说，“我害怕，我只认识你一个人。”

“冷静。”居里说，雅列感觉到她传递来了一种情绪，脑伴处理后为他解压了“移情”的概念。“几小时后，你就会融入训练队友中了，一切都会好的。到时候你会更理解这个世界的。”

“好的。”雅列说，但并不完全相信。

“再见了，雅列·狄拉克。”居里说着微笑一下，转身离开。雅列感觉到居里在他的意识里继续逗留了几秒钟，直到她忽然想起忘了关闭链接通道，这才突然消失。雅列不由回顾起了两人共处的这段短暂时光，脑伴为他解压了“回忆”的概念。回忆的概念触发了一种情绪，脑伴解压“动人”的概念。

“哎，我能问个问题吗？”克劳德问雅列，他们开始降向凤凰星的地表。

雅列思考着这个问题，其语义结构的二义性允许多种诠释。一方面，克劳德已经通过提问回答了自己的问题；另一方面，他明显有向雅列提问的能力。雅列的脑伴提示（雅列也赞同）这并不是问题的正确诠释。可以推测，克劳德知道他从程序上来说有能力向雅列提问，假如在此之前他不知道，现在也该知道了。雅列的脑伴还在解压并分类补充其他诠释，雅列不由希望有朝一日他不需要无休无止地解压概念，就能直接领悟语句的正确诠释。他诞生和觉醒不过一个钟头，已经觉得这么做很烦人了。

雅列思考着可用的选项，过了一段时间——对他而言颇为漫长但对机师而言几乎不存在——他壮着胆子扔出了似乎最符合语境的答案。

“好。”雅列答道。

“你是特种部队的对吧？”克劳德问。

“对。”雅列答道。

“你多大年纪了？”克劳德问。

“现在？”雅列问。

“对。”克劳德答道。

雅列的脑伴提醒雅列，他有个内置的天文钟，他读取时间，答道：“七十一。”

克劳德上下打量他：“七十一岁？按照大家的说法，你在特种部队算是非常老的了。”

“不，不是七十一岁，”雅列说，“七十一分钟。”

“不是扯淡吧？”克劳德说。

他又花了一小段时间选择诠释，最后答道：“不是扯淡。”

“妈的，太古怪了。”克劳德说。

“怎么说？”雅列问。

克劳德张开嘴又闭上，瞪了雅列一眼，说：“呃，你大概不知道，但对于大部分人类，和一个才出生一个多钟头的家伙聊天就很古怪。妈的，牌局刚开始的时候，你都还没出世呢。大部分人类在你这个年纪都还不一定学会了呼吸和拉屎呢。”

雅列查询脑伴后答道：“此刻我正在做两件事中的一件。”

这话逗得克劳德吃吃发笑，说：“破天荒第一次听你们说笑话。”

雅列思考片刻，答道：“不是开玩笑，我真的正在做其中之一。”

“那我只能衷心希望是呼吸了。”克劳德说。

“确实是。”雅列答道。

“那就好，”克劳德又吃吃暗笑，“我有一瞬间还以为我总算遇到了有幽默感的特种部队士兵呢。”

“抱歉。”雅列说。

“天，这有什么好抱歉的，”克劳德说，“你出生才一个多钟头，有些人活了一百年也培养不出幽默感。我有至少一个前妻从结婚到离婚连微笑都没笑过一次。你好歹有刚出生当借口，她可没有借口呀。”

雅列思考片刻，答道：“也许你这人不好玩。”

“看，”克劳德说，“你这不就在说笑话嘛。这么说，你真的只有七十一分钟大？”

“现在七十三了。”雅列答道。

“目前感觉如何？”克劳德问。

“对什么感觉什么如何？”

“这些啊，”克劳德朝四周打个手势，“生命、宇宙以及一切。”

“孤独。”雅列答道。

“呼，”克劳德说，“这么快就领悟了。”

“你为什么觉得特种部队的士兵没有幽默感？”雅列问。

“嗯，倒不是说你们不可能有，”克劳德答道，“只是我没见过而已。拿你在凤凰星空间站的那位朋友说吧，漂亮的居里小姐，我这一年一直在努力逗她发笑。每次送特种部队士兵去卡森营地，我都会见到她。但到现在还没成功。虽说也许只有她才这样，可每次接送特种部队士兵来往卡森营地，我都要努力逗你们发笑，但到现在也还没成功过。”

“也许你真的很不好玩。”雅列再次猜测道。

“看，你又说笑话了，”克劳德说，“不，我想过或许真是这样，但我逗普通士兵发笑毫无问题，至少逗其中一部分人发笑毫无问题。普通士兵很少有机会接触你们特种部队，但接触过的都同意你们没有幽默感。我们只能猜测这是因为你们生下来就是成年人，培养幽默感需要时间和练习。”

“给我说个笑话。”雅列说。

“真的？”克劳德说。

“真的，”雅列说，“一定要，我想听笑话。”

“让我想想看啊，”克劳德思考片刻，然后说，“好的，我想到了一个。你应该不知道歇洛克·福尔摩斯是谁吧？”

雅列沉默了几秒钟，答道：“现在知道了。”

“你刚才的行为很吓人，”克劳德说，“很好。笑话是这样的。一天晚上，歇洛克·福尔摩斯和助手华生决定去露营，明白吗？于是他们生了篝火，开了瓶酒，烤烤棉花糖什么的。反正就是寻常套路，接着就各自睡觉了。半夜里，福尔摩斯醒来，叫醒了华生。‘华生，’他说，‘看天，跟我说你见到了什么。’华生答道，‘星星。’福尔摩斯问，‘这说明了什么？’华生开始列举，比方说几百万颗星星，比方说天空清澈预示明天是晴天，比方说宇宙壮美证明上帝伟大。等他说完了，他转向福尔摩斯，问，‘福尔摩斯，你觉得夜空说明了什么？’福尔摩斯答道，‘说明有个王八蛋偷了咱们的帐篷！’”

克劳德期待地看着雅列，见到雅列一脸茫然地望着他，不由皱起眉头说：“你没听懂。”

“我听懂了，”雅列说，“但不好玩啊，确实有人偷了他们的帐篷。”

克劳德瞪着雅列看了几秒钟，放声大笑道：“我也许真的不好玩，但你太他妈的好玩了。”

“可我并没有说笑话啊。”雅列说。

“哈，这就是你的魅力所在了，”克劳德说，“好啦，即将进入大气层。交换笑话告一段落，让我集中精神安全着陆。”

克劳德把雅列留在卡森营地的太空港停机坪上，对雅列说：“他们知道你已经到了，有人正过来接你。乖乖等他们，别乱跑。”

“好的，”雅列说，“谢谢你送我一程，还有你的笑话。”

“客气了，”克劳德说，“不过我觉得两件事里有一件比另一件对你更有用。”克劳德伸出手，脑伴解压这个礼节的概念，雅列伸手握住克劳德的手。两人握手。

“现在你知道怎么握手了，”克劳德说，“这是必备的技能。祝你好运，狄拉克。你结束训练后，如果还是我送你回去，咱们再互相说笑话吧。”

“乐意之至。”雅列说。

“那你最好多学几个段子，”克劳德说，“别指望我总是重担一肩挑。看，有人过来了。估计他是来接你的。再见，雅列。离升降梯远点儿。”克劳德钻回交通艇里，准备回程飞行。雅列从交通艇前走开。

“雅列·狄拉克？”快速走近的那个人说。

“对。”雅列答道。

“我是加百列·布雷赫，”对方说，“你训练班的教官。跟我走。先见一见你的训练队友。”布雷赫走到雅列面前，和来时同样迅速地转身走向营地。雅列连忙跟上。

“你刚才在和机师交谈，”布雷赫边走边说，“你们在聊什么？”

“他在跟我说笑话，”雅列说，“他说大部分士兵认为特种部队没有幽默感。”

“大部分士兵对特种部队毫无了解，”布雷赫说，“听着，狄拉克，别再这么做了。你只是在给他们的偏见添砖加瓦。真生人士兵说特种部队没有幽默感是在侮辱我们，言下之意是说我们不如他们有人性。我们没有幽默感，所以就像是人类制造用来娱乐的次等机器人，只是毫无感情的机器人，用来让他们产生优越感。别给他们这种机会。”

脑伴解压完毕布雷赫的慷慨陈词，雅列回想他和克劳德的谈话，感觉不到克劳德在暗示他比雅列优等；但雅列也必须承认他生下来才几个钟头，有可能遗漏了很多信息。可是，雅列还是觉得布雷赫的话和他的亲身经历之间有出入——尽管也许并不大。

他壮着胆子提问道："特种部队有幽默感吗？"

"当然有，狄拉克，"布雷赫扭头看了他一眼，"每个人类都有幽默感。我们只是没有他们那种幽默感。给我说一个机师讲的笑话。"

"好的。"雅列重述了歇洛克·福尔摩斯的笑话。

"你看，多愚蠢的故事啊，"布雷赫说，"好像华生不知道帐篷丢了似的。这就是真生人幽默感的问题，总是暗示说有人是白痴。没有这种幽默感完全不可惜。"布雷赫散发出恼怒的情绪，雅列决定还是不要继续这个话题了。

他换个话题，问："这儿的都是特种部队吗？"

"是的，"布雷赫说，"特种部队只有两个训练营地，卡森营地是其中之一，也是凤凰星上唯一的训练营地。看见森林怎么环绕营地了吗？"布雷赫朝营地边缘摆摆头，来自地球的树木和凤凰星本地的巨型植物群正在竞争优势地位。"方圆六百公里之内没有文明痕迹。"

"为什么？"雅列问，回忆起布雷赫先前对真生人的评论，"上头不想让我们接触其他人？"

"上头不想让其他人接触我们，"布雷赫说，"特种部队的训练和真生人的训练不同，我们不需要普通防卫军和平民的娱乐，他们也许会误解在这里见到的东西。别打扰我们，让我们安安静静地单独训练，这样最好。”

“我知道我的训练进度落后了。”雅列说。

“落后的不是训练，”布雷赫说，“而是融入。我们明天才开始训练，但融入和训练同样重要。没有融入集体，你就不可能参加训练。”

“我该怎么融入？”雅列问。

“首先，和训练队友碰面，”布雷赫在一个小兵营的门口停下，“到了。我通知过他们你要来，他们正在等你。”布雷赫打开门，让雅列进去。

兵营里的陈设很简单，与过去几百年的人类兵营毫无区别。左右两边各有一排八张床，十五名男女有的坐在床上，有的站在床边，眼睛都盯着雅列。突如其来的关注淹没了他，脑伴解压“害羞”的概念。他急切地想和训练队友打招呼，忽然意识到他不知道该怎么用脑伴进行多人对话；与此同时他也意识到这时候张嘴说话就行。交流的复杂性难住了他。

他最后张嘴说：“哈啰。”有几个未来的训练队友被这种原始沟通方式逗乐了，谁也没有反过来问候他。

“我认为我没有开好头。”雅列向布雷赫发送道。

“他们在等你融入后作自我介绍。”布雷赫说。

“我什么时候融入？”雅列问。

“现在。”布雷赫答道，将雅列融入了他的训练队友行列。

雅列以中等程度讶异了十分之一秒，因为脑伴通知雅列，上司布雷赫能有限访问雅列的脑伴。就在这时，十五个人涌入雅列的脑海，而雅列同时出现在十五个人的脑海里，这件事顶开了先前的信息。信息犹如闪电，无法控制地击穿了雅列的意识，十五段人生故事倾泻而入，他相比之下贫乏得多的经历分岔流入十五根管道。问候寒暄变得多余，雅列在一瞬间内知道并感觉到了他对这十五个陌生人需要了解的全部情况，他们成了他最亲密的伙伴，人类之间的关系顶多不过如此了。还好这十五段人生都短得不合自然规律。

雅列被庞大的信息量击昏了。

“有意思。”雅列听见一个人说。他几乎立刻认出说话的人是布莱恩·迈克尔逊，尽管在此之前他们从未有过交流。

“希望他没打算养成这个习惯。”另一个声音说。斯蒂芬·西博格。

“别难为他了，”第三个声音说，“他出生时没有融入集体，突然间处理不了那么多信息。搭把手，扶他起来。”

萨拉·鲍林。

雅列睁开眼睛。鲍林跪在他旁边，布雷赫和其他队友在面前围成半圈，一个个面露好奇之色。

“我没事。”雅列向所有人发送道，他把回应输入面向全班的交流频道，布雷赫也包括在内。他自然而然地选择了这么做，这是融入时倾倒进脑海的一部分信息。“刚才没准备好，不知道该怎么处理。现在没事了。”

训练队友散发出的情绪犹如光环，每个人各自不同，有关切，有困惑，有恼怒，有无所谓，有好笑。雅列循着那股好笑的情绪返回源头，鲍林的愉悦显而易见，不但有情绪光环，还有一脸怪笑为证。

“好吧，看起来你没那么娇贵嘛，”鲍林说着站起身，伸出手说，“起来吧。”雅列抓住她的手，跟着站起来。

“萨拉有宠物了。”西博格说，几个队友心里泛起好笑的情绪，但有一种奇特的情绪犹如针刺，雅列突然意识到那是嘲笑。

“闭嘴，斯蒂芬，”鲍林说，“你都不知道宠物是什么意思。”

“也改变不了他是宠物的事实。”西博格说。

“更改变不了你是二货的事实。”鲍林说。

“我不是宠物。”雅列说，所有人忽然扭头看他。他觉得这次没有第一次那么可怕了，因为他们这些人本来就在他的脑海里。他把注意力放在西博格身上：“萨拉只是对我表示善意罢了。我并不会因此变成宠物，她也不会变成主人。只能说明她心肠够好，愿意拉我起来。”

西博格恶狠狠地“哼”了一声，从半圆形行列里抽身走开，打算去找点更有意思的事情做做。另外几个人跟着他走了。萨拉转向布雷赫，问：“每个训练班都有这种事？”

布雷赫微笑道：“你以为存在于彼此的脑海里就能让大家更容易相处？反而让你无处可躲。我真正惊讶的是你们居然还没打架。通常到了这时候，我不用撬棒就分不开受训者了。”布雷赫转向雅列，“你没事吧？”

“应该没事，”雅列说，“我需要一点时间理清头绪。脑袋里东西太多，我正在分门别类。”

布雷赫又望向鲍林：“你认为你能帮他理清头绪吗？”

鲍林笑着答道：“当然。”

“那狄拉克就交给你照看了，”布雷赫说，“明天开始训练。看能不能在明天前帮他跟上进度。”布雷赫转身走开。

“看来我真的成了你的宠物。”雅列说。

好笑的情绪从鲍林涌向雅列，她说：“你很好玩。”

“你是今天第二个这么说的。”雅列说。

“真的？”鲍林说，“说个好笑的笑话听听。”

雅列讲了歇洛克·福尔摩斯的笑话，鲍林放声大笑。

5

特种部队士兵的训练为期两周。加百列・布雷赫以一个问题开始了雅列所在班（正式名称是第八训练班）的训练。“你们和其他人类的区别何在？”他问，“知道答案的请举手。”

全班在布雷赫面前大致排成半圆形，众人沉默，最后还是雅列举起了手。“我们比其他人类更聪明、更强壮、更敏捷。”他回忆起了朱迪・居里的话。

“猜得不错，”布雷赫答道，“但说错了。我们被设计得比其他人类更强壮、更敏捷、更聪明，但这是我们的不同之处导致的结果。根本区别在于，在所有人类之中，只有我们生下来就有目标。这个目标很简单，帮助人类在宇宙中求生。”

全班成员面面相觑，萨拉・鲍林举起手：“有其他人帮助人类求生，我们在凤凰星空间站和来这里的路上见过他们。”

“但这不是他们生下来的目标，”布雷赫说，“你见到的那些人，那些真生人，生下来并没有任何计划。他们之所以出生，是因为生物本能要求人类制造后代，但生物本能并不考虑生下来以后的事情。真生人会活上好多年都完全不清楚自己打算干什么。据我所知，他们中间有些人一辈子也搞不明白。他们只是茫然混完一生，到死跌进坟墓。可悲，而且缺乏效率。”

“你们这辈子会做很多事情，但茫然瞎混绝对不在其中，”布雷赫继续道，“你们生下来就是为了保护人类，也是按照这个目标设计的。你们身上从基因开始的一切都体现出这个目标。所以你们才比其他人类更强壮、更敏捷、更聪明。”布雷赫朝雅列点点头，“所以你们生下来就是成人，作好了快速、有效、高效投入战斗的准备。殖民防卫军训练真生人士兵需要三个月，我们不但只需要两周，而且完成的内容还多得多。”

斯蒂芬·西博格举起手，问：“真生人训练为什么要那么久？”

“我演示给你看，”布雷赫说，“今天是训练第一天，你们知道怎么立正和其他的基本军姿吗？”训练班的所有人茫然地看着布雷赫。“很好，”布雷赫说，“指南来了。”

雅列感觉到新信息涌入大脑。新知识杂乱无章地堆在意识里，雅列感觉到脑伴把信息导入正确的地方，他现在对解压的过程已经十分熟悉，新的知识展开枝杈与雅列已知的知识连接在一起。

雅列立刻明白了列队操练的各种规程。不止如此，他的大脑还油然升起一种出乎意料的情绪，又被整个训练班的融合思想扩大了许多倍。他们乱七八糟地在布雷赫面前或站或坐，甚至还有靠着兵营台阶的——这么做不对。失礼，可耻。三十秒后，他们立正站成了四乘四的整齐方阵。

布雷赫笑着说："你们第一次就成功了，阅兵稍息。"全班改成稍息站姿，双脚分开，手放在背后。"很好，"布雷赫说，"稍息。"全班放松了上半身。

"真生人需要训练多久才赶得上你们刚才的水平，我说了你们也不肯相信，"布雷赫说，"真生人需要操练，重复操练，一遍又一遍练习，才有可能做得对，他们学会的内容你们在一两个周期内就能学会并吸收。"

"真生人为什么不这么训练？"艾伦·米利肯问。

"他们做不到，"布雷赫说，"他们的旧意识挡了路。光是学习如何使用脑伴就够难为他们的了。我要是像刚才那样给他们发送军姿规程，他们的大脑根本无法处理。另外，他们无法融入集体，不能像你们——像所有特种部队士兵那样自动分享信息。他们不是为此设计的，不是为此而生的。"

"我们更优秀，但真生人士兵也存在啊。"斯蒂芬·西博格说。

"对，"布雷赫说，"特种部队的数量还不到防卫军战斗力的百分之一。"

"我们如果这么好，数量为什么这么少？"西博格问。

"因为真生人害怕我们。"布雷赫答道。

“什么？”西博格问。

“他们对我们有戒心，”布雷赫说，“他们培育我们是为了保护人类，但他们怀疑我们还算不算人类。他们把我们设计成更优秀的士兵，但他们担心设计有缺陷。因此他们认为我们是较低等的人类，分配给我们的任务是他们害怕会让他们丧失人性的任务。他们制造我们的数量仅够完成那些任务。他们不信任我们，因为他们不信任他们自己。”

“愚蠢。”西博格说。

“讽刺。”萨拉·鲍林说。

“两者都有，”布雷赫说，“理性不是人类的强项。”

“难以理解他们为什么那么想。”雅列说。

“你说得对，”布雷赫看着雅列说，“你无意间倒是说中了特种部队的种群弱点。真生人很难信任特种部队，而特种部队很难理解真生人。问题始终没有解决。我已经十一岁了——”讶异的情绪在全班成员之间传递，他们无法想象那么久远的一段时间。“我敢发誓我在大多数时候还是不理解真生人。他们的幽默感——狄拉克，我和你讨论过的——只是最显而易见的例子。因此，除了体能和心理训练，特种部队还需要接受一项特别训练：真生人的历史与文化。这样在遇到真生人士兵时，也就能理解他们和他们是如何看待我们的了。”

“听着像是浪费时间，”西博格说，“真生人如果不信任我们，我们为什么要保护他们？”

“这是我们生下来的目标——”布雷赫说。

“我又没有要求被生下来。”西博格说。

“——而且你这么想就和真生人一样了，”布雷赫说，“我们也是人类。我们为人类而战，也是为了我们自己而战。没有谁要求降生，但我们已经生下来了，而且还是人类。我们为我们自己而战，如果我们不保卫人类，我们就和其他人类一样死路一条。宇宙不会网开一面。”

西博格陷入沉默，但把恼怒广播给了所有人。

“我们只能做这个吗？”雅列问。

“什么意思？”布雷赫说。

“我们为了打仗而生，”雅列说，“但我们还能干其他事情吗？”

“你有什么建议？”布雷赫问。

“不知道，”雅列说，“可我只有一天大，知道得不够多。”这话惹得大家发笑，布雷赫露出笑容。

“我们为此而生，但我们不是奴隶，”布雷赫说，“我们有服役期，十年，期满后可以选择退役，以真生人身份殖民。甚至有一个专为我们开辟的殖民地。有些特种部队士兵去了那儿，有些选择去其他殖民地加入真生人，但大部分人留在特种部队里。比方说，我。”

“为什么？”雅列问。

“这是我生下来的目标，”布雷赫重复道，“而且我很擅长。你们都很擅长，或者说没多久就会变得很擅长。现在，开始训练。”

“我们做很多事情都比真生人快，”萨拉·鲍林说着舀起一大勺汤，“但我猜吃饭肯定不是其中之一，吃得太快会噎着。很好玩，但不是好事。”

分配给第八训练班的两张餐桌的其中一张，雅列坐在萨拉对面。艾伦·米利肯对真生人和特种部队的训练方式很好奇，发现真生人以排而非班为单位训练，特种部队训练班与防卫军训练班的人数也不同。米利肯把他在这个题目上找到的资料发送给八班全体成员，加入所有人的信息库。融合的另一项优势自然体现，八班只要有一名成员学到什么东西，其他成员也会知道。

雅列吱溜吱溜地喝着他的汤，他说：“我认为我们吃饭也比真生人快。”

“怎么说？”鲍林问。

雅列舀了一匙汤，“因为他们边说话边喝汤就会这样。”他说，汤从嘴里漏了出来。

鲍林捂住嘴，按下大笑。过了半秒钟，她说：“糟糕。”

“怎么了？”雅列问。

鲍林左右看看，雅列环顾四周，发现整个食堂的人都在看他。雅列这才意识到他要是开口说话，所有人都能听见。食堂里只有他在吃饭时用嘴说了话。雅列忽然意识到最后一次听见别人说话是和克劳德中尉道别。出声说话很奇怪。

“抱歉。”他在公共频道上说。大家继续吃饭。

“出丑了吧。”桌尾的斯蒂芬·西博格对雅列说。

“开玩笑而已。”雅列说。

“‘开玩笑而已’，”西博格嘲弄地重复道，“白痴。”

“你很不友好。”雅列说。

“‘你很不友好’。”西博格说。

“雅列就算是白痴，但至少还会自己说话。”鲍林说。

“喂，鲍林，闭嘴，”西博格说，“你插什么嘴。”

雅列正要反击，视野内忽然出现了一幅图像。几个矮小的畸形人类尖着嗓子争论什么。其中之一用鹦鹉学舌来嘲笑对方，和西博格刚才对雅列做的事情一模一样。

“他们是什么人？”西博格问，鲍林也满脸困惑。

加百列·布雷赫的声音跃入脑海。“小孩，”他说，“尚未发育完全的人类。他们正在吵架。看见了吗？他们吵架的方式和你们刚才一模一样。”

“是他挑起的。”西博格在食堂里寻找布雷赫。布雷赫在远处一张餐桌前，和其他军官一起吃饭。他甚至没有回头看他们三个人。

“真生人之所以不信任我们，有一个原因就是他们深信我们是孩童，”布雷赫说，“拥有成年尺寸的躯体，但情感发育受挫的孩童。问题在于，他们是正确的。我们必须学会像成年人、像所有人类那样控制情绪，而给我们的学习时间短得可怕。”

“可是——”西博格说。

“安静，”布雷赫说，“西博格，今天下午操练结束后你有个任务。你可以通过脑伴访问凤凰星的数据网络。你的任务是研究礼节和如何解决人际冲突。尽量搜集资料，在今晚十二点前与八班同伴分享。明白了吗？”

“明白了。”西博格说着责难地横了雅列一眼，接着扑向他的食物。

“狄拉克，你也有个任务。读《弗兰肯斯坦》。看你能得到什么感想。”

“是，长官。”雅列说。

“还有，别再从嘴角滴汤了，”布雷赫说，“看着像智障。”布雷赫关闭了链接。

雅列望向鲍林，问：“你为什么能全身而退？”

鲍林把汤匙伸进汤里。“我没有乱玩食物，”她说着吞下一口汤，“而且也没有表现得像小孩。”说完她朝雅列吐吐舌头。

下午的训练向八班介绍了他们的武器，MP-35A突击步枪。这种武器通过脑伴认证与主人绑定，只有主人和另一名拥有脑伴的人类能开枪。这个特性大大降低了防卫军士兵用武器互射的概率。特种部队使用的MP-35A经过额外改造，以利用他们的融合能力；它有个显著的优点是可以遥控射击。特种部队多年来利用这一点让不少好奇心旺盛的外星人受到了致命惊吓。

MP-35A不是普通的步枪。它可以按照使用者的判断，发射子弹、霰弹、榴弹和微型制导导弹，同时还能喷射火焰和离子束。各种弹药都是在转瞬之间由MP-35A从沉重的金属纳米机器人结块中制造出来的。雅列不由琢磨起了步枪是怎么做到这一点的，脑伴忠诚地解压了这种武器背后的原理，继而解压了普通物理学这个巨大而难以处理的数据包，但此刻的八班正身处射击场。解压得到的信息自然也转发给了全班人员，所有人带着程度不同的恼怒瞪着雅列。

“抱歉。”雅列说。

到漫长的下午结束时，雅列已经掌握了MP-35A繁多复杂的功能选项。雅列和新兵约书亚·莱德蒙集中精神研究MP可发射的各种子弹，评估优缺点，将结果转发给全班成员。

正准备继续研究另外几个弹药选项时，八班其他成员传来这些选项的研究结果，雅列和莱德蒙体验到了信息共享的好处。雅列不得不承认，尽管他和斯蒂芬·西博格关系不好，但若是想找人用火焰喷射器掩护他，西博格绝对是不二人选。回兵营的路上，雅列这么告诉了西博格，西博格没搭理他，反而开启了与安德蕾·盖尔曼的私人对话。

吃过饭，雅列在兵营外的台阶上找个地方坐下。在脑伴的短暂指导之下（他格外小心，缓存了他的搜索历史，以免早些时候数据溢出的悲剧重演），他登入凤凰星的公共数据网络，取得一份玛丽·沃斯通克拉夫特·雪莱的《弗兰肯斯坦——当代普罗米修斯》，一八三一年的第三版。

八分钟后，他读完这本书，陷入震惊，凭直觉（正确地）知道了布雷赫为什么要他读这本书：他和八班——以及所有特种部队士兵——都是维克多·弗兰肯斯坦从尸体拼凑出并赋予生命的可怜怪物的精神后裔。雅列看到弗兰肯斯坦在创造生命时有多么自豪，在怪物得到生命后又有多么恐惧和抗拒；看到怪物如何夺门而出，杀死博士的家人和朋友；看到最后造物者和造物如何被火葬堆吞没——怪物和博士的命运彼此缠结。怪物和特种部队的隐喻实在太明显了。

但又有所不同。雅列思考着特种部队的命运是否就是被真生人误解和排斥，正如创造者对怪物那样，忽然回想起他和克劳德中尉的短暂接触。克劳德看起来既不害怕也不厌恶雅列，他向雅列伸出了手，而维克多·弗兰肯斯坦却拒绝对他创造出的怪物做出这个姿态。雅列又想到另一点，维克多·弗兰肯斯坦固然是怪物的创造者，而他的创造者——玛丽·雪莱——却在字里行间表达了对怪物的怜悯和同情。故事里真正的人类比虚构的人类更加复杂，更倾向于怪物，而非怪物的创造者。

他对此足足思考了一分钟。

雅列急切地搜索与文本相关的链接，很快发现了著名的一九三一年电影版，以十倍速贪婪地看完，却收获了大大的失望：一个可悲的蹒跚唠叨鬼代替了雪莱笔下有说服力的怪物。雅列飞快浏览其他电影版本，得到的仍旧是失望。这些电影里没有他认同的那个怪物，哪怕完全忠实原著的几个版本也一样。弗兰肯斯坦的怪物成了笑话。看到二十一世纪末，雅列放弃了寻找电影改编版。

雅列换个方向，搜寻其他造物的故事，很快认识了星期五、机·丹尼尔·奥利瓦、数据、HAL、机器人玛利亚、阿童木、几代终结者、钱纳·福耳图那、机器浑球乔和其他各种拟真人、机器人、电脑、复制人、克隆人和基因工程产品——都和他一样，是弗兰肯斯坦的精神后裔。出于好奇，雅列从雪莱向前搜寻，又找到了皮格马利翁、土偶、何蒙库鲁兹和发条机器人。

他看着书籍和影像资料里的这些造物，他们往往可悲而缺乏幽默感到了危险的程度，因而成为怜悯的对象和喜剧段落的主体。他现在明白布雷赫为何对幽默感这个问题如此敏感。敏感代表着特种部队受到了真生人的误解——至少雅列是这么想的，直到他开始搜索以特种部队为主角的文学和娱乐影视作品。

完全没有。殖民时代充满了殖民防卫军及其所经历战役和事件的娱乐作品——阿姆斯特朗战役是格外受重视的题材——但没有任何作品甚至暗示有特种部队的存在；勉强算数的是一套罗摩殖民地出版的地摊小说，讲述一群色欲熏心的超人士兵秘密部队的冒险故事，他们征服虚构的外星种族靠的是激烈性爱，操得对方投降为止。雅列此时对性的理解仅限于生殖意义，忍不住怀疑为何会有人觉得这是征服敌人的有效手段。他估计自己遗漏了关于性的某些重要信息，决定记下来，以后请教布雷赫。

然而，谜团仍旧存在，从殖民地产出的小说中，为何找不到特种部队的存在？

换一天晚上再探索吧。雅列急着要与全班分享他的研究结果。他取出缓存里的成果，公布给其他人。这时他意识到正在分享结果的不止他一个人，布雷赫给八班的大多数人布置了作业，这些结果如潮水般涌入他的脑海。其中有西博格的礼节和冲突心理学（雅列能感觉到西博格边看资料边翻白眼），有布莱恩·迈克尔逊的殖民防卫军重要战役记事，有新兵杰瑞·汤川的动画片，有萨拉·鲍林的人类生理学。雅列决定下次见到她要开开玩笑，因为早些时候她还对雅列被布置了作业表达了同情呢。脑伴忠实地解压队友学到的各种知识。雅列靠在台阶上，望着夕阳，信息自动分岔、展开。

新知识全部解压完毕，凤凰星的太阳已经落山。他坐在照亮兵营的一汪灯光中，望着凤凰星的昆虫同等物绕着灯光嗡嗡乱飞。一只胆大包天的小虫落在雅列的胳膊上，把针状长喙插进雅列的身体，吸食他的体液。几秒钟后，小虫死了。雅列的智能血里有纳米机器人，得到脑伴的提醒，在小虫体内自焚，用所携带的氧气当助燃剂。可怜的小东西从内到外被烧焦，几缕几乎看不见的青烟从它的尸体袅袅升出。雅列心想不知是谁设计了脑伴和智能血的防卫反应程序，那家伙肯定有厌恶生命的问题。

也许真生人害怕我们是正确的，雅列心想。

雅列听见队友在军营里争论今晚学到的知识，西博格认为弗兰肯斯坦的怪物是个讨厌鬼。雅列冲进室内，去维护怪物的尊严。

第一周的上午和下午，八班学习战斗、防御和杀戮。晚上他们学习其他知识，雅列对其中一些是否有价值表示怀疑。

第二天傍晚，安德蕾·盖尔曼将“脏话”的概念介绍给了八班，她在中午注意到这个话题，在晚餐前与大家分享。吃饭的时候，八班狂热地彼此呼喊“操他妈的拿一下盐，你他妈的屎袋子”，直到布雷赫叫他们“少他妈的放屁了，因为说多了就他妈没意思了”，众人赞同布雷赫的观点，直到盖尔曼教全班怎么用阿拉伯语骂人。

第三天，八班成员请求进入食堂厨房，使用烤箱和一些特定物品，他们得到了许可。第二天早晨，卡森营地的其他训练班都分到了足够每个新兵（以及教官）吃的糖屑曲奇。

第四天，八班成员尝试互相说他们在凤凰星数据网络上找到的笑话，大部分笑话未能奏效。脑伴一解压笑话的语境，笑话就不再好笑。只有萨拉·鲍林从头笑到尾，最后的结论是她之所以笑，是因为她认为他们大部分人不会说笑话这件事很好笑。其他人都不觉得这有什么好笑，这又逗得鲍林笑得从床上掉了下来。

大家同意这个很好笑。

而且双关语也恰到好处。

第五天下午是一堂信息课，讲述人类殖民地开辟和殖民地与其他智能种族的关系（简而言之，始终糟糕），八班挑剔地评价了殖民地时代之前有关星际战争的幻想小说和影视作品，结论颇为一致：《世界大战》除了结尾都不错，八班觉得那结尾廉价又扯淡；《星河战队》动作场面很好，但需要大量解压哲学概念，他们更喜欢电影版，尽管大家觉得电影版傻兮兮的；《千年战争》让八班的大多数人哀伤得难以表达，因为小说里的战争那么漫长，而这些人出生才一个星期；看完《星球大战》，每个人都想要光剑，可郁闷的是相应技术并不存在，大家都同意伊沃克人都该死掉。

两部经典作品震住了他们。《安德的游戏》让大家心情愉快，书里的士兵和他们一样，只是个头较小而已。主角甚至也是为了和外星种族作战而培育的。第二天，八班成员打招呼都成了“嚯，安德”，直到布雷赫叫他们闭嘴，集中精神。

另一部是《查理返乡》，殖民时代开始前的最后几本书之一，也是最后几本对宇宙有着虚假幻想的书之一。这个宇宙里的外星种族用怀抱而非武器欢迎人类。这本书后来改编成电影，但这时候它已经不是科幻而是奇幻了，而且还是特别苦涩的那种奇幻。票房惨败。八班成员被这本书和这部电影俘虏了，被这个永远不可能存在的宇宙迷住了，这个宇宙里没有他们的容身之处，因为不需要他们。

第六天，雅列和八班的其他人终于明白了性到底是怎么回事。

第七天是第六天导致的直接结果，他们休息。

第七天深夜，鲍林和雅列躺在鲍林的床上，亲密但没有在做爱。“有没有价值另当别论，”鲍林对雅列说，她指的是他们学到的那些知识，“这些东西也许本身并没有用处，但能让我们更加亲密。”

“我们已经更加亲密了。”雅列附和道。

“不只是这个，”鲍林往雅列身上贴了贴，接着松开，“作为人类、作为一个集体更加亲密。你说的那些东西都傻乎乎的，但在教导我们如何成为人类。”

现在轮到雅列往鲍林身上贴了，他趴在她的胸口说：“我喜欢当人类。”

“我也喜欢你当人类。”鲍林说着笑出了声。

“你们俩太操蛋了，”西博格说，“安静点，我要睡觉。”

“抱怨鬼。”鲍林说。她低头看雅列有没有话要说，但雅列已经睡着了。她轻轻亲吻雅列的头顶，也睡了过去。

“第一周，你们已经把身体训练到了真生人士兵的水平，”布雷赫说，“现在该教你们做一些只有你们才做得到的事情了。”

八班站在漫长的障碍训练跑道起点处。

“我们已经跑过这条跑道了。”路加·古尔斯特兰德说。

“观察力不错嘛，古尔斯特兰德，”布雷赫说，“为了奖励，今天你第一个跑。你留在这儿，其余人在跑道上散开，间距尽量平均。”

八班成员沿着跑道站成一条直线，布雷赫扭头问古尔斯特兰德：“看见跑道了？”

“看见了。”古尔斯特兰德答道。

“你觉得能闭着眼睛跑完吗？”

“不行，”古尔斯特兰德答道，“我记不住所有陈设，说不定会绊倒摔死。”

“大家都同意吗？”布雷赫问。众人散发出赞同的情绪。“但是，今天在解散之前，诸位都将闭着眼睛跑完这条跑道。因为你们有这个能力，你们融入了队友集体。”

全班人员表达出程度各自不同的怀疑。“我们利用融合交谈和分享信息，”布莱恩·迈克尔逊答道，“和跑步完全是两码事。”

“不，不是两码事，”布雷赫说，“上周的夜间任务不是惩罚和浪费时间。你们已经知道了，通过脑伴和出生前的调整，你们可以自行快速学习。尽管你们没有意识到，但上周你们已经学会了如何在彼此之间分析和吸收海量信息。那些信息和障碍训练并无区别。注意。”

雅列和八班的其他成员同时倒吸一口气。他不但能在脑海里感觉到加百列·布雷赫的存在，布雷赫的肉身感知和个人处境也叠加在了雅列自己的意识之上。

“用我的眼睛看。”布雷赫说。雅列把注意力集中在这条指令上，视野忽然从他本人的视角切换成了布雷赫的，这让他一阵天旋地转。布雷赫左右转动，雅列看见了正在望着布雷赫的自己。布雷赫关掉了他分享的视角。

“越练越熟，”布雷赫说，“从现在开始，你们每次实战演练都要这么做。融合使得你们拥有全宇宙独一无二的情境知觉。所有智慧种族在交战中都会尽量分享信息，连真生人士兵在打仗时都会保留一个脑伴频道常开，但只有特种部队拥有这种层级的分享和战术知觉。这是我们行动和战斗的核心。

“如我所说，上周你们已经学到了真生人的基本作战技法，也就是如何以个人身份参与战斗。现在你们要学习特种部队的作战技法，也就是如何与集体融合参与战斗。你们将学会分享和信任同伴分享的信息。这不但能救你的命，还能救战友的命。这将是训练课程中最难也是最重要的内容。所以务必注意。”

布雷赫转向古尔斯特兰德：“现在，闭上眼睛。”

古尔斯特兰德犹豫道：“我不知道我能不能一直闭着眼睛。”

“你必须信任战友。”布雷赫答道。

“战友我当然信任，”古尔斯特兰德说，“我只是不相信自己。”众人纷纷表示赞同。

“这也是训练的一部分，”布雷赫说，“出发。”

古尔斯特兰德闭上眼睛，迈出第一步。雅列站在跑道半程的位置上，看见站在最前面的杰瑞·汤川微微俯身，像是要缩短他和古尔斯特兰德两人意识之间的物理距离。古尔斯特兰德穿越跑道的速度很慢，但步子越来越稳当。快到雅列这里时，古尔斯特兰德跳下悬在烂泥上方的木梁，脸上露出微笑。他已经相信了自己。

雅列感觉到古尔斯特兰德向他请求开放视角。雅列对他开放全部感官，顺便送去鼓励和肯定的情绪。他感觉到古尔斯特兰德收到情绪，随即传来感谢。古尔斯特兰德抓住雅列身旁的绳索，把注意力放在攀爬墙壁上。古尔斯特兰德爬到顶端，他感觉到古尔斯特兰德满怀信心地转向下一名战友。快到头的时候，古尔斯特兰德已经接近全速前进。

“很好，”布雷赫说，“古尔斯特兰德，接替最后一个人，其他人向前走一个位置。汤川，轮到你了。”

又有两个人跑完，这时不但是队员与正在跑的战友分享视角，正在跑的战友也把视角分享给其他人，让大家对接下来会遇到什么做好准备。又一个人跑完，队员开始和行列中的下一名队员分享视角，好让它们更好地帮助场上战友切换视角。到雅列上跑道的时候，全班已经完全融合了所有人的视角，开始练习如何一边不中断自身视角，一边快速分析下一个人的视角并捡取相关信息。感觉就像通神——身处两地。

雅列在古怪的群体意识陪伴下跑得兴高采烈，直到烂泥上的木梁为止——借用的视角忽然从脚下转开，雅列踩了个空，直挺挺地摔进烂泥。

“抱歉。”斯蒂芬·西博格过了几秒钟说。雅列睁开眼睛，爬出烂泥。“被什么东西咬了一口，分神了。”

“放屁，”艾伦·米利肯私下对雅列说，“我是他的下一站，就看着他呢。他才没被咬。”

布雷赫插了进来：“西博格，战场上要是因为虫咬这种事害死战友，你会很不幸地掉出气闸的，记住这一点。狄拉克，快跑。”

雅列闭上眼睛，迈开步子。

“西博格为啥总跟我过不去？”雅列问鲍林。两人正在练习匕首格斗。八班成员完全打开融合知觉，捉对厮杀五分钟。敌手百分之百了解你的内心活动情况，这是额外的有趣挑战。

“真不知道？”鲍林说，左手松垮垮地握刀，慢慢兜圈，“两点。第一，他是浑球；第二，他喜欢我。”

雅列停下兜圈的脚步。“什么？”他说。鲍林凶狠地扑上来，朝右虚晃半步，左手自下而上划向雅列的脖子。雅列踉跄退向右后方，躲开这一刀；鲍林把刀换到右手，向下劈刺，只差一厘米错过雅列的大腿。雅列站直，摆出防卫姿势。

“你引我分神。”他说，继续兜圈。

“是你自己分神的，”鲍林说，“我只是趁机利用而已。”

“不砍断一条大动脉你是不会开心的对吧？”雅列说。

“要我开心？闭上嘴，好好用匕首来杀我就是了。”鲍林答道。

“我说——”雅列猛地向后倾斜，他在鲍林出击前的最后一瞬间感觉到了鲍林的意图。没等鲍林缩回去，雅列重新站直，钻进鲍林的臂展范围之内，举起右手，想用刀尖轻触鲍林的胸腔。没等刀尖击中目标，鲍林突然挺起脑袋，撞在雅列的下巴底部。雅列的两排牙齿咔嗒碰撞，视野一片雪白。鲍林抓住雅列失神的瞬间，抽身一记扫堂腿，雅列平展展地摔在地上。等雅列恢复神志，鲍林已经用双腿压住他的胳膊，匕首搭在他的颈动脉上。

“我说，”鲍林学着雅列刚才的话说，“这要是真的格斗，我已经割断了你的四根大动脉，扑向下一个目标了。”鲍林收起匕首，松开压住雅列双臂的膝盖。

“还好这不是真的格斗，”雅列撑起身子，“至于西博格——”

鲍林一拳打在雅列的鼻子上，他的脑袋向后仰去。片刻之后，鲍林的匕首又压在了他的喉咙上，双腿压住他的两臂。

“搞什么？”雅列说。

“五分钟没到，”鲍林说，“还得继续打。”

“可你——”雅列说。鲍林挥刀刺进他的脖子，智能血喷涌而出。雅列痛呼出声。

“别跟我‘可你——’”鲍林说，“雅列，我喜欢你，但我注意到你不够专注。我们是朋友，我知道你认为这意味着我们可以边格斗边聊天。但我向你保证，下次你再像刚才那样露出破绽，我就割断你的喉咙。智能血多半能救你一命，也会让你记住即使是朋友，我也可能重伤你。我太喜欢你了，所以不希望你在真正的战斗中因为分心而死。战场上的敌人可不会停下来陪你聊天。”

“战场上你会照顾我的。”雅列说。

“你知道我会的，”鲍林说，“但融合不是万能的，雅列，你自己也必须当心。”

布雷赫说五分钟到了。鲍林看着雅列起身。“我是认真的，雅列，”鲍林把他拽了起来，“下次多留神，免得挨我的刀子。”

“我明白，”雅列说着摸摸鼻子，“或者吃你的拳头。”

“没错，”鲍林说着微笑道，“这方面我不挑剔。”

“所以，你说西博格喜欢你只是要我分神？”雅列说。

“嘿嘿，不，”鲍林说，“那完全是真的。”

“哦。”雅列说。

鲍林笑出了声，说：“你看，又分神了不是？”

萨拉·鲍林是第一批中弹的，她和安德蕾·盖尔曼在侦察一个小山谷时遭到伏击。鲍林被击中了头部和颈部，立刻身亡；盖尔曼拼死辨别出枪手的位置，紧接着也被三颗子弹击中胸部和腹部撂倒。两人与队友的融合瞬间崩溃，感觉就像从全班的集体意识里被生生拽走。又有几个人陆续倒下，八班的战斗力大打折扣，剩下的队员乱作一团。

八班这场战争游戏打得非常糟糕。

杰瑞·汤川腿部中弹，问题变得愈加严峻。他身上的训练服记下这一“枪”，冻结了这条腿的行动能力。汤川的步子迈到一半，就这么倒下，挣扎着爬到一块大石头背后，凯瑟琳·伯克利几秒钟前先躲到了这里。

“你应该用压制火力掩护我的。”汤川责备道。

“我掩护你了，”伯克利说，“还用你说？但我只有一个人，他们有五个人。你行你来。”

十三班的五名队员将汤川和伯克利困在石块背后，他们再次举枪齐射。十三班队员感觉到了模拟的训练步枪后坐力，脑伴在视觉和听觉方面模拟子弹飞向山谷尽头的死角。汤川和伯克利的脑伴相应地模拟部分子弹打烂石块，其他子弹嗖嗖飞过。子弹当然不是真的，但就模拟物来说，已经足够真实了。

“我们需要帮助。”汤川对指挥这次练习的斯蒂芬·西博格说。

“收到。”西博格说，扭头望向雅列，雅列是他剩下的唯一帮手，默默地站在旁边看着他。八班还剩下四名站得住的士兵（对汤川，这只是个比喻），十三班却有七名队员在森林中穿梭。机会不大。

“别总那么看着我，”西博格说，“又不是我的错。”

“我没这么说。”雅列说。

“你肯定在这么想。”西博格说。

“我也没这么想，”雅列说，“我在复查数据。”

“什么数据？”西博格问。

“十三班的行动和思维模式，”雅列说，“根据八班阵亡队员传来的数据，我想看有没有咱们用得上的信息。”

“能快点吗？”汤川说，“这儿的情况非常不妙。”

雅列望向西博格，西博格叹息道：“好吧，我洗耳恭听。你有什么看法？”

“你会认为我发疯了的，”雅列说，“但我注意到了一点，我们和他们都极少注意上方。”

西博格抬头望向茂密的森林，阳光穿过地球树木和凤凰星植物织成的顶棚，凤凰星植物粗大的竹状树干伸展出令人叹为观止的枝杈。两类物种在基因上并无竞争关系，来自不同行星，所以生性相克。两者要抢夺阳光，都尽可能地向高空爬升，分出浓密的枝杈，为树叶和树叶的等同物提供光合作用的战场。

“我们不注意上方是因为上面只有树木。”西博格说。

雅列看着他，在脑袋里读秒。读到七，西博格说：“噢。”

“噢。”雅列附和道，他调出地图，“我们在这里，汤川和伯克利在这里。两者之间都是树木。”

“你认为我们可以一路从树上过去。”西博格说。

“这个不是问题，”雅列说，“问题是我们能不能及时救出汤川和伯克利，同时不发出声音，免得害死自己。”

雅列很快发现在树上穿行属于说起来容易做起来难的事情。上路才两分钟，他和西博格就两次险些坠地，在枝杈间移动需要的协调能力超乎想象。凤凰星植物的枝杈不如预想中那么能承重，地球树木的枯枝数量多得惊人。他们的行进不但慢，而且吵闹。

东方传来飒飒声，雅列和西博格分别抱住树干，不敢动弹。三十米开外，雅列的六米之下，十三班的两名队员走出灌木丛。他们非常警觉，正在用眼睛和耳朵搜寻猎物，但没有向上看。

雅列从眼角看见西博格缓缓举起MP。“等一等，”雅列说，“我们还在他们的余光视野内，等完全背对我们再动手。”两名士兵缓缓前行，来到了雅列和西博格的前方。西博格对雅列点点头。两人悄悄取下MP，尽可能端稳，瞄准对方后背。西博格命令开火，子弹以点射飞出。对方身体一挺，中弹倒地。

“其他人压制住了汤川和伯克利，”西博格说，“咱们快走。”他拔腿就跑。西博格的主动性逗乐了雅列，这家伙刚才还那么郁闷，此刻突然有精神了。

十分钟后，汤川和伯克利的弹药即将耗尽，雅列和西博格看见了十三班的剩余队员。左手边八米以下，两名士兵躲在一棵倒伏的大树背后；右手边三十米开外，另外两名士兵躲在一堆石块背后。这四个人让汤川和伯克利无暇他顾，第五名士兵偷偷摸摸从侧面包抄，但他们都背对着雅列和西博格。

“我收拾树后的两个，你收拾石块背后的两个，”西博格说，“我通知伯克利有人偷袭，但叫她在我们动手前按兵不动。没必要过早暴露。”雅列点点头。西博格恢复自信，策划能力也越来越强。雅列把这部分资料储存起来，留待以后思考。他变换姿势，背靠树干，用左脚勾住下方的枝杈，更好地支撑身体。

西博格爬向下方的枝杈，想避开遮挡瞄准视线的一根枝条，却不料落脚处是一段枯枝，枯枝咔嚓一声断裂，掉下去发出了难以忍耐的响动。西博格失去平衡，拼命去抓更下方的枝杈，MP失手而飞。地上的四名士兵扭头张望，看见他无可奈何地吊在半空中，纷纷举起武器。

“妈的。”西博格抬头望向雅列。

雅列瞄准石块背后的士兵先是一轮扫射，一人抽搐倒下，另一人爬到了石块的另一边。雅列转身扫射大树背后的士兵，虽说没能击中目标，但对方被他压制住了一瞬间，他抓住机会，把MP调到制导导弹模式，朝两名士兵之间的位置射出一发。模拟的导弹爆出无数虚拟弹片。两人倒下。雅列再转身，恰好对上正在石块背后瞄准的士兵。她刚扣动扳机，雅列就射出了一枚制导导弹。雅列感觉到肋部一紧，训练服收缩，勒得他生疼。他继续调整MP。他中弹了，但既然没有摔下去，就说明他还活着。

实战演习！肾上腺素涌遍全身，雅列觉得他都要尿裤子了。

“拉我一把。”西博格说着伸出左手，让雅列把他拽上去。第五名士兵正好绕过来，一枪击中他的右肩。训练服冻结了西博格的这条胳膊，他松开枝杈。雅列赶在西博格的坠势难以阻挡前抓住了他的左手。雅列的左腿仍旧勾着那根树枝，被额外的重量压得疼痛不已。

地面上，那名士兵开始瞄准。不管是不是虚拟子弹，雅列知道要是被击中，训练服冻结身体，他不但会松开西博格，自己多半也会掉下去。雅列用右手摸出战斗匕首，扔了出去。匕首插进那名士兵的左大腿，士兵倒在地上，边惨叫边试着拔出匕首，却被伯克利从背后摸上来，一枪夺去了他的行动能力。

“这一场八班获胜，”雅列听见布雷赫说，“我现在松开被冻结诸位的训练服。下一轮三十分钟后开始。”雅列右边侧肋的压力陡然消失，西博格冻结的训练服也松开了。雅列把西博格拽上去，两人小心翼翼地爬回地面，捡起各自的武器。

十三班被冻结的队员在等他们，从还在地上呻吟的队友身边冲过来，其中之一对着雅列的面门大喊：“狗娘养的，你朝查理扔飞刀。你难道想杀人吗？这他妈的还是不是战争游戏？”

西博格插进雅列和那名士兵之间，说：“傻逼，这话留给你的朋友吧。他要是击中我们，我会从八米高处摔下去，根本没法控制姿势。他瞄准的时候怎么不关心我的死活？雅列的飞刀救了我一命。你的朋友也死不了。所以去他妈的，也去你妈的。”

西博格和那名士兵大眼瞪小眼对峙几分钟，最后那名士兵扭头朝地上啐了一口，回去找队友了。

“谢谢。”雅列对西博格说。

西博格看看雅列，看看汤川和伯克利，最后说："咱们走，还有一场呢。"他跺着脚走开，三个人跟上。

回程的路上，西博格放慢脚步，到雅列身边说："爬树是个好主意。另外，还好你抓住我，没让我掉下去。谢谢。"

"不客气。"雅列说。

"但我还是不太喜欢你，"西博格说，"但我以后不再找你碴儿了。"

"我觉得这是个好开始。"雅列答道。

西博格点点头，重新走到前面，剩下的一路上，他都很安静。

雅列和前八班的其他队员走进交通艇，他们要去凤凰星空间站执行第一次任务，迎面听见克劳德中尉说："哎呀呀，瞧瞧这是谁？莫不是我的雅列哥们儿？"

"哈啰，克劳德中尉，"雅列说，"很高兴能再见。"

"叫我戴夫，"克劳德说，"看来你结束训练了。妈的，真希望我的训练也能两周结束。"

"但我们学得很不少。"雅列说。

"这点我完全不怀疑，"克劳德说，"那么，狄拉克二等兵，你去哪艘船？去哪儿？"

"我被派往风筝号，"雅列答道，"还有我的两个朋友，萨拉·鲍林和斯蒂芬·西博格。"雅列指了指已经落座的鲍林，西博格还没有登船。

“我见过风筝号，”克劳德说，“新船，漂亮的线条。不过当然没上去过。你们特种部队总是神神秘秘的。”

“大家都这么说。”雅列说。安德蕾·盖尔曼登上交通艇，撞了雅列一下。她发来抱歉的情绪，雅列望过去，微微一笑。

“看起来今天要满载，”克劳德说，“你要是愿意，可以继续坐副驾驶的位置。”

“谢啦，”雅列望向鲍林，“我想这次还是和朋友坐在一起吧。”

克劳德望向鲍林，说：“完全可以理解。不过别忘了，你还欠我几个新笑话。希望训练的时候，上头给了你培养幽默感的机会。”

雅列犹豫了一小会儿，回想起他和加百列·布雷赫的第一次对话，他问：“克劳德中尉，你读过《弗兰肯斯坦》吗？”

“没有，”克劳德说，“但我知道故事，没多久前才看过最新的电影版。怪物会说话，据说这样更接近原著。”

“你有什么感想？”雅列说。

“还凑合，”克劳德说，“表演有点过火。我很同情怪物，弗兰肯斯坦博士是个王八蛋。为什么问这个？”

“好奇而已，”雅列说着朝快满员的座舱点点头，“我们都读过这本书，让我们有很多想法。”

“啊哈，”克劳德说，“我明白了。雅列，请允许我跟你分享一下我的人生观。简而言之，只有五个字：我喜欢好人。你看着像个好人。难说这一点是不是对所有人都很重要，但对我很重要。”

“谢谢夸奖，”雅列说，“我的人生观似乎也差不多。”

“那就好，咱们应该能处得来，”克劳德说，“现在我要问的是，有新笑话吗？”

“好像有几个。”雅列答道。

6

“你要是不介意，咱们在这儿还是开口说话吧，”斯奇拉德将军对简·萨根说，“见到两个人面面相觑不出声，服务人员会非常紧张的。他们要是看不见我们在交谈，就会一分钟过来问一次我们有什么需要。很烦人。”

“如您所愿。”萨根答道。

两人坐在军官餐厅里，凤凰星在天顶旋转。萨根看得目不转睛，斯奇拉德跟着她的视线仰望。

“壮观吧？”他说。

“确实。”萨根说。

“在空间站的任何一个停泊口都能看见凤凰星，至少有些时间看得见。但谁也不多看一眼，”斯奇拉德说，“可一进这儿，就再也转不开眼睛了。反正我总是这样。”他指着包裹餐厅的透明拱顶说，“这是个礼物，知道吗？”萨根摇摇头。“建造空间站的时候，亚拉人送的。完完全全是钻石质地。他们说这是天然钻石，来自一块更大的结晶，是他们从母星系的气态巨行星的内核挖出来的。亚拉人是了不起的工程师，书上这么说，因此这个说法应该不假。”

“我不熟悉亚拉人。”萨根答道。

“灭绝了，”斯奇拉德说，“一百五十年前，他们和奥宾人为了争夺殖民地开战。他们有一支克隆军队，有快速制造克隆体的手段，刚开始他们似乎能战胜奥宾人，但奥宾人后来针对克隆体的基因培育出一种病毒。这种病毒在感染初期看似无害，像流感一样通过空气传播。我们的科学家估计它在一个月内传遍了整个亚拉军队。再一个月，病毒进入成熟期，开始攻击亚拉军用克隆体的细胞繁殖循环。感染者是真的融化了。”

“同时？”萨根问。

“持续了一个月，”斯奇拉德说，“所以我们的科学家估计病毒花了一个月感染整支军队。亚拉军队被清除后，奥宾人立刻扫灭了亚拉平民。这场灭族屠杀迅速而凶残。奥宾人可没什么同情心，现在奥宾人拥有亚拉人的全部行星，殖民联盟因此得出两个结论：第一，克隆军队这个点子很糟糕；第二，别惹奥宾人。直到目前，我们都和他们相安无事。”

萨根点点头。特种部队的战列巡洋舰风筝号携其船员最近开始侦察和偷袭奥宾领地，评估奥宾人的军力和反应能力。这个任务非常危险，因为奥宾人从不宽恕袭击者，但严格地来说，奥宾人和殖民联盟并不处于敌对状态。奥宾–勒雷伊–艾尼沙联盟的消息被严格保密；殖民联盟和防卫军的大部分成员不知道这个消息和三者联盟对人类有何威胁。艾尼沙人甚至在凤凰星的殖民地首都凤凰城驻有外交使节。严格地说，他们还是人类的盟友。

“你是要和我谈偷袭奥宾领地的事情吗？”萨根说。除了在风筝号上带领一个班，她还是船上的情报官，负责评估敌方军力。大部分特种部队军官都有不止一个职位，同时还要带领战斗小队，这样不但能保持船员精简，让军官留在战斗岗位上，还能增强特种部队的使命感——既然你为保卫人类而生，那么谁也躲不过战斗。

“先不谈这个，”斯奇拉德说，“这里不是地方。我想谈的是你的一名新兵。风筝号有三个新兵，其中两个交给你。”

萨根怒道：“是的，但这是个问题。我的班只有一个空缺，却补充了两个人，于是你就调走一个老兵给新人腾地方。”萨根回想起威尔·利斯特接到去游隼号的调令时的那一脸无助。

“游隼号是艘新船，需要有经验的人手，”斯奇拉德说，“我向你保证，其他船上还有其他班长和你一样生气。风筝号必须交出一名老兵，而我凑巧有个新兵想安排给你，于是我就让游隼号调走了一个你的人。”

萨根正想继续抱怨，一转念还是闭上了嘴，生着闷气。斯奇拉德看着她脸上的表情变化。大部分特种部队士兵想到什么就说什么，这是童年和青春期没有受到社交礼仪教导的结果。萨根的自我控制能力是她引起斯奇拉德注意的原因之一，当然，还有其他因素。

“我们说的是哪个新兵？”萨根最后说。

“雅列·狄拉克。”斯奇拉德说。

“他有什么特殊的？”萨根问。

“他有查尔斯·布廷的大脑。”斯奇拉德说，看着萨根再次按捺住本能地回答。

萨根最后说出的是：“你认为这是个好主意？”

“而且越来越好。”斯奇拉德说着把狄拉克的全部保密档案发送给萨根，技术材料也包括在内。萨根默然静坐，消化这些材料。斯奇拉德坐在对面，看着这位初级军官。过了一分钟，一名餐厅侍者过来问他们需要什么。斯奇拉德要了茶，萨根没有搭理他。

“好吧，我懂了。”看完文件，萨根说，“但你为什么要把这个叛徒塞给我呢？”

“布廷是叛徒，”斯奇拉德说，“狄拉克只是有他的大脑。”

“而你们试过把叛徒的意识刻印在这颗大脑里。”萨根说。

“对。”斯奇拉德说。

“我请你再次注意我的问题。”萨根说。

“因为你在这方面有经验。”斯奇拉德说。

“处理叛徒吗？”萨根困惑道。

“处理不寻常的特种部队成员，”斯奇拉德说，“你曾短暂指挥一名真生人防卫军战士。约翰·佩里。”听见这个名字，萨根稍微有点不自在，斯奇拉德注意到了，但没有多说什么。“他在你手下干得不错。”斯奇拉德说。最后一句话纯属讽刺和轻描淡写，因为在珊瑚星战役中，佩里扛着受伤失去知觉的萨根跑过几百米战场，让萨根得到医疗救治，接着冲进一幢正在崩塌的建筑物中，找到了敌方的关键科技装备。

“那是佩里的功劳，和我没关系。”萨根说。提起佩里，斯奇拉德感觉到萨根又是一阵情绪波动，但他仍旧没说什么。

“你太谦虚了，”斯奇拉德说，停下来等侍者奉茶，“我要说的重点在于，狄拉克是个混合体，”他继续道，“他确实是特种部队士兵，但同时也许还有特种部队士兵之外的一面。我需要一个和特种部队士兵之外的角色打过交道的人。”

“‘特种部队士兵之外’，”萨根重复道，“将军，听你的意思，你认为布廷的意识还在狄拉克脑海里的某处？”

“我可没这么说。”但斯奇拉德的语气说明他或许确实这么认为。

萨根思考着这个问题，特别是其中的言下之意，然后说：“你无疑知道风筝号接下来的一系列任务要求我们接触勒雷伊人和艾尼沙人，”她说，“其中和艾尼沙有关的任务格外敏感。”所以我特别需要威尔·利斯特，萨根心想，但没说出口。

“我当然知道。”斯奇拉德伸手端起茶杯。

“而我手下的战士拥有随时可能浮现的叛徒人格，你不觉得这有点冒险吗？”萨根说，“不但对他的任务有风险，也有可能危及他的战友。”

“这显然是个风险，”斯奇拉德说，“我指望你用经验去处理的正是这个。但是，他也有可能成为关键信息的宝库，这个我同样需要有人处理。别的不说，你是情报官，因此是管理这名士兵的理想军官。”

“科里克有什么看法？”萨根说的是科里克少校，风筝号的指挥官。

“他什么看法也没有，因为我没有告诉他，”斯奇拉德说，“这是无必要不得告知的保密材料，谁该知道谁不该知道由我决定。他只知道船上有三个新兵。”

“我不喜欢这样，”萨根说，“从头到尾都不喜欢。”

“我没要你喜欢，”斯奇拉德说，“只在告诉你要处理这件事。”他喝了一口茶。

“我不希望他在我们和勒雷伊人或艾尼沙人打交道的时候担当关键角色。”萨根说。

“你对他和对你手下的其他士兵不能有区别。”斯奇拉德说。

“那他就有可能和其他士兵一样阵亡。”萨根说。

“为了你好，可千万别是被友方火力打死的。”斯奇拉德说着放下茶杯。

萨根再次陷入沉默。侍者走近，斯奇拉德不耐烦地挥手赶开。

“我要让另外一个人看这份档案。”萨根指着脑袋说。

“资料是保密的，理由很明显，”斯奇拉德说，“需要知道的人已经知道了，除此之外我们不想让其他人知道。甚至狄拉克都不知道他的过往。我们希望能维持现状。”

“你要我接受的这名士兵是个巨大的安全隐患，”萨根说，“你至少要让我作足准备。我知道一个研究人类大脑功能和脑伴融合的专家，我认为他的看法应该会很有用。”

斯奇拉德思考片刻，问道：“你信任这个人？”

“这件事上我信任他。”萨根答道。

“你知道他的安全级别吗？”斯奇拉德问。

“知道。”萨根说。

“高得足够处理这种情况吗？”

“嗯，”萨根答道，“这个嘛，就不好说了。”

“哈啰，萨根中尉。”凯南主管用英语说，他的发音很差劲，但这可不是凯南的错，他的嘴部构造不适合人类的大部分语言。

“哈啰，主管。”萨根说，“你正在学习我们的语言。”

“是啊，”凯南说，“我有时间学习，实在无事可做。”凯南指着PDA旁的一本克坎恩语书籍说，克坎恩语是勒雷伊人的主要语言。“只有两本书有克坎恩语版本。要么学语言，要么研究宗教。我选了语言。人类的宗教更……”凯南在他知道的为数不多的英语词汇里搜索，“……难。”

萨根朝PDA点点头："现在你有电脑了，选择不止这些。"

"对，"凯南说，"谢谢你给我电脑。我很高兴。"

"不客气，"萨根说，"但电脑是要换取代价的。"

"我知道，"凯南说，"我读了你要我读的那些档案。"

"所以？"萨根问。

"我必须换用克坎恩语说话，"凯南说，"我的英语词汇量太少。"

"行。"萨根说。

"我深入研究了狄拉克二等兵的档案，"凯南说，克坎恩语的辅音很刺耳，但他说得飞快，"查尔斯·布廷是天才，找到了在大脑之外保存意识的办法。你们是白痴，居然试图把这个意识塞回大脑里。"

"白痴，"萨根露出了最细微不过的笑容，这个字眼翻译成克坎恩语，从系在脖子上的小扬声器里传了出来，"这是你的专业评价，还是主观意见？"

"两者都是。"凯南说。

"说说原因。"萨根说。凯南正要把文件从PDA上发给她，萨根却抬起手拦住了他。"我不需要技术细节，"她说，"只想知道狄拉克会不会危害我的队伍和我的任务。"

"好吧，"凯南说，他犹豫片刻，继续道，"大脑，甚至是人类大脑，就像一台计算机。这个类比并不完美，但适用于我接下来要说的话。计算机运行需要三个部件：硬件、软件和数据文件。软件运行于硬件上，文件靠软件处理。没有软件的硬件无法打开文件。把文件放进缺少关键软件的计算机，它不会有任何反应。明白我的意思吗？”

“到现在都明白。”萨根说。

“很好。”凯南说，伸手拍拍萨根的脑袋，萨根按捺住折断凯南手指的冲动。“那么，大脑是硬件，意识是文件，但对于那位狄拉克朋友来说，你们缺少软件。”

“软件是什么？”萨根问。

“记忆，”凯南答道，“经验，感官活动。把布廷的意识放进他的大脑，大脑缺少经验去理解这个意识。假如意识还在狄拉克的大脑里——请注意‘假如’二字——意识也处于孤立状态，而且完全没有办法存取。”

“新生的特种部队士兵一醒来就有知觉，”萨根说，“但我们同样缺乏经验和记忆。”

“他们体验到的并不是意识。”凯南说，萨根能感觉到他话中的反感。“你们该死的脑伴强行人工打开感官通道，创造出意识的幻象，而你们的大脑很清楚这一点。”凯南指着PDA说，“你们给了我很高的权限，允许我访问大脑和脑伴研究的资料。你知道这一点吗？”

“我知道，”萨根说，“是我要他们允许你阅读全部档案的，只要能帮得上忙。”

“因为你知道我这辈子都将是一名囚犯，就算我能逃跑，也会很快死于你们让我得上的那种疾病，所以允许我阅读不会有任何坏处。”凯南说。

萨根耸耸肩。

“嗯——”凯南继续道，“知道吗？特种部队士兵的大脑吸收信息比普通防卫军战士快得多，这一点并没有合理解释。两者都是未经修改的人类大脑，脑伴电脑也没有区别。特种部队士兵的大脑在出生前作过预先调整，这一点与普通士兵的大脑不同，但并不该显著提高大脑处理信息的速度。然而，特种部队士兵的大脑吸收和处理信息快得惊人。知道原因吗？中尉，这是大脑在自我保护。普通的防卫军士兵已经拥有意识和使用意识的经验，而你们特种部队士兵两者都没有。你们的大脑察觉到脑伴强迫大脑接受的人工意识，因此连忙以最快的速度建立起自己的意识，以免人工意识对大脑造成永久改变——或者杀死大脑。”

“不存在因脑伴而死的特种部队士兵。”萨根说。

“哦，现在当然不会有，”凯南说，“但要是追溯到初期，恐怕就很难说你会发现什么了。”

“你知道什么？”萨根问。

“我什么也不知道，”凯南不偏不倚地说，“只是随便猜测罢了，重点在于一方面是你们用所谓‘意识’唤醒特种部队士兵；另一方面是你们对狄拉克二等兵做的事情，两者不能相提并论。完全不是一码事，差得远了。”

萨根换个话题，说：“你说过布廷的意识有可能已经不在狄拉克的大脑里了。”

“非常有可能，”凯南说，“意识需要外部刺激，否则就会消散。因此几乎不可能在大脑之外完好保存意识模型，而做到了这一点的布廷是天才。我猜即使布廷的意识曾经存在于狄拉克的大脑里，现在也已经散失了，而你只是多了一名士兵而已。很难确定那个意识现在还在不在，说不定被狄拉克二等兵的意识包裹住了。”

“如果在他的大脑里，会因为什么原因苏醒呢？”萨根问。

“要我猜猜看吗？”凯南问。萨根点点头。“你们之所以无法在第一时间接触到布廷的意识，原因是那颗大脑没有记忆和经验。随着狄拉克二等兵积累经验，也许会有什么接近其本质的事情解开那个意识的某些部分。”

“然后他就变成查尔斯·布廷了。”萨根说。

“也许会，”凯南说，“也许不会。狄拉克二等兵已经有了自己的意识和自我的观念。布廷的意识要是醒来，恐怕不会成为他脑海里的唯一意识。是好是坏你说了算，萨根中尉。这点我无法确定，也不清楚布廷醒来会发生什么事情。”

“我需要你告诉我的正是这些事情。”萨根答道。

凯南发出勒雷伊人的吃吃笑声，他说：“给我安排实验室，我也许能告诉你一些答案。”

“你不是说你永远不会帮助我们吗？”萨根说。

凯南换回英语说：“留给我思考的时间很多，太多了。语言课不够。”他换回克坎恩语说，“这么做不能帮你对付我的同伴，但能帮助你。”

“帮助我？”萨根说，“我知道你今天为什么肯帮助我，因为我拿电脑使用权贿赂了你。除此之外，你为什么要帮助我呢？是我让你变成了囚犯啊。”

“而且还让我患上一种疾病，要是敌人不每天给我一份解毒剂，我就会死去。”凯南说着从固定在牢房墙壁上的小桌里拿出一个小注射器。“我的解毒剂，”他说，“他们允许我自行注射。有一次我下决心不给自己打针，看他们会不会见死不救。我还活着，答案可想而知。但他们先让我在地上挣扎了好几个钟头。说起来，就是你对我做的事情嘛。”

“但还是无法解释你为何愿意帮助我。”萨根说。

“因为你记得我，”凯南说，“对于其他人，我只是你们诸多敌人中的一个，甚至都不太值得给我一本书，免得我无聊得发疯。有一天要是忘了给我解毒剂，我就这么死掉，对他们也不会有什么区别。你至少认为我还有价值。在我生存的这个小小宇宙里，敌人归敌人，但你是我最好也是唯一的朋友。”

萨根望着凯南，回想起第一次见面时他的倨傲。他现在多么可怜和怯懦，有一瞬间萨根觉得这是她见过的最可悲的事情。

“抱歉。”她说，听见自己这么说，她很惊讶。

凯南又发出一阵勒雷伊人的吃吃笑声。他说：“我们当时在策划毁灭你的人民，中尉，现在依然如此，你不需要觉得太抱歉。”

萨根对此无话可说。她发信号给监狱官说她要走了，牢房门打开，一名看守抱着MP过来守门。

门在身后徐徐滑上，她转身对凯南说：“谢谢你的帮助，我会请他们安排实验室的。”

“谢谢，”凯南说，“我并不抱太大希望。”

“确实。”萨根答道。

“另外，中尉，”凯南说，“忽然想到一点。狄拉克二等兵会参与军事行动，对吧？”

“对。”萨根说。

“盯着他点儿，”凯南说，“无论是人类还是勒雷伊人，战斗时的压力都会给大脑留下永久印记。这是一种原始经验。如果布廷的意识还在，战争有可能会唤醒他。有可能因为战争本身，也有可能因为某些经历的组合。”

“你说我在战斗中该怎么盯着他点儿？”萨根问。

“那就是你的问题了，”凯南说，“除了被你抓住那次，我从未参加过战争。我根本不知道从何说起。但你要是真的担心狄拉克，换我是你，我就一定会那么做。你们人类有句俗话，‘接近朋友，但更要接近敌人’。我看两者都符合狄拉克二等兵。换了我，我一定会盯紧他。”

风筝号抓住了勒雷伊巡洋舰打盹的机会。

跃迁引擎是一种很难伺候的技术。一方面，有了它就能进行恒星际航行，其原理并不是驱动飞船超过光速（这是不可能的），而是在时空连续体上打洞，把飞船（或者装配有跃迁引擎的任何物体）直接放到同一个宇宙里的任何地方。

（事实上，情况也并非完全如此。起点和终点之间的空间距离越远，跃迁航行的可靠性就越以指数级下降。原因是所谓的“跃迁引擎视界难题”，会造成飞船及其机组人员的失踪，我们还没完全吃透这个问题。这将人类和其他使用跃迁引擎的种族困在了离母星不太远的恒星际“临近地区”。一个种族若是想控制住殖民地——这是理所当然的——那么殖民扩张行为就会被限制在跃迁引擎视界所定义的球体内。从某种意义上说，这个问题并无实际意义，因为人类所在的临近地区存在着激烈的土地竞争问题。不过康苏人是个例外，他们的技术比附近空域的其他种族先进得多，连他们用不用跃迁引擎都是个问题。）

另一方面，跃迁引擎又有许多怪毛病，要用就不得不忍耐，比方说它对起点和终点的要求。出发时，跃迁引擎需要相对“平滑”的时空连续体，意味着激活跃迁引擎时，飞船必须远离附近行星的重力阱，这就只能靠普通引擎穿越空间了。然而，跃迁引擎的终点可以尽量接近行星，从理论上说，要是领航员对自己的技术有信心，飞船可以直接降落地表。殖民联盟公开并强烈反对用跃迁引擎降落行星地表，而殖民防卫军却认可意外突袭的战略价值。

风筝号抵达这颗人类定居者命名为“葛底斯堡”的行星上空，在距离勒雷伊巡洋舰仅四分之一光秒处突然出现，双管轨道炮已经预热完毕，随时准备开火。风筝号的炮手只花了不到一分钟就调整好方向，瞄准了那艘明显手忙脚乱的倒霉巡洋舰，而轨道炮的磁化炮弹只需要二又三分之一秒就能从风筝号飞到猎物那里。轨道炮的炮弹速度够快，足以击穿勒雷伊飞船的外壳，像子弹穿过炼乳似的在其内部肆虐，但炮弹的设计者并不满足，炮弹接触到物质就会膨胀爆炸。

炮弹击中勒雷伊飞船后的一瞬间就变成了全宇宙速度最快的霰弹乱射，碎片和弹片沿着与原始弹道相关的各种矢量疯狂乱飞。改变这些弹道所需的能量当然不小，无疑降低了弹片的速度。不过，弹片有的是能量可供浪费，唯一的结果就是弹片有了充足的时间，可以肆意破坏勒雷伊飞船，打穿已经受伤的飞船，开始它们穿越太空的漫长而无摩擦力的旅程。

还好风筝号与勒雷伊巡洋舰的相对位置不佳，第一发炮弹只击中了前方右舷，碎片斜向上穿过飞船，不怎么体面地捅破了几层甲板，把一些勒雷伊船员炸成团团血雾。炮弹打进飞船时形成一个十七厘米口径的利落圆孔，出去时却是个边缘参差的十米窟窿，金属、血肉和空气无声无息地飞向真空。

第二发炮弹的弹道与第一发平行，位置靠后一些，可惜没有炸裂，出口只比入口稍微大一点点，不过好在它打烂了勒雷伊飞船的一部引擎。巡洋舰的自动损伤控制系统放下舱壁，隔离受损引擎，关闭了另外两部引擎，以免造成连锁故障。勒雷伊飞船切换成应急能源，袭击和防御的力量变得非常有限，两方面都无法有效地对抗风筝号。

风筝号因为使用轨道炮而耗尽了一部分能源（开始重新充能），于是朝勒雷伊巡洋舰发射了五枚传统的战术核弹，一了百了地解决了问题。导弹飞行需要一分多钟，不过风筝号现在有的是时间。巡洋舰是附近空域唯一的勒雷伊飞船。勒雷伊飞船亮起一道细小的火光，行将毁灭的巡洋舰发射了跃迁无人机，它能迅速赶到能跃迁的地方，将巡洋舰的命运通知勒雷伊军方。风筝号朝无人机发射了第六也是最后一枚导弹，导弹将在距离跃迁点不到一万公里的地方赶上并摧毁无人机。等勒雷伊人知道巡洋舰的下场，风筝号已经在许多光年之外了。

勒雷伊巡洋舰已经成了一个逐渐扩张的碎片场，萨根中尉和她领导的第二排收到了执行任务的许可。

雅列努力排除杂念，凝神内观，以安抚第一次出任务的紧张情绪，还有因运兵船落入葛底斯堡星大气层时的颠簸而产生的些许恐惧。坐在旁边的丹尼尔·哈维却让他很难集中精神。

运兵船飞速下坠，哈维说："该死的流窜殖民者，跑出来建设非法殖民地，遇到他妈的外星种族爬进窝巢，就来找我们哭诉。"

"悠着点儿，哈维，"阿莱克斯·伦琴说，"别自寻烦恼。”

“我只想知道一点，这些狗娘养的是怎么来这些地方的，”哈维说，“殖民联盟没有送他们来，没有殖联的允许，你哪儿也去不了。”

“当然可以，”伦琴说，“殖联控制不了所有的恒星际航行，只能控制住人类的。”

“这些殖民者不是人类吗，爱因斯坦？”哈维说。

“喂，”朱莉·爱因斯坦说，“别把我扯进去。”

“只是个习惯说法罢了，朱莉。”哈维说。

“白痴，殖民者确实是人类，但运送他们的不是，”伦琴说，“殖联和一些外星种族有贸易往来，流窜殖民者花钱搭他们的飞船，想去哪儿就去哪儿。”

“愚蠢。”哈维说着环顾全排，寻找支持。大部分士兵要么在闭目养神，要么存心不掺和。哈维喜欢争吵是出了名的。“殖联要是愿意，当然能阻止。通知外星人，不许搭载流窜殖民者。这样我们就不必冒着生命危险去救人了。”

前排座位上的简·萨根转过头，用厌烦的语气对哈维说：“殖联并不想阻止流窜殖民者。”

“这他妈的是为什么？”哈维问。

“他们是惹祸精，”萨根说，“会违抗殖联命令、跑去开辟非法殖民地的人，要是强迫他留在家里，反而会闹出更多麻烦。殖联觉得犯不着这么做，于是就睁只眼闭只眼由他们去了。反正他们全靠自己。”

“直到遇到麻烦为止。”哈维嗤之以鼻。

“通常来说，即使如此，”萨根说，“流窜者也知道该怎么办。”

“那我们来干什么？”伦琴说，“倒不是说我支持哈维，但他们确实是流窜殖民者啊。”

“因为有命令。”萨根说，闭上眼睛，结束了争论。哈维“哼”了一声，正要说话，运兵船忽然颠簸得格外厉害了。

“地面的勒雷伊人似乎知道我们来了，”机师位置上的乍得·阿西齐说，“有三枚导弹正飞向我们。抓着点儿，我看能不能在它们接近前烧掉它们。”几秒钟后，机舱里响起低沉而连绵不断的嗡嗡声。运兵船的防御性微波激射器在点火应付导弹。

“为什么不按照以前的老路子，”哈维说，“在轨道上轰死这帮狗贼？”

“下面还有人类呢，”雅列壮着胆子说道，“我猜我们不能使用有可能伤害或杀死他们的战术。”

哈维瞥了雅列一眼，随即改变话题。

雅列望向萨拉·鲍林，萨拉朝他耸耸肩。进入二排后的这一周，形容他们和老队员之间关系的最恰当词汇是“冷淡”。非要打交道的话，其他人对他们客气得怕人，除此之外就尽可能地忽视他俩。本排长官简·萨根简明扼要地说这是新兵在第一次上战场前的必经之路。“接受就是了。”她说完就转身做事去了。

这让雅列和鲍林都很不安。被随意无视是一码事，但被拒绝完全融合就是另外一码事了。他们得到了部分链接，允许使用公共频道讨论和分享与任务相关的信息，但训练班的那种亲密共享则不见踪影。雅列扭头看着哈维，第无数次怀疑融合会不会只是训练工具。如果真是那样，先给你再夺走就未免太残忍了一些。不过，他也注意到了排内战友之间存在融合的证据。微妙的动作和行为说明除了个人意识之外，还存在无需开口的公共交谈和感官共享。雅列和鲍林很想加入，但他们明白不让他们加入是在测试他们的反应。

既然无法与战友融合，为了弥补这一点，雅列和鲍林的融合变得格外亲密。第一周，他们在对方的脑海里停留得太久，尽管彼此喜爱，但他们仍然开始厌弃对方。他们发现确实存在过度融合这回事。两人邀请斯蒂芬·西博格与他们非正式地融合，以冲淡这种亲密关系。西博格在一排也受到了同样的冷眼待遇，但他在一排没有训练队友陪伴，见到他们的邀请，感激涕零得都有点可怜了。

雅列望向简·萨根，心想排长会不会在执行任务时仍旧不让他和萨拉融入集体？那样似乎很危险——至少对他和鲍林来说很危险。

像是听见了他的想法，萨根望向他，开始说话。“分配任务，”她说着把葛底斯堡迷你殖民地的地图连同每个人的任务发送给众人，“记住，这是一次扫荡清除任务。没有侦测到跃迁无人机的活动，所以他们要么全死了，要么被圈养在某个无法向外传递消息的地方。目标是在尽量不破坏殖民地建筑的前提下清除勒雷伊人。尽量不，听见了吗，哈维？”她直勾勾地盯着哈维，哈维不自在地扭了扭。“有必要的话，随便你们炸来炸去，但我们破坏什么，定居者就会缺少什么。”

“什么？”伦琴说，“你不是开玩笑吧？意思是说他们如果还活着，我们还要允许他们留在这儿？”

“他们是流窜者，”萨根说，“我们不能强迫他们有理智。”

“呃，但我们可以强迫他们。”哈维说。

“我们不会强迫他们，”萨根说，“我们还有新人需要保护。伦琴，你负责带鲍林，我带狄拉克。剩下的人，两两组队执行任务。我们在这里着陆——”地图上亮起一小块着陆区，“你们任意发挥创造力，尽快赶到应该去的地方。记住要侦察环境和敌人的情况，你们在为我们所有人侦察。”

“还不如说我们中的一部分人呢。”鲍林对雅列用悄悄话说。就在这时，融合的感官冲击——那么多视角叠加在本人视角上的超感知性——排山倒海而来，雅列好不容易才没叫出声来。

“别伤到自己。”哈维说，排里传来几股好笑的情绪。雅列没有理会，努力消化战友提供的情感和信息格式塔。有他们能战胜勒雷伊人的信心；有地下构造图，可以用来制订赶往目标地点的路径；有与即将到来的战斗似乎没什么关系的紧张、期待和兴奋；还有众人一致觉得没必要保护建筑物，因为殖民者多半已经死了。

“你背后。”雅列听见萨拉·鲍林说，他和简·萨根在收到图像和数据的同时转身开火，从鲍林的远距视角望去，三名勒雷伊士兵悄无声息但并非无影无踪地绕过一幢小型综合建筑物，打算伏击雅列和萨根。三名士兵刚冒头，迎面飞来雅列和萨根发射的子弹，一名士兵当即倒地，另外两个分头逃跑。

雅列和萨根迅速调取其他战友的视角，看有谁能干掉其中一个或全部两个逃跑的敌人。可惜大家都在各忙各的，包括鲍林在内，她已经转回原先的任务，去敲掉葛底斯堡定居点边缘处的勒雷伊狙击手。萨根长叹一口气。

“你追那个，”她吩咐道，自己去追另外一个人，“当心自己的小命。”

雅列跟着勒雷伊士兵飞奔，对方强有力的鸟类双腿跑得飞快，甩开了雅列一段距离。雅列追上去，勒雷伊士兵猛地转身，单手持枪朝他胡乱射击，后坐力震得枪口上扬，枪飞出勒雷伊士兵的手。子弹钻进雅列前方的土地，雅列转向寻找掩护，勒雷伊人的枪叮叮当当地落在地上。勒雷伊士兵没有去捡，而是继续逃窜，钻进了殖民地车辆调配站的修车场。

“我需要帮助。”雅列在门口说。

“彼此彼此，”哈维在别处说，“王八蛋比咱们至少多一倍。”

雅列穿过入口走进修车场。左右张望一眼，他发现这里只有两个出入口，另外一扇门和入口在同一面墙上，这面墙上还有一扇用来通风的窗户。修车场的窗户都在高处，而且很小，勒雷伊人不可能钻过去。敌人还在修车场的某处。雅列走向一侧，开始有条不紊地搜查场地。

一个矮架上盖着一块防水油布，一把匕首突然从油布底下刺出来，砍中雅列的小腿。刀刃才近身，军用防护服的纳米机器织物瞬间变硬。雅列毫发无损。但他吃了一惊，反而绊倒了自己，稀里哗啦摔在地上，脚腕扭了一下，MP也脱手了。勒雷伊人爬出藏身之处，没等雅列抓回武器，就用握刀的手推开了MP。MP飞出雅列伸手可及的范围，勒雷伊人刺向雅列的面门，在他脸上划开一个大口子，智能血喷涌而出。雅列惨叫一声，勒雷伊人爬下去跑向MP。

雅列转过身，见到勒雷伊士兵已经用MP瞄准了他，奇长无比的手指笨拙但有力地抓住枪托和扳机。雅列顿时无法动弹，勒雷伊士兵怪叫一声，扣动了扳机。

毫无反应。雅列这才想起MP设置成由他的脑伴控制，人类以外的种族无法开火。他松了口气，微微一笑，勒雷伊士兵又是怪叫一声，抡起MP，砸在雅列已经被他划破的面颊上。雅列大声叫痛，踉跄后退。勒雷伊士兵把MP扔到架子高处两个人都拿不到的地方，接着从工作台上捞起一根轮轴，挥舞着冲向雅列。

雅列用胳膊挡开第一击，防护服再次凝固，但这一击打得他胳膊生疼。第二击，他伸手去抓轮轴，但估计错了速度，轮轴狠狠敲在手指上，打断了右手食指和中指，把右臂砸得垂了下去。勒雷伊士兵挥动轮轴，从侧面击中雅列的头部，雅列跪倒在地，头晕目眩，先前扭伤的脚腕又扭了一下。雅列晕乎乎地用左手抽出匕首，勒雷伊士兵一脚踢在他手上，匕首飞了出去。勒雷伊士兵紧接着第二脚踢在雅列的下巴上，牙齿咬中舌头，智能血淌进口腔，染红了牙齿。勒雷伊士兵推倒雅列，抽出匕首，俯身来割雅列的喉咙。雅列的意识突然跳回和萨拉·鲍林练习格斗的训练课：她骑在雅列身上，匕首贴着他的喉咙，说他不该分神。

他现在精神很集中。

雅列使劲一吸，把一口智能血喷在勒雷伊士兵的面门和眼带上。怪物抽搐退缩，雅列抓住机会，命令脑伴让智能血在勒雷伊士兵脸上做它在凤凰星上被吸血小虫吞下后做的事情：爆燃。

智能血烧灼勒雷伊士兵的面门和眼带，勒雷伊士兵惨叫着丢下匕首，抓挠脸孔。雅列拿起匕首，从侧面插进勒雷伊士兵头部。勒雷伊士兵戛然惊叫，突然软瘫下去，向后倒在地上。雅列也倒了下去，他静躺片刻，让眼睛休息，勒雷伊士兵闷烧时的刺鼻气味越来越浓。

“起来。”过了一阵，有人对他说，用靴尖捅了捅他。雅列皱起眉头，仰望上方。来者是萨根。“走吧，狄拉克。我们全歼了敌人。你就别装死了。”

“我受伤了。”雅列说。

“妈的，狄拉克，”萨根说，“看着你，我眼睛都疼了。”她朝勒雷伊士兵打个手势，“下次记得开枪。”

“保证记住。”雅列说。

“说起来，”萨根说，“你的MP呢？”

雅列望向高处的架子，说：“能帮我找把梯子吗？”

“你需要缝针，”萨根说，“脸都快掉下来了。”

“中尉，”朱莉·爱因斯坦说，“你快过来。我们找到定居者了。”

“有活着的吗？”萨根说。

“天哪，没有。”爱因斯坦说，萨根和雅列都通过融合感觉到她打了个哆嗦。

“你在哪儿？”萨根说。

“呃，”爱因斯坦说，“我想你还是自己来看吧。”

一分钟后，萨根和雅列来到了殖民地屠宰场。

两人走到近处，萨根说：“他妈的勒雷伊人。”她转向在屠宰场外等待的爱因斯坦，“他们在里面？”

“在里面，”爱因斯坦说，“后面的冷库。”

“所有人？”萨根问。

“应该是的，不过很难说，”爱因斯坦说，“大部分已经被肢解了。”

冷库里塞满了肉。

特种部队士兵目瞪口呆地望着铁钩上剥了皮的躯体。铁钩下的桶里装满内脏，加工到不同程度的肢体堆在台子上。另外一张台子上是许多脑袋，颅骨被锯开，准备取出大脑。台子旁的大桶里装着取空了的脑袋。

一块防水油布下是一小堆未经处理的尸体。雅列走过去掀起油布，底下是所有的儿童。

“天哪，”萨根说，她扭头对爱因斯坦说，“派人联系殖民地行政办公室，调取能找到的全部医疗和遗传记录，还有殖民者的照片。要靠这些东西辨认尸体。再派两个人去翻垃圾箱。”

“找什么？”爱因斯坦问。

“残渣，”萨根说，“勒雷伊人已经吃掉的人。”

雅列听见萨根下令，脑袋里嗡嗡直响。他俯身盯着那堆孩童尸体，怎么也转不开眼睛。尸堆最上面是个小女孩，精灵般的脸孔那么沉静、安详和美丽。他伸手轻轻抚摸女孩的面颊：冰凉。

不知怎的，雅列心头涌起一阵凄凉。他呕了一下，转过身去。

丹尼尔·哈维，找到冷库的是他和爱因斯坦，走过来对雅列说：“第一次。”

雅列抬起头，问：“什么？”

哈维朝尸体摆摆头：“第一次见到儿童，对吧？”

“对。”雅列说。

“我们总是这样，”哈维说，“第一次见到殖民者，是殖民者的尸体。第一次见到儿童，是儿童的尸体。第一次见到不是人类的智能生物，不是已经死了就是正企图杀死我们，因此我们必须杀掉它，于是它也变成尸体。我等了好几个月才第一次见到活生生的殖民者，到现在我还没见过活生生的儿童。”

雅列扭头看着尸堆，问：“这个有多大？”

“妈的，不知道，”哈维也望了过去，“估计三四岁吧，顶多五岁。知道哪一点特别有趣吗？她比你我加起来都大。她比你我加起来再翻个倍都大。朋友，这个宇宙他妈的乱套了。”

哈维溜溜达达地走开。雅列盯着小女孩又看了一分钟，用油布盖住她和其他孩子。他转身去找萨根，在殖民地的行政大楼外找到了她。

“狄拉克，”见到他走近，萨根说，“你对第一次任务有什么想法？”

“我觉得很可怕。”雅列说。

“确实，”萨根答道，又问，“知道我们为什么会在这儿吗？为什么来这个流窜者定居点？”

雅列花了一秒钟才意识到这句话是她用嘴说的，他跟着开口答道：“不知道。”

“因为这个定居点的领袖的母亲是殖民联盟国务卿，”萨根说，“这个白痴王八蛋想向母亲证明，殖民联盟反对非法定居的规定是侵犯民权。”

“侵犯了吗？”雅列问。

萨根望向雅列：“为什么问这个？”

“好奇而已。”雅列说。

“也许侵犯了，也许没侵犯，很难说。”萨根答道，“但不管侵没侵犯，都绝对不该选择这颗行星证明他的观点。尽管勒雷伊人在这颗行星上连一个定居点都没有，但多年前就声明了对这里的主权。我猜那个龟孙子心想既然防卫军在上次战争中大败勒雷伊人，那么勒雷伊人说不定会因为害怕报复而睁只眼闭只眼。结果，十天前，我们在行星上空的间谍卫星被敲掉了，下手的就是刚才被我们炸沉的那艘巡洋舰——间谍卫星在被敲掉前拍到了一张巡洋舰的照片。于是我们就出动了。”

“真是一塌糊涂。”雅列说。

萨根郁闷地笑了笑，说：“现在我得回该死的冷库验尸了，非得找到国务卿的儿子不可。告诉国务卿说她儿子全家被勒雷伊人剁碎做成食物，这个光荣的任务也是我的。”

“他全家？”雅列问。

“老婆，”萨根说，“一个女儿，四岁大。”

雅列想到尸堆最顶上的小女孩，猛地打个哆嗦。萨根死死地盯着他，问：“你没事吧？”

“我没事，”雅列说，“就是觉得他们死得很冤。”

“老婆和孩子确实死得冤，”萨根说，“带她们来这儿的白痴王八蛋活该。”

雅列又打个哆嗦，说：“随你怎么说。”

“我就要这么说，”萨根说，“走吧，该去辨别殖民者的身份了——或者说辨认他们的肉块。”

“唉，”雅列走出风筝号的医务室，萨拉·鲍林对他说，“你做事总这么不当心。”她伸手抚摸雅列的面颊，尽管做了纳米级的缝合，但还是留下了一道伤疤。“能看见你受伤的位置。”

“不疼了，”雅列说，“反正比我的脚腕和手指强。脚腕没骨折，但手指需要几天才能痊愈。”

“也比死掉强。”鲍林说。

“这倒是真的。”雅列承认道。

“而且还教了大家一个新招，”鲍林说，“智能血居然还能这么用。大家现在管你叫岩浆雅列了。”

“大家都知道能让智能血燃烧，”雅列说，“我在凤凰星上经常看见人们用智能血烧虫子。”

“是啊，大家都用它烧小虫，”鲍林说，“但想到也能烧大虫子就需要一定脑力了。”

“我其实什么都没想，”雅列说，“只是不想死而已。”

“不想死能让人变得这么有创造力，有意思。”鲍林说。

“能让人变得精神非常集中，这才真的有意思，”雅列说，“我想起你说我需要集中精神，看来你救了我一命。”

“很好，”鲍林说，“记得你欠我一个人情。”

雅列忽然停下脚步。“怎么了？”鲍林问。

"你没感觉到？"雅列问。

"感觉到什么？"鲍林问。

"我觉得我特别想性交。"雅列说。

"呃，雅列，"鲍林说，"忽然在走廊里站住并不是你平时表达特别想性交的办法。"

"鲍林，狄拉克，"阿历克斯·伦琴说，"娱乐室，快来。战后庆祝活动要开始了。"

"噢！"鲍林说，"庆祝。有蛋糕和冰激凌吗？"

没有蛋糕，也没有冰激凌。只有一场群交。二排除了一个人不在，其他所有人全在娱乐室里，裸体程度各自不同。他们三三两两地躺在沙发和软垫上，亲吻，互相贴紧。

"这就是战后庆祝活动？"鲍林说。

"每次打完一仗，"阿历克斯·伦琴说，"我们就要举办一次。"

"为什么？"雅列问。

阿历克斯·伦琴盯着雅列，有点难以置信地问："群交难道还需要理由吗？"雅列正要回答，但伦琴举起一只手。"首先，我们走过死荫的山谷，来到了另外一边。没有比群交更能让你感觉你还活着的了。见过今天的那种烂事，我们需要尽快忘掉。其次，因为性爱那么美妙，你融入的集体同时做爱尤其如此。"

"你的意思是说不会中断我们的融合了？"鲍林问。她是用调笑的口吻问的，但雅列感觉到问题深处有一丝细微的紧张。

“不会，”伦琴轻声说，“你们已经是战友了。这不但是性爱，还是在更深刻地表达沟通和信任，是另外一个层次的融合。”

“听着非常可疑，很像是胡扯。”鲍林笑着答道。

伦琴发送了一波哈哈大笑。“唉，被你看出来了。我不否认，这首先是为了性爱。但你会明白的。”他向鲍林伸出手，“来吧？”

鲍林看了雅列一眼，使个眼色，抓住伦琴的手，说：“悉听君便。”雅列望着两人走开，忽然觉得有人戳他的肩膀，转身一看，站在背后的是朱莉·爱因斯坦，赤身裸体，喜气洋洋。

“雅列，让我测试一下你是不是真能喷岩浆。”她说。

过了天晓得多久，鲍林找到雅列，在他身旁躺下。

“今晚很有意思。”她说。

“这么说也不错。”雅列说。伦琴之前说过融合集体同时做爱感觉大不相同，事实证明这么说实在太轻描淡写了。除了一个人，雅列纠正自己，说：“萨根为什么不在？”

“阿历克斯说她以前参加，但最近不了，”鲍林说，“她在一场险些战死的战役后就不再参加了。那是几年前的事情。阿历克斯说参不参加完全自愿，没有人因此说她不好。”

听见“阿历克斯”的名字，雅列感觉到一阵尖锐的情绪；先前爱因斯坦骑在他身上的时候，他瞥过伦琴和鲍林一眼。雅列有点尴尬地说："倒是说得通。"

鲍林用一条手臂撑起身子，问："你开心吗？参加这个？"

"你知道我很开心。"雅列说。

"我知道，"鲍林说，"我脑袋里能感觉到你。"

"对。"雅列说。

"但你似乎并不完全投入。"鲍林说。

雅列耸耸肩："我也说不清为什么。"

鲍林凑过来轻轻亲吻雅列："你吃醋的样子很可爱。"

"我并不想吃醋。"雅列说。

"要我说，没有谁天生就想吃醋。"鲍林答道。

"抱歉。"雅列说。

"没什么好抱歉的，"鲍林说，"我很高兴我们融合了，我很高兴能成为这个排的一员。群交乐趣无穷。但是，雅列，你对我来说很特殊，一向如此。你是我的最爱。"

"最爱，"雅列赞同道，"永远。"

鲍林笑得很开心。"很高兴我们谈妥了，"她的手向下摸去，"现在嘛，轮到我享受一下我的最爱了。"

7

“三十公里，”简·萨根说，“下车喽。”

二排的士兵跳下运兵船，坠入德流乌上方的夜空，德流乌是艾尼沙一族的首都。下方，爆炸的火光点缀着天空，但那不是反舰防御系统震碎运兵船的剧烈爆炸，而是焰火五颜六色的美丽火花。这是查法兰节的最后一夜，艾尼沙借此庆祝万象更新。整个星球的艾尼沙人走上街道，以适合所在地区和时节的各种方式饮宴嬉闹，大部分艾尼沙人都醉意蒙眬且春情萌动。

德流乌在这次查法兰节里格外喧闹。除了传统的节日娱乐，今年的庆祝内容还有一项：册封继承人，艾尼沙权首菲莱布·瑟尔正式宣布女儿维尤特·瑟尔为艾尼沙的下一任统治者。为了纪念这次册封，菲莱布·瑟尔拿出一份她喂养维尤特·瑟尔的王浆，批准大规模合成生产其稀释后的复制品，装在小罐里，在查法兰节的最后一晚送给德流乌的市民们。

王浆若是以原始形态喂给未变态发育的艾尼沙人，就会导致接受者产生显著的发育变化，在其发育到成年形态时表现出明显的生理和心理优势。稀释后的合成物则不同，会给成年艾尼沙人带来非常美妙的迷幻快感。大部分德流乌市民已经在焰火晚会和灯光表演前喝下了王浆，此刻坐在私家花园和公园里，望着焰火爆炸出的璀璨亮光，亮光在王浆的作用下扩展占据了艾尼沙人的整个感知光谱，口器咔嗒咔嗒地发出艾尼沙人的“哦”和“哇”。

三十公里的高空中，正在快速坠落的雅列看不见也听不见艾尼沙人的目眩神迷，下方的焰火固然灿烂，但离他很远，爆炸声由于距离和稀薄的同温层大气而散失了。雅列的感官被许多其他事情占据——队友的位置、降落的速度和不可缺少的机动操作——他需要确保自己降落在指定地点，同时在即将爆发的一系列事件中避开危险。

找到队友的位置是其中最简单的。二排成员都身穿黑体纳米机器防护服，装备也包上了护罩，只剩下一人一个的微型能束发射/接收器还在工作，它们在降落前记下其他战友的位置，在空中以毫秒间距继续获取位置。雅列知道萨拉·鲍林在右前方四十米处，丹尼尔·哈维在下方六十米处，最后跳下运兵船的简·萨根在上方两百米处。葛底斯堡之后没多久，雅列第一次参加噩梦般的高空夜间跳降时，他虽然做到了没有跟丢能束信号，但落地位置离战友有好几公里，孤身一人，不辨方向。他为此被骂得狗血淋头。

雅列的目标地点在底下不到二十五公里处，脑伴将其标成高亮，脑伴同时计算出一条降落路径提供给他。脑伴根据风速和其他大气现象，在降落过程中随时更新路径；同时还精确地跟踪着投射在雅列视野内的三根排列紧密的虚拟光柱。三根光柱从天而降，指着一幢建筑物中的三块区域：建筑物是权首的宫殿，也是菲莱布·瑟尔的住处、王庭和政府所在地。

随着雅列和二排战友降到离地面四公里的位置时，三根光柱的含义变得明确。从特种部队放置在低轨道上的卫星发射出的三条粒子束，出现在半空中。一条粒子束很模糊，一条亮得刺眼，第三条最暗淡，还不停闪烁。见到这副景象，听着伴之而来的洪亮隆隆声，德流乌的市民欢呼赞叹。他们的意识被王浆弄得既敏感又迟缓，以为粒子束是灯光表演的一部分。只有入侵者和德流乌灯光表演的实际操作者从一开始就知道实情并非如此。

产生粒子束的卫星逃不过艾尼沙行星防御网的注意，发现敌方武器正是行星防御网的任务所在。然而眼下的情况有些特殊，因为卫星伪装得很好，变成了三艘修理拖船。几个月前，葛底斯堡事件后不久，拖船就已安排妥当，殖民联盟在艾尼沙三大空间站之一有外交泊位，拖船属于日常维修舰队。这三艘船确实也是性能良好的拖船，但无论从外观看还是通过内部检测都很难发现引擎经过了颇不寻常的改造，对软件的巧妙修改隐藏了引擎的能力，只有最专注的调查者才有可能察觉。

风筝号出现在艾尼沙空域，因为最近和勒雷伊巡洋舰打过一仗，因此请求许可入港修理船壳和控制系统，三艘拖船被派去执行牵引任务。风筝号在交火中获胜，但不得不在完全修复损伤前暂时撤退（风筝号特地选了一个防卫力量中等的勒雷伊殖民地开战，那里的军事力量足以击退特种部队飞船，但又不够把风筝号彻底炸沉）。风筝号指挥官礼节性地请艾尼沙军方登船参观，艾尼沙军方礼节性地婉言谢绝，他们已经通过与勒雷伊人的非常规情报渠道证实了风筝号的说法。风筝号同时请求让船员离舰去特雷施（专为殖民联盟外交使节和艾尼沙驻扎人员开设的旅游胜地）休息，获得了批准。特雷施位于德流乌的东南部，一艘运兵船载着二排两个班的“度假人员”出发，飞行路线恰好经过德流乌城南。

运兵船在德流乌附近飞过，报告说遇到大气湍流，不得不向北闪避，短暂擦过德流乌上空的禁飞区。艾尼沙航空指挥部注意到了飞行路线的变化，命令运兵船避开湍流后立刻返回原先的飞行计划上。几分钟后，运兵船校正航线，但船上少了两个班。

敌人从表面上说是你的盟友，而且不知道你知道它是敌人，这时候做事可真是有意思。

分配给风筝号的拖船射出粒子束，击中权首宫殿。第一束比另外两束强烈得多，打穿了六层宫殿，深入内部，气化了备用发电机和以下二十米处的主供电线路。主供电线路遭到破坏，宫殿的电力系统转向备用机组，但备用机组在几毫秒前已被摧毁。没有中央备用供电，几套小规模备用机组开始工作，通过安全门系统封锁了宫殿。根据电力和安全系统设计者的思路，主供电和备用机组同时失灵说明宫殿很可能遇到了攻击。这一点倒是不假，但设计者没有想到的是，无中央系统控制的小规模机组在攻击者的计划中扮演了必不可少的角色。

这道粒子束造成的次级损害相对很小，能量被特意调控到仅限于其周界之内，直插艾尼沙行星的土地。打出的窟窿有八十码深，但掀起的部分岩屑（还有六层宫殿的部分碎片）把它填得只有几米深。

第二道粒子束击穿的是宫殿的行政区域。和第一道粒子束不同，这道被调得范围很宽，目的就是引发出巨量废热。粒子束所及之处，宫殿的行政区域膨胀融化。极热的空气冲刷办公室，炸开门窗，引燃了燃点在九百三十二摄氏度以下的所有物品。片刻之内，三四十个值夜班的艾尼沙政府工作人员、军队警卫和门房被活活烤死在甲壳里。粒子束中央是权首的私人办公室，办公室连同所有物品在几微秒内化为灰烬，粒子束的高热和能量引发火风暴，把灰烬吹向迅速解体的行政区域的每个角落。

第二道是三道粒子束里最具破坏力但也是最不重要的。特种部队并不打算也不希望在私人办公室内刺杀权首，因为她很少在夜间去这间办公室，今晚尤其不可能，因为她是查法兰庆祝仪式的一部分，此刻正在履行公共职责。她在德流乌城的另外一头，这顶多只能算是一次笨拙的尝试。不过，特种部队就是想让袭击看起来像是意图刺杀权首的笨拙尝试，这样权首及其令人望而生畏的保安队伍就可以远离宫殿，让二排去执行他们真正的任务了。

第三道粒子束的能级最低，一闪一闪地犹如外科手术般扫过宫殿屋顶，像手术烧灼似的每次剥去一层皮肤。这道粒子束的目标不是掀起恐惧或大规模破坏，而是要打出一条通往某个房间的直接路径，二排的目标就在那里，这个筹码要是用得好，就能让艾尼沙人退出袭击人类的三方盟约。

“要我们绑架谁？”丹尼尔·哈维问。

“维尤特·瑟尔，”简·萨根说，“艾尼沙皇权的继承人。”

丹尼尔·哈维满脸难以置信的表情，提醒雅列想起特种部队士兵尽管有意识融合，为什么还非得面对面开简报会。说到底，什么都代替不了肢体语言。

萨根把任务情报和任务内容转发给大家，但哈维在信息解压完毕前就又说了起来。“我们什么时候也开始搞绑架了？”哈维问，“这可是条新路子。”

“我们以前也绑架过，”萨根说，“没什么新鲜的。”

“我们绑架过成年人，”哈维说，“通常来说，都是意图伤害人类的家伙。这次要绑架的是个孩子。”

“说是幼虫更合适。”阿历克斯·伦琴已经解压完任务简报，开始阅读。

“随你怎么说，”哈维说，“幼虫，崽子，小孩。重点在于，我们要用无辜幼体充当谈判筹码。没说错吧？这恐怕确实是第一次。很下作。”

“这话居然是你说出来的？每天都有人叫你别满嘴喷粪哪。”伦琴说。

哈维望向伦琴，说：“没错，你经常叫我别满嘴喷粪。但我必须要说，这个任务臭不可闻。你们这帮人，脑子都有病了不是？”

“哈维，敌人可没你那么高尚。”朱莉·爱因斯坦说着转发了一张葛底斯堡星上的孩童尸堆照片。雅列又打了个哆嗦。

“所以我们就必须和他们一样卑鄙？”哈维说。

“听着，”萨根说，“这事不是投票表决。我们的情报人员说勒雷伊、艾尼沙和奥宾很快就要大规模进军人类空域。我们一直在边缘地带骚扰勒雷伊和奥宾，但始终无法对艾尼沙采取行动，因为我们还得接受一个彬彬有礼的幻象——他们是人类的盟友。这给了他们时间备战，尽管我们喂给艾尼沙人很多假情报，但他们对人类的弱点还是过于了解了。我们有可靠的情报说艾尼沙完全参与了所有袭击计划。如果公开对抗艾尼沙，他们三方就会一起扑上来，而我们的资源不足以和他们同时开战。哈维说得对，这次任务把我们带进了新领域，但其他计划都不如这个有震慑力。我们无法从军事上战胜艾尼沙，但能从心理上打垮他们。”

这时雅列已经读完了整个报告，他对萨根说："还不止是绑架。"

"对，"萨根说，"单独绑架不足以迫使权首接受我方条件。"

"天哪，"哈维也看完了所有材料，"比屎都他妈臭。"

"比其他的计划强，"萨根说，"除非你真的认为殖民联盟能同时拿下三个敌人。"

"允许我提个问题吗？"哈维问，"我们为什么总摊上这种烂事？"

"我们是特种部队，"萨根说，"这就是我们的使命。"

"狗屁，"哈维说，"你要去自己去。我们不去。谁都做不出这种事。不能因为其他人不想去就逼着我们去。"

哈维环顾简报室，说："来吧，我们至少可以说给自己听。军事情报部门的真生人浑球想出这个计划，然后一帮真生人将军签字通过，但殖民防卫军的真生人司令官完全不想牵涉进去。于是就交给我们，大家认为我们不会介意，因为我们是一帮两岁大的无道德刽子手。妈的，我有道德，我知道这个房间里所有人都有。面对面作战老子寸步不退。你们都清楚这一点。但这不是面对面的战斗。这是他妈的狗屁。一等一的臭狗屁。"

"好吧，确实是狗屁，"萨根说，"但同时也是我们的任务。"

"别派我去抢那东西，"哈维说，"我愿意给去的人打掩护，但这杯毒酒我本人就不碰了。”

“我不会派你去的，”萨根说，“有的是其他任务可以交给你。”

“倒霉事到底交给谁呢？”阿历克斯·伦琴说。

“我自己去，”萨根说，“还要两个志愿者。”

“我已经说过了，我负责掩护。”哈维说。

“万一我的脑袋挨了枪子，哈维，要有其他人负责绑架。”萨根说。

“我去，”萨拉·鲍林说，“不过哈维说得对，这坨屎臭气熏天。”

“谢谢，鲍林。”哈维说。

“别客气，”鲍林答道，“别太得意。”

“有一个了，”萨根说，“还有谁？”

简报室里的所有人都望向雅列。

“什么？”雅列忽然不自在起来。

“没什么，”朱莉·爱因斯坦说，“只是你和鲍林总出双入对的。”

“不完全是这样，”雅列说，“我们在排里已经七个月了，掩护过你们每一个人。”

“别激动，”爱因斯坦说，“又没人说你俩结婚了，而且我们每一个人都掩护过你，但每个人都更愿意和某个特定的人一起执行任务。我的搭档是伦琴。萨根的是哈维，因为除了她谁也不肯收他。你和鲍林是搭档。没别的意思。”

“别取笑雅列了，”鲍林笑着说，“他这人很实诚，跟你们这群下流胚不一样。”

“我们是实诚的下流胚。”伦琴说。

“或者说下流得很实诚也行。”爱因斯坦说。

“玩笑开够了吧，”萨根说，“我还缺一个志愿者。”

“狄拉克。”哈维替他报名。

“够了。”萨根说。

“不，”雅列说，“我去。”

萨根似乎想反对，但一转念又算了。“好的。”她说，然后继续简述情况。

“又来了，”雅列一边听简报，一边在私人频道上向鲍林发送道，“你也看见了吧？她其实想说‘不行’的。”

“看见了，”鲍林说，“但她并没有说啊。而且上了战场，她对你和对任何人都没有区别。”

“这我明白，”雅列说，“我只是想知道她为什么似乎不太喜欢我。”

“她似乎对任何人都不太喜欢，”鲍林说，“别疑神疑鬼了。总而言之，我很喜欢你，除了你疑神疑鬼的时候。”

“我努力。”雅列说。

“好好努力，”鲍林说，“谢谢你志愿加入。”

“呃，这个嘛，”雅列说，“民心所向而已。”

鲍林笑出了声。萨根瞪了她一眼。“抱歉。”鲍林在公共频道上说。

过了几分钟，雅列在私人频道上呼叫鲍林：“你真觉得这次的任务很糟糕吗？”

“妈的迎风臭十里。”鲍林答道。

粒子束消失，雅列和二排战友弹开降落包。纳米机器人充电，从背包里以藤蔓形式展开，组成一个个单人滑翔翼。雅列不再自由坠落，向宫殿调整方向，飞往第三道粒子束留下的冒烟窟窿，这个洞口通往继承人所在的育儿室。

权首宫殿和圣彼得大教堂差不多宏伟，可不是个小地方，正厅外是权首的王庭和现已崩塌的行政区域，非艾尼沙人不得出入。公共记录中没有宫殿的建筑结构图，而宫殿本身遵循的是天然艾尼沙建筑风格，以流动和混沌为主旨，与连绵不断的白蚁窝群落颇为相似，从中寻找重要的区域或房间谈何容易。在实施绑架艾尼沙继承人的计划之前，首先必须找到继承人所在的私人房间。军事研究局认为这个难题很有分量，但留给他们的时间却不多。

解决方案是往小处想；没错，往单细胞生物的方向想——比方说，C.xavierii，这是一种艾尼沙原核生物，以演化论的观点看，和细菌是一码事。正如各种细菌与人类构成了愉快的共生关系，C.xavierii和艾尼沙人也是一样，它主要存在于体内，但体表也有。和许多人类一样，并非每个艾尼沙人都能坚持洗手间里的好习惯。

殖民联盟军事研究局破译了C.xavierii的遗传密码，重组后创建出新亚种C.xavierii movere，其DNA能构造出线粒体尺寸的无线电收发器。这些微小的有机机器通过测量与收发范围内其他艾尼沙人身上C.xavierii的相对位置，记录下宿主的一举一动。显微装置的记录能力有限，只能记下不到一个小时的宿主活动，但每次细胞分裂都会产生一部新的记录机器，继续跟踪宿主的活动。

军事研究局把接受过基因改造的微生物放进洗手液，由一位不知内情的殖民联盟使节传入权首宫殿，这名使节与艾尼沙外交官经常有身体接触。接下来，通过日常接触，艾尼沙外交官又把细菌传给宫殿内的工作人员。那位殖民联盟使节（及使节团全体人员）的脑伴都经过了秘密修改，能记录即将从宫殿工作人员和居住者——包括权首和她的继承人——身上发射出的微电波。不到一个月，军事研究局就通过人员活动情况绘制出了权首宫殿完整的内部结构图。

军事研究局没有告诉殖民联盟使节团说他们在不知不觉中充当了间谍。不仅因为这样能保障他们的安全，还因为他们要是知道了自己被如此利用，肯定会暴跳如雷。

雅列飞近宫殿屋顶上，收起滑翔翼，在远离洞口的地方降落，以防意外崩塌。二排战友不是正在着陆就是已经着陆，忙着在洞口系速降索准备滑降。雅列看见了萨拉·鲍林，她已经走到了洞口，透过烟雾和尘土向下张望。

“别往下看。”雅列对她说。

“说晚了。”她答道，顺便把视角中令人头晕目眩的画面发送给雅列。雅列在融合中感觉到了她的紧张和期待；他自己的心情也差不多。

速降索已经绑好。“鲍林，狄拉克，”简·萨根说，“行动。”粒子束从天而降到现在还不足五分钟，每耽搁一秒都会增加猎物被转移的风险。他们还必须想办法应付迟早要赶到的军队和紧急响应人员。炸掉行政区域能帮二排暂时引开注意力，但不可能持久。

三个人扣上速降索，滑降四层，径直冲进权首的居住区。育儿室就在前方，他们先前决定不把粒子束径直打向育儿室上方，以免意外引发坍塌。雅列在滑降时明白了这个决定有多明智，虽然说起来是“外科手术”般精确，但粒子束还是将权首住处上方的三层楼破坏得一团糟，大量瓦砾直接砸了下去。

“打开红外线装置，”萨根在速降时说，“灯光已切断，下面灰尘很厉害。”雅列和鲍林执行命令。粒子束的余能和下方闷烧的建筑物散发着热量，红外线视野内亮堂堂的。

三个人刚进入权首住处，负责保安的警卫就撞开大门，冲进房间，扑向入侵者。雅列、萨根和鲍林解下降锁，重重落进底下的瓦砾堆里——艾尼沙的重力比地球更强。雅列掉在瓦砾堆上，险些被断桩刺个对穿，防护服立刻硬化，帮他躲过厄运。三个人用肉眼和红外视力扫视房间，确定警卫的位置，把情报送给上方。几秒钟后，屋顶上传来噼啪几声脆响，警卫应声而倒。

“安全了，”阿历克斯·伦琴说，“这个区域已被封锁，我们没看见其他警卫。其他人正在下来。”话音未落，朱莉·爱因斯坦和另外两名二排战友就顺着速降索滑下来了。

育儿室紧邻权首的私人房间，出于安全考虑，两个房间都是可封闭的独立单元，绝大多数暴力手段都无法突入（来自外太空的超强粒子束除外）。两个房间外面总是戒备森严，因此两者之间的安保手段很简单。权首卧室和育儿室只隔着一扇雕琢华丽的门，门上只有一道门闩。雅列开枪敲掉门闩，在鲍林和萨根掩护下走进房间。

雅列正要检查左右死角，有什么东西猛扑上来。他蹲下就地一滚，抬起头，发现一个艾尼沙人挥舞着临时抓起的棍子，企图砸烂他的脑袋。雅列用胳膊挡开那一击，飞起一脚，正中艾尼沙人两条前下肢之间的位置，踢碎了他的甲壳，艾尼沙人惨叫起来。雅列从眼角余光瞥见房间里还有一个艾尼沙人，蜷缩在角落里，抱着一个不停尖叫的东西。

前一个艾尼沙人咆哮着又扑了上来，咆哮戛然而止，但他还在向前冲，最后软瘫在雅列身上。艾尼沙人倒下以后，雅列才意识到刚才听见了枪声。他绕过艾尼沙人张望，见到萨拉·鲍林站在尸体背后，抓住艾尼沙人的披风，把尸体从雅列身上拽开。

“他还没扑向我，你就应该干掉他才对。”雅列说。

“再抱怨一句，我就让这鬼东西压死你，”鲍林说，“你就不能推一把吗？好让自己尽快脱身。”鲍林拉，雅列推，艾尼沙人翻身滚到旁边。雅列爬出来，仔细打量袭击者。

“是他吗？”鲍林说。

“说不清，”雅列说，“他们看着都差不多。”

“走吧。”鲍林说着凑近端详那个艾尼沙人。她查了查任务简报，说：“就是他，孩子他爸。权首的配偶。”

雅列点点头。贾翰·希奥，权首的配偶，出于政治原因和权首生下继承人。艾尼沙皇室的母系传统规定，继承人的父亲要在继承人变态发育前负责照顾继承人。传统还规定，在继承人册封典礼后，父亲必须在继承人身边守护三个艾尼沙日，象征他接受父亲的责任。这一点，还有与册封典礼相关的其他几个原因，决定了要在此时实施绑架。刺杀贾翰·希奥是任务中次要但关键的一部分。

“他为保护他的孩子而死。”雅列说。

“他是这么死的，”鲍林说，“不是为此而死的。”

“我不觉得这对他有什么区别。”雅列说。

“臭气熏天的任务。”鲍林说。

房间一角响起枪声。自从进入房间以来持续不断的尖叫声暂停片刻，马上又更加急切地响了起来。萨根走出角落，一只手拿MP，另一条胳膊的臂弯里抱着一团拼命蠕动的白色东西。另外一个艾尼沙人倒在萨根开枪的地方。

“保姆，”萨根说，“不肯把继承人给我。”

“你问他要了吗？”鲍林说。

“要了，”萨根指着扣在腰带上的小翻译器说，它将在任务后期派上用场，“反正我试过了。”

“看来杀死权首配偶没什么用处嘛。”雅列说。

萨根抱着的尖叫东西拼命扭动，险些掉出她的怀里。萨根扔下MP，抱紧那东西。萨根把那东西牢牢抱在胳膊和躯体之间，那东西叫得愈加响亮。雅列仔细打量那东西。

“这就是继承人了。”雅列说。

“没错，”萨根说，“事实上是她，雌性的。尚未变态发育的艾尼沙人。很像一条尖叫的大蛆。”

“能给她打镇静剂吗？”鲍林说，“太吵了。”

“不行，”萨根说，“需要让权首看见她还活着。”继承人继续蠕动，萨根用另一只手抚摸她，希望能让她平静下来。“狄拉克，帮我拿MP。”她说。雅列俯身捡起枪。

灯光亮起。

“妈的，”萨根说，“电力恢复了。”

“我们不是炸掉了备用发电机吗？”雅列问。

“是的，”萨根说，“看来不止一组，该走了。”三个人退出育儿室，萨根抱着继承人，雅列举着他和萨根的两杆MP。

回到权首住处，二排的两名队员挂在绳索上。朱莉·爱因斯坦负责把守权首住处的两扇门。

“他们负责掩护上面的两层楼，”爱因斯坦说，“洞口在这几层穿过的房间都只有单一入口，至少建筑图是这么画的。但最上面一层是完全开放的结构。”

“运兵船正在来的路上，”阿历克斯·伦琴说，“我们已经被盯上了，刚开始交火。”

“需要人手掩护我们上去，”萨根说，“还要压制最上面一层的敌方火力。既然是全开放的，那就是敌人要出现的地方。”

“收到。”伦琴说。

萨根把继承人递给鲍林，取下装备背包，掏出肩带，肩带上有个腹袋，尺寸刚好能装下继承人。她费了些力气，把号哭不已的继承人塞进腹带，扣好，斜挎在身上，肩带从右肩背后固定住。

“我爬中间那根，”萨根说，“狄拉克，你左边，鲍林，右边。我们爬，爱因斯坦负责掩护，上去以后，你们掩护她和另外两个人出来。明白了？”

“明白。”雅列和鲍林答道。

“给我的MP装满弹药，交给爱因斯坦，”萨根对雅列说，“她不会有时间装子弹的。”雅列取出萨根MP的弹匣，取出他的一个备用弹匣装进去，把MP递给爱因斯坦。她接过去，点头致谢。

“准备好了，”伦琴在上面说，“你们快点。”

他们刚抓住各自的绳索，门外就传来了艾尼沙人沉重的脚步声。他们开始向上爬，爱因斯坦开始射击。经过上面两层楼的时候，雅列看见战友在冷静地等待，盯着各自房间唯一的出入口。融合意识告诉雅列，他们都怕得要死，正在等待决定命运的时刻。

雅列听见上方传来枪声。艾尼沙人已经冲到了最顶上一层。

萨根带着继承人，但没有MP和装备背包，一加一减，她的负担最轻，所以爬得飞快，领先于雅列和鲍林。爬到能抓住屋顶的高度，她伸手去够朱利安·洛威尔的手。但就在这时，两颗子弹斜着击中了她的肩膀，第三颗子弹擦过萨根的肩膀，击中洛威尔的右眼，打穿大脑，在颅骨内侧弹跳，钻进脖子，撕裂了颈动脉。洛威尔的脑袋向后一仰，随即落向前方，身体瘫下去，向前掉进洞口，恰好撞在萨根身上，撕开了装着继承人的肩带的最后几丝纤维。萨根感觉到肩带断裂松开，但正忙着保持平衡不掉下去，根本顾不上抓住肩带。

“接住。”她说，阿历克斯·伦琴抓住她，把她拉上安全地带。

雅列伸手去捞，但没有抓住，肩带离他太远。肩带飞过鲍林，鲍林一把抓住，肩带绕着她转了半圈。

雅列感觉到朱莉·爱因斯坦在下面发出震惊和剧痛的情绪。她的MP陷入沉默。紧接着传来了艾尼沙人爬进权首房间的沙沙脚步声。

鲍林仰望雅列，说：“快爬。”

雅列拼命爬，不看脚下。经过宫殿最顶上一层的时候，他瞥见了二十几具艾尼沙人的尸体，尸体背后，活着的艾尼沙人数量更多，他们朝正在攀爬的雅列射击，雅列的战友用子弹和枪榴弹还击。他很快爬过他们，一个没见过的战友把他拽上屋顶。转过身，他看见萨拉·鲍林抓着绳索，一只手拎着肩带。下方的艾尼沙人瞄准了她。她抓着肩带，无法攀爬。

鲍林望着雅列，微微一笑。“我的最爱。”她说，把肩带抛向雅列，第一批子弹随即击中她的身体。雅列伸出手，子弹打得鲍林在半空中舞动，冲击力超过了防护服的抵御范围，钻进她的双腿、躯体、后背和颅骨。雅列抓住肩带，提了上去，她向下坠落，摔到洞底。他感觉到她生命的最后一息，接着就消失了。

战友拖着他登上运兵船，这时他还在哭喊。

统治艾尼沙的是母系部族文化，很适合这个种族，其远祖是居住在蜂巢内的类昆虫生物。各大部落的母系族长投票选出权首，这个过程听起来很开化，其实不然，因为收集选票有可能牵涉到残忍得难以形容的经年内战，部落内要通过战斗决定由谁担任族长。为了避免权首即将卸任引发大规模动荡，权首当选后，皇位成为世袭，而且压力很大——权首必须在登基后的两艾尼沙年内生育并册封一名有生育力的继承人，以此确保未来的权力有序交接，否则所在部落的统治地位就将随其退位而结束。

艾尼沙女族长会喝下富含激素的王浆，导致躯体大规模彻底变化（这是其血统的另一个产物），而且终生拥有繁殖能力，所以生产继承人很少构成问题，问题在于从哪个部落选择继承人的父亲。女族长不会因为爱情结婚（严格来说，艾尼沙人根本没有结婚的概念），因此政治考虑就成了焦点。无法爬到顶端的部落转而竞争（手段微妙得多，通常也不太残酷）配偶人选，好处是可以直接提升部落的社会地位，还有能力影响国家政策，这是配偶部落“嫁妆”的一部分。新登顶的部落权首选择配偶有两条途径，或者是最强大的盟友部落，以此充当效忠的奖赏；或者是最强大的敌对部落，前提是这次权首“投票”格外混乱，整个艾尼沙民族需要修补彼此之间的关系。相比之下，靠代代相传登基的权首选择配偶就有很大的回旋余地了。

菲莱布·瑟尔是现任瑟尔家族（这个部落在过去几百年间曾三次掌握权柄）的第六代权首。继位后，她从希奥部落选择了权首，这个部落在扩张殖民地方面野心勃勃，最终导致艾尼沙决定与勒雷伊和奥宾秘密结盟，共同进攻人类。由于在这场战争中扮演主导地位，艾尼沙将取得殖民联盟最好的几个星球，包括殖民联盟的母星凤凰。勒雷伊人分得的行星较少，但其中包括珊瑚星，殖民联盟最近在那里狠狠地羞辱了他们。

奥宾人还是那么神秘，他们贡献的力量仅略少于艾尼沙人，但只要一颗行星：人口过多、资源耗尽的地球。地球的情况非常糟糕，以至于殖民联盟将其置于隔离之中。艾尼沙和勒雷伊都乐于让出地球。

希奥部落鼓吹的国家政策使得艾尼沙倾向于对人类发动战争。尽管受到权首制度的约束，但各个艾尼沙部落还有各自的议事会。至少有一个叫盖伦的部落强烈反对袭击殖民联盟，理由是人类相当强盛，顽固得令人头疼，而且感觉遇到威胁就不太讲究原则。盖伦认为勒雷伊倒是个更好的目标，因为勒雷伊与艾尼沙敌对多年，在珊瑚星遭受人类重创后军力薄弱。

菲莱布·瑟尔权首在这件事上没有理会盖伦议事会的意见，但她注意到盖伦部落明显对人类有好感，于是选择盖伦部落一名叫胡·盖伦的议员担任艾尼沙驻殖民联盟的大使。胡·盖伦最近被召回艾尼沙，观礼继承人册封仪式，与权首一起庆祝查法兰节。二排突袭时，胡·盖伦坐在权首附近，杀死权首丈夫并劫走继承人的二排呼叫权首时，他正和权首躲在一起。

“艾尼沙人停止射击了，”阿历克斯·伦琴说，“看来知道继承人在我们手里了。”

“很好。”萨根说。鲍林和爱因斯坦死了，还有几个士兵被困在宫殿里，她想把他们救出来。她示意大家登船。丹尼尔·哈维给她包扎肩伤，她疼得龇牙咧嘴。防护服完全挡住了第一颗子弹，但第二颗打穿防护服，造成了严重伤害，右臂暂时完全失去活动能力。她举起左手，指了指运兵船中央的小轮床。权首继承人维尤特·瑟尔被绑在轮床上，仍在不停地扭动，她不再尖叫，但还在呜咽，疲惫渐渐战胜恐惧。

“谁给她打针？”萨根问。

“我来。”雅列抢在别人开口前站起来，从萨根座位下的医疗包里取出注射器。他转身走到维尤特·瑟尔身前，无比仇恨这东西。脑伴把示意图叠加在视野上，告诉他从哪儿下针，要把长长的针头插进内脏多深，才释放针筒里的物质。

雅列恶狠狠地把针头插进维尤特·瑟尔的身体，冰冷的金属扎得维尤特·瑟尔拼命哭喊。雅列揿下注射器上的按钮，把一半的液体推进继承人两个尚未发育的生殖囊的一个之中。雅列拔出注射器，将针头扎进另外一个生殖囊，推空了针筒。纳米机器人覆盖了生殖囊的内壁，自行燃烧，烧死组织，生殖囊的主人不可逆转地丧失了生殖能力。

维尤特·瑟尔因为困惑和疼痛而哀号。

“接通权首了，”伦琴说，“音频视频都有。”

“接进公共频道，”萨根说，“阿历克斯，你到轮床边当镜头。”

伦琴点点头，站在轮床前，视线对准萨根，把来自耳朵和眼睛的音频和视频信号接进脑伴，充当麦克风和摄像头。

“接通了。”伦琴说。艾尼沙权首出现在雅列和运兵船全员的视野中。尽管看不懂艾尼沙人的表情，但很明显权首愤怒得都要燃烧了。

“他妈的人类屎渣，”权首说（更确切地说是翻译器说，它没有逐字对译，而是表达出了文字背后的情绪），“给你们三十秒，把女儿还给我，否则我就向你们的所有行星宣战。我发誓要把它们化为灰烬。”

“闭嘴。”萨根说，腰带上的扬声器吐出翻译。

线路另外一头传来许多响亮的咔嗒声，权首王庭震惊得无以复加。难以想象，居然有人敢这么和权首说话。

“你说什么？”权首最后说，她本人也很震惊。

“我说‘闭嘴’，”萨根答道，“你要是够聪明，就该好好听我说话，免得你我两方人民无谓受苦。权首，你不会向殖民联盟宣战，因为你已经向我们宣战了。你们、勒雷伊和奥宾。”

“我完全不知道——”权首说。

“再撒谎，我就割掉你女儿的脑袋。”萨根说。

又是一阵咔嗒声，权首闭上了嘴巴。

“请问，”萨根说，“你们是不是已经向殖民联盟开战了？”

“对，”权首过了好一阵答道，“或者说很快就将开战。”

“我认为不会。”萨根说。

“你是谁？”权首说，“哈特林大使在哪儿？我凭什么要和拿我女儿生命威胁我的人谈判？”

“哈特林大使应该还在她的办公室里，努力搞清楚局势，”萨根说，“既然你认为没必要向她通报贵方的军事计划，那么我们也同样认为没必要。权首，你之所以正在和拿你女儿生命威胁你的人谈判，是因为你对人类孩子的生命构成了威胁。你之所以在和我谈判，是因为此刻你只配和我谈判。这一点你大可以放心，你再也不可能和殖民联盟谈判了。”

权首陷入沉默，最后说：“让我看看我的女儿。”

萨根对伦琴点点头，伦琴转身望向又开始低声啜泣的维尤特·瑟尔。雅列看着权首的反应，权首从星球领袖变回母亲，孩子的痛苦和恐惧她感同身受。

“你们的要求是什么？”权首说。

“停战。”萨根答道。

“还有另外两方，”权首说，“我们要是退出，他们一定会想知道原因。”

“那就继续备战，”萨根说，“转而袭击你的一方盟友，我建议勒雷伊。他们国力衰败，突袭应该能拿下他们。”

“奥宾呢？”权首说。

“留给我们处理。”萨根说。

“你们行吗？”女王显然很怀疑。

“当然。”萨根说。

“你难道说我们要掩盖今晚发生的所有事情？”权首说，“你们用来摧毁宫殿的粒子束在几百里外都看得见。”

“别掩盖，好好调查，”萨根说，“殖民联盟乐于协助艾尼沙朋友调查，到时候发现元凶是勒雷伊人，你们就有理由开战了。”

“还有什么要求？”权首说。

“有个叫查尔斯·布廷的人类，”萨根说，“我们知道他在协助你们。我们要他。”

“不在我们手上，”权首说，“在奥宾那儿。你们尽管去找奥宾人要吧。还有什么要求？”

“我们要你保证你会退出战争。”萨根说。

“难道要签订条约？”权首问。

“不，”萨根说，“你换配偶，由我们选择。”

这话引得王庭发出了最响亮的一阵咔嗒声。

“你们杀害了我的配偶，居然还想挑选下一个？”权首问。

“对。”萨根说。

“为什么？”权首暴怒道，“我的维尤特已被册封！她是合法的继承人。如果我满足你们的要求，你们放我的女儿回来，她还是希奥部落的一员，按照传统，他们仍旧拥有政治影响力。如果你们杀死我的女儿，破坏他们的影响力——”权首泣不成声地顿了顿，继续道，“如果你们这么做了，我为什么还要满足你们的要求呢？”

“权首，”萨根说，“你的女儿没有生育能力。”

沉默。

“你们不会那么做吧？”权首恳求道。

“已经下手了。”萨根说。

权首抿紧口器，发出超越尘世的哀恸叫声。她在哭泣。她从座位上起身，在画面外痛哭，忽然重新出现，凑到离镜头最近的地方。“你们这些魔鬼！”权首尖叫道。萨根没有吭声。

继承人册封后不能撤销。继承人无法生育意味着这条权首血脉的断绝。权首血脉断绝意味着许多年激烈的血腥内战，各个部落为了登基而竞争。如果各个部落得知继承人无法生育，他们不会等待继承人自然死亡才开始自相残杀。在位权首将被刺杀，让无法生育的继承人掌权，无法生育的继承人接着成为刺杀目标。权位唾手可得，很少有人会耐心等待。殖民联盟使维尤特·瑟尔丧失生育能力，宣判了瑟尔权首血脉的终结，艾尼沙即将陷入内乱。除非权首答应他们的要求，接受一件异常可怕的事情。权首本人很清楚局面。

但她还是反抗了，权首说：“我不会允许你们替我挑选配偶。”

“我们会通知各部落的族长，说你的女儿没有生育能力。”萨根说。

“我会就地摧毁你们的运兵船，连同我的女儿。”权首尖叫道。

“动手吧，”萨根说，“所有族长都将知道，是你这个权首的无能使得我们袭击艾尼沙，导致配偶和继承人丧命。接着你会发现不管你选择哪个部落向你提供配偶，那个部落都会拒绝你的要求。没有配偶就没有继承人，没有继承人就没有和平。权首，我们很熟悉艾尼沙历史。我们知道部落曾经为了更小的事情拒绝提供配偶，遭到联合抵制的权首都撑不了多久。”

“不会的。”权首说。

萨根耸耸肩：“那就杀了我们吧，或者拒绝我们的要求，我们把你丧失生育能力的女儿还给你；要么就按我们说的做，与我们合作，延续权首血脉，让艾尼沙民族远离内战。这就是你的全部选择。你的考虑时间不多了。”

雅列看着各种情绪掠过权首的面部和身体，她是外星人，看起来很奇怪，但没有减少其中的力度。这场挣扎悄无声息，但撕心裂肺。雅列想起简报会上萨根的话：人类无法从军事上战胜艾尼沙，必须从心理上打垮他们。雅列望着权首逐渐屈服，最后终于垮了。

“说吧，要我册封谁。”权首说。

“胡·盖伦。”萨根说。

权首转身望向胡·盖伦，胡·盖伦静悄悄地站在她背后，露出艾尼沙人的苦涩笑容。她说：“我并不吃惊。”

“他为人不错，”萨根说，“而且会安慰你的。”

“人类，你要是敢再安慰我一句，”权首说，“我就宣布开战。”

“抱歉，权首，”萨根说，“我们达成协议了吗？”

“是的。”权首说，又哭了起来。“噢，天哪，”她喊道，“噢，维尤特。噢，天哪。”

“你知道你必须做什么。”萨根说。

“不，不行，我做不到。”权首哭道。听见她的哭声，已经安静下去的维尤特·瑟尔又扭动起来，哭着要妈妈。权首再次崩溃。

“你必须这么做。”萨根说。

“求你了，”艾尼沙行星上最有权势的生物恳求道，“我做不到。求你了，人类，帮帮我。”

“狄拉克，”萨根说，“动手。”

雅列抽出战斗匕首，走向萨拉·鲍林为之而死的小东西。她被捆在轮床上，扭动着要妈妈，她将孤独而恐惧地死去，远离每一个爱过她的人。

雅列也崩溃了，他不知道原因。

简·萨根走到雅列身边，接过匕首，举起来。雅列转过身去。

哭声停歇。

第二部

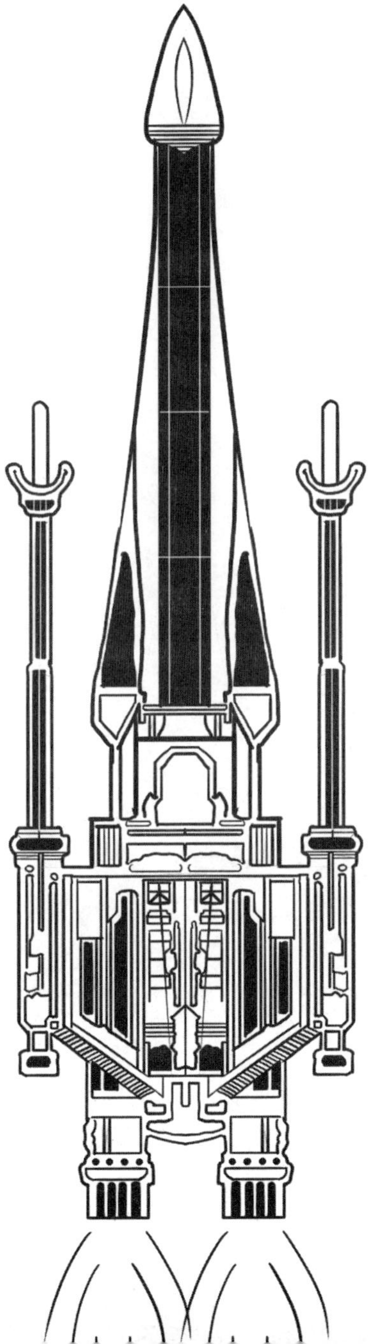

8

最后起作用的是黑色软糖豆。

雅列扫视着凤凰星空间站军人商店的糖果摊，见到了它们，没有理睬，他更喜欢巧克力；但视线总忍不住要看回去，那是个单独的小罐子，而其他各种糖豆都混在一起。视线第五次被拽回黑色软糖豆上，雅列问："你为什么要这么做？黑色软糖豆有什么特殊的？"

"爱吃的爱死，不爱吃的恨死，"店员说，"大部分人不爱吃，觉得把它们从糖豆堆里挑出来很麻烦，爱吃的更愿意一小袋专门装它们。所以我总是进货，但放在单独的罐子里。"

"你是爱吃的还是不爱吃的？"雅列问。

"完全无法忍受，"店员答道，"但我丈夫怎么吃都吃不够，喜欢边吃边朝我哈气，就为了惹我生气。有次我干脆一脚把他踢下床去。没吃过黑色软糖豆？"

"没有，"雅列说，他的嘴里在微微流口水，"但我想试试。”

“勇敢得很。”店员说，拿起一个透明小塑料袋装满糖豆递给雅列。雅列接过去，拈出两颗，店员记下这笔生意；雅列是防卫军成员，不需要花钱买软糖豆（和其他东西一样，软糖豆也是白送的，防卫军士兵总是充满感情地管这个叫费用全免的地狱观光），但店员要记录士兵买了什么，据此找防卫军收钱。资本主义进入太空，而且活得还很滋润。

雅列把两颗软糖豆丢进嘴里，用臼齿咬碎，停下来，等待唾液把甘草的香味带上舌尖，香气越过上颚，在鼻腔内扩散。他闭上眼睛，意识到糖豆和记忆中一样美味。他抓了一把塞进嘴里。

店员望着他狂热的举动，问：“怎么样？”

“好，”雅列边嚼边说，“好极了。”

“我要告诉我丈夫，他又多了个伙伴。”店员说。

雅列点点头，答道：“两个，我的小女儿也很喜欢。”

“那就更好了。”店员说，但这时雅列已经离开，陷入自己的思绪，走向他的办公室。雅列走了十步，吞下满嘴的软糖豆，伸手继续去拿，但蓦地停下了。

我的小女儿，他心想，哀恸和记忆重重地落在他头上，他浑身抽搐，把软糖豆全呕在了走廊上。他咳嗽着吐出喉咙里剩下的软糖，脑海里浮现出一个名字。

佐伊，雅列心想。我的女儿。我已经死去的女儿。

一只手拍了拍他的肩膀。雅列身体一缩，退开时险些被呕吐物滑倒，手里的那袋软糖豆飞了出去。他望着拍他的女人，是防卫军的什么士兵。她奇怪地看着雅列，脑袋里响起短促而尖厉的嗡嗡声，像是加快了十倍的说话声。那声音响了一次，又一次，仿佛两记耳光扇在脑壳里。

“干什么？”雅列朝那女人喊道。

“狄拉克，”她说，“冷静。告诉我，你怎么了？”

雅列只觉得困惑和恐惧，他迈着沉重的步子飞快逃开，一路上撞上了好几个行人。

简·萨根目送狄拉克蹒跚走远，低头看着那摊黑乎乎的呕吐物和撒了一地的软糖豆。她扭头望向糖果摊，走了过去。

“你，”她指着店主说，“刚才发生什么了？”

“那家伙过来，买了些黑色软糖豆，”店主说，“说他很喜欢，塞了一把到嘴里，然后走了几步就全吐掉了。”

“就这些？”萨根问。

“就这些，”店主说，“我和他聊了几句，说我丈夫很喜欢黑色软糖豆，他说他孩子也喜欢，然后拿上软糖豆就走开了。”

“他说起他的孩子？”萨根问。

“是啊，”店主说，“他说他有个小女儿。”

萨根顺着走廊望过去，狄拉克已经不见踪影。她朝狄拉克刚才去的方向拔腿就跑，同时尝试呼叫斯奇拉德将军。

雅列来到空间站的一部电梯前，里面的人出来，他走进去，揿下他的实验室所在楼层的按钮，忽然发现他有一条绿色的胳膊。他猛地缩回手，胳膊狠狠地砸在轿厢墙上，剧痛让他意识到这其实就是他的胳膊，而他无法摆脱这东西。轿厢里的其他人奇怪地看着他，有个人的视线格外怨毒。他抽胳膊的时候险些打中那女人。

“抱歉。”他说。那女人“哼”了一声，摆出直视前方的搭电梯姿势。雅列有样学样，在电梯的拉绒金属墙壁上看见了自己模模糊糊的绿色倒影。雅列的困惑和焦虑已经接近了恐惧，但有一点他很清楚，他可不能在满是陌生人的电梯里发疯。社交制约在这一刻起了作用，使他没有被身份困惑引发的恐慌压倒。

雅列默默地站在那里，等待电梯到达他的楼层，他要是肯花几秒钟问问自己是谁，肯定会惊讶地发现他根本没有确定的答案。不过，他没有这么做，普通人一般不会怀疑自己的身份。雅列知道绿皮肤不对劲，知道他的实验室就在下面三层，知道女儿佐伊已经死了。

电梯来到雅列的楼层，他走出电梯，踏入一条宽阔的通道。凤凰星空间站的这一层没有糖果摊，也没有军人商店。每隔一百英尺左右就站着一个防卫军士兵，把守着通往这一层深处的各条走廊。每条走廊口都有生物测定和脑伴/人工大脑扫描器，扫描每一个走近的人。要是这个人不被允许进入那条走廊，防卫军警卫会在他来到走廊口之前截住他。

雅列知道他按理说能进入大部分走廊，但怀疑现在这具怪异躯体能不能走进其中的任何一条。他顺着通道前进，样子像是他很清楚要去哪儿。他走向他的实验室和办公室所在的那条走廊。到了那里，他也许就能想出接下来该怎么办了。就快来到走廊口，他发现通道里的所有防卫军警卫都转身盯着他。

该死，雅列心想。前方不到五十英尺就是他的走廊了。冲动之下，他跑了过去，惊讶地发现他的躯体竟能如此迅猛地扑向目标。把守走廊的士兵也同样迅猛，士兵端起MP，但雅列抢先一步，重重一掌拍在士兵身上。士兵撞在走廊墙上，倒地不起。雅列停也不停地从士兵身边跑过去，奔向走廊前方两百英尺外的实验室大门。跑着跑着，四周警铃大作，应急门纷纷关闭。一扇应急门从走廊的墙壁里弹出来，在半秒钟内封锁了这块区域，雅列在最后一瞬间挤过去，险些被拦在目标之外。

雅列跑到实验室门口，一把推开。里面有一名防卫军军事研究技术员和一个勒雷伊人。看见勒雷伊人站在自己的实验室里，所产生的认知矛盾让雅列动弹不得，恐惧如匕首，刺穿这一刻的惶惑。他害怕的不是勒雷伊人，而是被揭穿做了什么危险、可怕、理当遭受惩罚的事情。雅列的大脑转得飞快，寻找与这种恐惧相关的记忆和解释，但什么也没想起来。

勒雷伊人晃动着头部，绕过他所在的试验台，走向雅列。

“你就是他，对吧？”勒雷伊人说，他的英语口音很奇怪，但能听得懂。

“谁？”雅列问。

“他们制造的士兵，用来困住一名叛徒，”勒雷伊人说，“但没有成功。”

“我不明白你的意思，”雅列说，“这是我的实验室。你是谁？”

勒雷伊人再次晃动头部，说：“也许他们终究还是做到了。”勒雷伊人指着自己说，“凯南。科学家，囚犯。现在你知道我是谁了。你知道你是谁吗？”

雅列张嘴回答，忽然意识到他不知道自己是谁。他张着嘴呆站了几秒钟，直到应急门刷地打开，刚才和他交谈过的女兵走进房间，举起枪，打中他的头部。

“第一个问题。”斯奇拉德将军说。雅列躺在凤凰星空间站的医务室里，还没完全从那发晕眩弹里清醒过来，两名防卫军警卫守在床尾，简·萨根站在墙边。“你是谁？”

“雅列·狄拉克二等兵。”雅列答道。他没有问斯奇拉德是谁，因为脑伴在将军走进房间那一刻就识别出了他的身份。斯奇拉德的脑伴也能轻而易举地判断雅列是谁，所以这个问题并不只是为了辨别身份。“我驻扎在风筝号上，我的指挥官是萨根中尉，她就站在那边。”

“第二个问题，”斯奇拉德将军说，“你知道查尔斯·布廷是谁吗？”

“不知道，长官，”雅列说，“我应该知道吗？”

“有可能，”斯奇拉德说，“我们在他的实验室门口找到了你。你告诉那个勒雷伊人说这是你的实验室。说明你认为你是查尔斯·布廷，至少在那一分钟这么认为。萨根中尉说她和你交谈时，你对自己的名字毫无反应。”

“我记得我不知道自己是谁，”雅列说，“但不记得我认为我是另外一个人。”

“但你去了布廷的实验室，你可从来没去过那儿，”斯奇拉德说，“我们知道你没有用脑伴调取空间站地图找实验室的位置。”

“我没法解释，”雅列说，“记忆就在我的脑海里。”雅列看见这句话让斯奇拉德瞥了萨根一眼。

门打开了，两个男人走进来。没等脑伴辨别出他们的身份，其中的一个就大步流星地走到了雅列面前。

“你知道我是谁吗？”他说。

雅列一拳把他打翻在地。警卫举起MP，雅列已经从突如其来的愤怒和冲动中恢复神智，立刻高举双手。

男人站起来，雅列的脑伴这时才辨别出他的身份：格雷戈·麦特森将军，军事研究局的老大。

“这就权当回答了。”麦特森举起手，捂住右眼。他大步流星走进卫生间，去检查他的伤势。

“别那么确定。”斯奇拉德说。他扭头问雅列：“二等兵，你认识刚才挨你拳头的那个人吗？”

“我现在知道他是麦特森将军，”雅列说，“但打他的时候并不知道。”

“你为什么打他？”斯奇拉德问。

“不知道，长官，”雅列说，“只是……”他停了下来。

“二等兵，回答我的问题。”斯奇拉德说。

“就是当时觉得应该那么做，”雅列说，“没法解释为什么。”

“他确实记得一些事情，”斯奇拉德扭头对麦特森说，“但不是全部，而且不记得他是谁。”

“狗屁，”麦特森在卫生间里说，“他记得的事情够他给我当头一拳了。龟孙子想这么揍我想了好多年。”

“将军，他有可能全都记起来了，但想让你相信其实并没有。”另外一个男人对斯奇拉德说。雅列的脑伴认出他是詹姆斯·罗宾斯上校。

“有可能，”斯奇拉德说，“但到目前为止，他的行为并不支持这个看法。他如果真是布廷，就不会有兴趣让我们知道他记得任何事情。殴打将军可不明智。”

“确实不明智，”麦特森走出卫生间，“只是泄愤罢了。”他转向雅列，指着眼睛——被砸出血管的智能血构成了一圈淤青。“要是在地球上，黑眼圈会在我脸上一挂就是几个星期。我该因为违反军纪而枪毙了你。”

“我说将军。”斯奇拉德开口道。

“别害怕，斯奇拉德，”麦特森说，“我认可你的推测。布廷不会蠢得殴打我，因此他并不是布廷。但有一星半点的布廷已经开始冒头了，我想知道我们能让布廷冒出来多少。”

“布廷想挑起的战争已经结束，将军，”简·萨根说，“艾尼沙人将在背后捅勒雷伊一刀。”

“嗯，这倒是不错，中尉，”麦特森说，“但就情形来看，还有三分之二的问题没有解决。奥宾人还在盘算什么，据说布廷在他们那儿，我看宣布胜利和取消追捕还为时过早。我们仍旧需要了解布廷知道什么，这位二等兵的脑壳里有两个人格在打架，我们也许还能多做点儿什么，鼓励那家伙跳出来唱戏。”他扭头对雅列说，“二等兵，你怎么看？大家管你们叫幽灵旅，但只有你脑袋里真的有幽灵。想把他弄出来吗？”

“恕我冒昧，长官，我还是不知道你们到底在说什么。”雅列答道。

“你当然不知道，”麦特森说，“很显然，除了实验室的位置，你对查尔斯·布廷狗屁不知。”

“还知道一点，”雅列说，“知道他有个女儿。”

麦特森将军小心翼翼地摸摸黑眼圈，答道：“曾经有，二等兵。”麦特森放下手，转向斯奇拉德，“斯奇拉德，我想请你把他还给我。”他说，注意到萨根中尉瞪了斯奇拉德一眼。毫无疑问，她正在向斯奇拉德发送特种部队代替说话的那种精神信息。“暂时而已，中尉，”他说，“用完就还你，而且保证不弄坏。

再说他要是跟你执行任务的时候被一枪打死，我们可就什么都问不出来了。”

“你以前可不担心他执行任务的时候被一枪打死，”萨根说，“长官。”

“哎呀呀，特种部队著名的傲慢态度嘛，”麦特森说，“刚还在想你啥时候会露出六岁本质呢。”

“我九岁了。”萨根说。

“我一百三，所以你得听你曾曾祖父的话，”麦特森说，“以前我不关心他的死活，是因为我觉得他没啥用处。现在他也许能派上用场，我当然不希望他死掉。要是最后发现其实没用，当然可以还给你，爱死不死关我屁事，但无论如何你都没有表决权，所以请闭上嘴，中尉，让大人谈大人的事。”萨根一肚子怒火，不过还是闭上了嘴。

“你打算拿他怎么办？”斯奇拉德说。

“当然是放在显微镜底下喽，”麦特森答道，“搞清楚记忆为啥泄漏，看能不能再引出些别的什么。”他朝罗宾斯一竖大拇指，“表面上，他将分配给罗宾斯当助手。而私下里，我希望他能在实验室多待一段时间。我们从你们手里接管的勒雷伊科学家在实验室里越来越有用。我想看看他能把这家伙怎么样。”

“你认为你能信任一个勒雷伊人？”斯奇拉德问。

“妈的，斯奇拉德，”麦特森说，“他拉屎都有摄像头拍他屁眼，一天不给他用药他就会死。我手下的科学家里，只有他是我能百分之百信任的。”

“好的，”斯奇拉德说，“上次我一开口你就把他交给我，这次就还给你吧。但记住他是我们的人，将军，你知道我对我的人是什么态度。”

“合理。”麦特森说。

“调令已经放进你的待批事务中，”斯奇拉德说，“你批准后就生效了。”斯奇拉德朝罗宾斯和萨根点点头，瞥了雅列一眼，转身走出医务室。

麦特森转向萨根：“有什么道别的话就快说吧。”

“谢谢，将军。”萨根说。她对雅列说：“什么混账玩意儿。”

“我还是不知道发生了什么，还有查尔斯·布廷是谁，”雅列说，“我尝试过存取数据库，但他的相关信息都是保密内容。”

“你很快就会知道了，”萨根说，“不管你将得知什么，我都希望你记住一点，归根结底，你是雅列·狄拉克，而不是别人。无论你是怎么被制造出来、为了什么制造出来，无论发生什么事情，你都是雅列·狄拉克。我有时候会忘记这一点，很抱歉。但我要你牢牢记住。”

“我会记住的。”雅列说。

“很好，”萨根说，“刚才我们说的那个勒雷伊人叫凯南，见到他，就说萨根中尉请他罩着你，就说我欠他一个人情。”

“我已经见过他了，”雅列说，“我会跟他说的。”

“抱歉，用眩晕弹打了你的脑袋。”萨根说，“迫不得已，你明白的。”

“当然，”雅列说，“谢谢。再见，中尉。”

萨根离开了房间。

麦特森指着警卫说：“你俩可以走了。”警卫离开房间。麦特森转向雅列，说：“哪，二等兵，我愿意相信你今天早些时候那种发作不是常事，但无论如何，从现在开始，你的脑伴将设置成定位和记录模式，这样你就没法给我们惊喜了，而我们总是知道去哪儿找你。一旦改变设定，凤凰星空间站上的每个防卫军士兵都会得到对你格杀勿论的命令。在搞清楚你脑袋里装着的到底是谁、究竟在盘算什么之前，你的所有念头都将是公开的。听明白了？”

“明白。”雅列说。

“很好，”麦特森说，“那么，小子，欢迎加入军事研究局。”

“谢谢，长官，”雅列说，“现在，能不能有谁行行好，告诉我这到底是怎么一回事？”

麦特森笑呵呵地吩咐罗宾斯：“你告诉他。”说完就离开了。

雅列望向罗宾斯。

“呃，”罗宾斯说，“哈啰。”

“脑袋上那块淤青很有意思。”凯南指着雅列的头部侧面说。凯南在用勒雷伊语说话，雅列的脑伴替他翻译。

“谢谢，”雅列说，“挨了一枪。”雅列说的是英语，学习了几个月，凯南的英语已经很熟练了。

“我记得，”凯南说，“当时我也在。说起来，我也被你们萨根中尉打晕过。你和我，咱们可以开俱乐部了。”凯南转向站在附近的哈利·威尔逊。“威尔逊，你也可以参加。”

“免了，”威尔逊说，“记得一位智者说过，绝对不要参加主动邀请你成为会员的俱乐部。另外，我不想挨眩晕弹。”

“胆小鬼。”凯南说。

威尔逊鞠躬道：“谢谢夸奖。”

“好吧，”凯南把注意力放回雅列身上，“你应该大概知道自己为什么在这儿了吧。”

雅列回想起昨天与罗宾斯上校尴尬而拐弯抹角的交谈。“罗宾斯上校说我之所以出生，就是为了把查尔斯·布廷的意识装进我的大脑，可惜没能成功。他说布廷曾是这儿的科学家，但后来叛变了。他还说我感觉到的新记忆其实是布廷的旧记忆，而且谁也不知道为何记忆当时没有浮现，现在却冒了出来。”

“他跟你说了多少布廷的生活和研究内容？”威尔逊问。

“零，”雅列说，“他说要是我从他那儿或档案里知道得太多，就有可能干扰记忆自然浮现的过程。是这样吗？”

威尔逊耸耸肩。凯南说：“你是第一个遇到这种事的人类，因此没有先例可以指导我们接下来怎么做。最接近你目前情况的是某几种健忘症。昨天，你能找到这间实验室，记起布廷女儿叫什么，但你不知道你是怎么知道的。情况类似于来源性遗忘症。但也不尽相同，因为问题没有出在你自己的记忆上，有问题的是其他人的记忆。”

“所以你也不知道怎么从我脑子里引出更多的记忆。”雅列说。

“我们有几个设想。”威尔逊说。

“设想。”雅列重复道。

“更确切地说是假说，”凯南答道，“记得许多个月之前，我告诉萨根中尉说，我认为布廷的意识之所以没有浮现在你的大脑里，是因为那是一个成熟的意识，放进缺少足够体验的不成熟大脑，意识找不到落脚之处。但你现在拥有那些体验了，对吧？上战场七个月，随便哪个意识都会变得成熟。也许你体验的某些事情搭起了通往布廷记忆的桥梁。”

雅列回想过去。“最后一次任务，”他说，“对我非常重要的一个人死了，而布廷的女儿也死了。”雅列没有向凯南提起维尤特·瑟尔之死，没有提起拿着将要杀死她的匕首时他是如何崩溃的，但他同时也想起了这些事情。

凯南点点头，说明他对人类语言的了解也包括非语言信号，他说：“对，有可能就是那个时刻。”

“但当时为什么没有唤醒记忆呢？”雅列问，“事情发生在我回到凤凰星空间站以后，那会儿我正在吃黑色软糖豆。”

“《追忆似水年华》。”威尔逊说。

雅列望向威尔逊：“什么？”

“实际上，书名更准确的翻译是《追寻逝去的时光》，”威尔逊说，“马塞尔·普鲁斯特的小说。整本书开始于主角蘸着茶水吃蛋糕，然后洪水开闸般引出了童年记忆。人类的记忆和感觉联系紧密。吃软糖豆很可能触发了某些记忆，特别是软糖豆有什么重要意义的话。”

“我记得他说佐伊最喜欢吃黑色软糖豆。”雅列说，“布廷的女儿，名叫佐伊。”

“也许吃糖豆就足够唤起这段记忆了。”凯南赞同道。

“也许你该再吃些软糖豆。”威尔逊打趣道。

“我吃了，”雅列严肃地说。他请罗宾斯上校替他买了一小袋，上次当场呕吐让他不好意思自己去买。拿到后，雅列坐在新安排的住处里，抱着口袋慢吞吞地吃了一个钟头的软糖豆。

“然后呢？”威尔逊问。雅列只是摇摇头。

“二等兵，给你看点东西。”凯南说，揿下键盘上的一个按钮。试验台的显示区域上出现了三团小小的灯光表演。凯南指着其中之一说：“这个展示的是查尔斯·布廷的意识——复制品，多亏了他的技术成就，我们才能保留一份存档。旁边展示的是你本人的意识，来自你的训练期间。”雅列一脸惊讶。“对，二等兵，他们一直在跟踪记录你的情况；你一出生就是他们的科研对象。不过这只是展示而已。和布廷的意识不同，他们没有保留存档。

“第三个是你当前的意识，”凯南说，“你没有受过训练，看不懂这些展示图形，但明眼人都看得出第三个与另外两个明显不同。我们认为，这是你的大脑第一次试图将布廷意识与你本人的意识融合在一起。昨天的事情改变了你，有可能是永久性的。能感觉到吗？”

雅列思考片刻，最后说：“我没觉得有什么区别。新记忆归新记忆，但我不认为我的行为和从前有什么区别。”

“殴打将军除外。”威尔逊说。

“意外而已。”雅列说。

“不，不是，”凯南忽然激动起来，“二等兵，我要说的就是这个。你出生时他们想让你成为某个人，但生下来的你是另外一个人。现在你正在成为第三个人，他是前面两个人的综合体。要是继续下去，而且获得成功，更多的布廷就将陆续涌现。但你会改变。你的人格将会改变，而且有可能非常剧烈。你将变成一个和现在完全不同的人。我希望确定你明白了这一点，因为我想让你选择要不要这么做。”

“自己选？”雅列问。

“对，二等兵，自己选，”凯南说，“你很少有机会做的事情。”他指着威尔逊说，“威尔逊中尉就选择了他的生活，他加入殖民防卫军是出于自己的意愿，而你和所有特种部队士兵都没有权力选择。二等兵，你有没有意识到，特种部队士兵其实是奴隶？上不上战场由不得你决定，你没有拒绝的权利，甚至不允许你知道你能不能拒绝。”

这一连串说理弄得雅列很不舒服，他说：“我们不这么看问题。能服役我们很骄傲。”

“你们当然很骄傲，”凯南说，“你生下来他们就是这么调适你的，你的大脑刚启动，脑伴替你思考，替你在选择树上选定某些枝杈，剪掉另外一些。等你的大脑能自己思考，通往其他选择的路径就已经被封死了。”

“我一直在作各种决定啊。”雅列反驳道。

“不包括重大决定，”凯南说，“别人通过调适和军旅生活，二等兵，替你作了你短暂一生中的所有选择。有人选择要创造你——这一点你和其他士兵相同；但他们又选择要把某人的意识刻印在你大脑里。他们选择让你成为战士，选择要你面对哪些战役。在他们觉得合适的时候，又选择把你交给我们。只要有必要，他们就愿意选择破坏你的大脑，让查尔斯·布廷的意识取代你的意识，把你变成另外一个人。但我选择要你自己选择。”

“为什么？”雅列问。

“因为我可以这么决定，”凯南说，“也因为你应该选择。还因为显然其他人都不会允许你自己选择。这是你的生命，二等兵。你要是选择继续，我们会告诉你一些我们认为能解开布廷记忆和人格的办法。”

“我要是选择不继续呢？”雅列说，“会发生什么？”

“我们会告诉军事研究局，我们拒绝对你下手。”威尔逊说。

“他们会找其他人的。”雅列说。

“那倒是肯定的，”凯南说，“但你至少能作出你的选择，而我们也会作出我们的。”

雅列意识到凯南说得有道理。他这一生中，所有影响重大的选择都是其他人替他作出的。他的决定权仅限于无关紧要的小事，或者是在战场上，若是作了其他决定就必然死路一条。他不认为自己是奴隶，但他不得不承认他从来没考虑过不参加特种部队会怎么样。加百列・布雷赫对他所在的训练班说过，十年服役期结束，他们可以移民，当时谁也没有问他们为啥非得服役十年。特种部队的训练和拓展将个人选择摆在了全班或全排的需要之下；甚至融合——特种部队最大的军事优势——也在尽量抹杀个体对自身的感觉，将个体并入集体。

（想到融合，雅列感到一阵孤独的痛苦。调令下达之后，雅列与二排的融合就被切断了。战友的念头和情绪构成的底层背景声消失了，取而代之的是个巨大空洞。他的意识还是第一次与其他人隔绝，要不是已有准备，他恐怕会在再也不能感觉到战友的那一刻发疯。事实上，断开当天，雅列的大部分时间都过得非常压抑。这是血淋淋的残酷截肢手术，还好他知道只是暂时的，否则真的无法忍受。）

雅列越来越不安，意识到他的生命在多大程度上受到控制、支配、命令和指挥，意识到他完全没有准备过接受凯南提供的选择。他的第一反应是说没问题，他愿意继续下去，深入了解他本来应该成为的查尔斯·布廷，接着在一定程度上变成那个人。可是，他并不知道这究竟出自他本人的意愿，还是仅仅因为别人要他这么做。雅列忽然心生怨恨，恨的不是殖民联盟和特种部队，而是凯南，因为凯南让他怀疑自己和他作过的选择是否明智——更确切地说，他到底有没有选择权。

“换了是你呢？”雅列问凯南。

“可我不是你。”凯南说，拒绝继续说下去。威尔逊也同样不愿帮忙。两人接着在实验室里忙活，雅列盯着那三个都从某个方面代表着他的意识图像，陷入沉思。

“我选好了，”两个多小时后，雅列说，“我愿意继续。”

“能告诉我为什么吗？”凯南说。

“因为我想进一步了解所有这些。”雅列答道。他指着第三个意识的图像说，“你说我在改变，我在变成另外一个人。我相信你的话。但我仍旧感觉我还是我。我认为无论发生什么事情，以后我依然还是我。另外，我想知道实情。”

雅列指着凯南说：“你说我们特种部队是奴隶，你说得对，这一点我无法反驳。但他们还说过，全人类只有我们生下来就有目标——保护人类的安全。在此之前，我无法选择要不要为这个目标服务，但我现在可以选择了。我选择继续。”

“你选择当奴隶。”凯南说。

“不，”雅列说，“我作出这个选择的时候就不再是奴隶了。”

“但你选择的这条路正是把你当成奴隶的那些人希望你去走的。”凯南说。

“这是我的选择，”雅列说，“如果布廷想伤害人类，那么我想阻止他。”

“这意味着你会变得像他一样。”威尔逊说。

“我本来应该成为他，”雅列说，“就算变得像他，但我自己仍有容身之处。”

“所以这是你的选择了。”凯南说。

“对。”雅列答道。

“哈，感谢上帝。”威尔逊显然心头大石落地。凯南似乎也放松了下来。

雅列奇怪地看着他们，对凯南说：“我不明白。”

“我们得到的命令是尽量引出你大脑里的查尔斯·布廷。”凯南说，“你要是说不行，我们拒绝执行命令，这就多半宣判了我的死刑。二等兵，我是一名战俘。之所以能拥有这一丁点自由，唯一的原因是我还有些许利用价值。我一旦变得没用，防卫军就会收回维持我生命的药物，或者换个别的办法杀死我。威尔逊中尉应该不会因为违抗军令而被枪毙，但据我所知，防卫军的监狱也不是什么好去处。”

“抗命的统统进去，但从没看见能出来的。”威尔逊说。

“你们为什么不告诉我？”雅列说。

“因为那样对你作选择就不公平了。”威尔逊说。

“我们私下决定让你自己选，接受任何后果。”凯南说，“我们既然在这件事上作出了我们的决定，那就希望你在作决定时也能享有同样的自由。”

“谢谢你选择继续，”威尔逊说，“你作决定的时候，我等得都快尿裤子了。”

“抱歉。”雅列说。

“别多想了，”威尔逊说，“因为你还要作一个选择呢。”

“我们想到了两个方案，都有可能更大规模地从布廷的意识里引出记忆，”凯南说，“第一个是最初将布廷放进你大脑的意识传送过程的变种。我们可以重新执行这个过程，将他的意识再次植入你的大脑。你的大脑现在已经足够成熟，所以他的意识非常有可能会站住脚——实际上，说不定会彻底呈现。但是，这么做有可能造成很严重的后果。”

“比方说？”雅列问。

“比方说随着新的意识进入，你的意识会被彻底抹掉。”威尔逊说。

“呃。”雅列说。

“看得出问题有多严重吧。”凯南说。

“我恐怕不想选择这条路。”雅列说。

“我们也这么想，”凯南说，“这样的话，我们还有个不那么有侵略性的B计划。”

“什么呢？”雅列说。

“顺着记忆小径走一趟，”威尔逊说，“软糖豆只是起点。”

9

詹姆斯·罗宾斯上校仰望天空中缓缓旋转的凤凰行星，心想，真是忍不住啊。

斯奇拉德将军注意到罗宾斯坐立不安。“你不太喜欢将军食堂，对吧，上校？”他说着把牛排塞进嘴里。

“讨厌极了，”话出口，罗宾斯才意识到他说了什么，连忙添上一句，“长官。”

“没法怪你，”斯奇拉德边嚼牛肉边说，“禁止非将军在这里吃饭实在蠢到姥姥家了。顺便问一句，你的水好喝吗？”

罗宾斯低头看着面前凝满水珠的杯子，说：“非常提神，长官。”

斯奇拉德用叉子朝整个将军食堂挥了一圈，说：“说起来都怪我们——我说的是特种部队。”

“怎么说？”罗宾斯问。

“特种部队将军会把手下带到这儿来，不止军官，还包括普通士兵。因为下了战场，特种部队里谁也不把军衔真当回事，所以你会在这儿看见大批特种部队战士，享用美味牛排，欣赏头顶的凤凰行星。这就惹恼了其他将军，不仅因为他们是普通士兵，更因为他们是幽灵旅的人。那是很久以前了，当时看见不到一岁的士兵还会让你们真生人毛骨悚然。”

“现在也还是，”罗宾斯说，“有时候。”

“对，我知道，”斯奇拉德说，“但你们现在掩饰得比较好。总而言之，过了一段时间，真生人将军广而告之说这里是他们的游乐场，于是其他人进来就只能享用一杯你面前这种提神清水。因此，上校，允许我代表特种部队，为此带来的不便赔个不是。”

“谢谢，将军，”罗宾斯说，“我反正不饿。”

“算你运气。”斯奇拉德又吃了几大口牛排。罗宾斯上校盯着将军的食物，实际上他饥肠辘辘，但说出来就太不明智了。罗宾斯在脑子里记住，下次再被叫来将军食堂开会，一定记得先吃东西。

斯奇拉德吞下一口牛排，把注意力放回罗宾斯身上。“上校，听说过埃斯托星系吗？别查脑伴，就说你知不知道吧。”

“没听说过。”罗宾斯答道。

“那么克兰娜呢？莫纳克亚呢？谢菲尔德呢？”

“我知道地球上的莫纳克亚，”罗宾斯说，“但我想你指的不是那儿。”

“当然不是，”斯奇拉德用叉子指了指凤凰星东侧的某个地方，“莫纳克亚星系在那个方向，就在凤凰行星的跃迁视界边上。那儿有新殖民地。”

“夏威夷人的？”罗宾斯问。

“当然不是，”斯奇拉德说，“根据我得到的数据，大部分是泰米尔人。星系不是他们命名的，他们只是住在那儿而已。”

“这个星系有什么特殊的？”罗宾斯说。

“特殊在不到三天前，特种部队的一艘巡洋舰在那里失踪了。”斯奇拉德说。

“遭到了袭击？”罗宾斯问，“被摧毁了？”

“没有，”斯奇拉德说，“就是失踪了。抵达后就失去了联络。”

“它呼叫过那儿的殖民地吗？”罗宾斯问。

“本来就不会呼叫。”斯奇拉德的语气很平淡，说明罗宾斯不该追问细节。

罗宾斯当然没有追问细节，而是说：“那艘船在重返真实空间时遇到了意外？”

“我们通过跃迁送去了传感无人机，”斯奇拉德说，“没找到飞船，没找到黑匣子，预计的飞行路线上没有船身残骸。什么也没有。就是消失了。”

“古怪。”罗宾斯说。

“一般，”斯奇拉德说，“真正古怪的是，这是本月如此失踪的第四艘特种部队飞船。”

罗宾斯目瞪口呆地盯着斯奇拉德：“你们失踪了四艘巡洋舰？怎么丢的？”

“唉，上校，要是知道，我们早就去踩断肇事者的脖子了，”斯奇拉德说，“而我却还在你面前吃牛排，岂不说明我们和其他人一样也还蒙在鼓里吗？”

“但你确实认为幕后有黑手，”罗宾斯说，“而不是飞船或跃迁引擎出了问题。”

“当然认为幕后有黑手，”斯奇拉德说，“一艘船失踪，可能只是意外。一个月失踪四艘船，这他妈肯定是异常。绝对不是飞船或引擎的问题。”

“你认为幕后黑手是谁？”罗宾斯问。

斯奇拉德被惹恼了，他放下餐具说：“老天啊，罗宾斯，你难道觉得我找你谈话是因为我没有朋友吗？”

罗宾斯忍俊不禁，说：“那么，奥宾人？”

“奥宾人，”斯奇拉德说，“肯定是他们。就是天晓得把查尔斯·布廷藏在哪儿的奥宾人。飞船失踪的星系要么靠近奥宾空域，要么附近有奥宾人曾经争夺过的行星。这条线索很单薄，但我们此刻只有这一条线索。我们不知道事情的发生经过和原因，希望你能帮我指个方向。”

“你想知道我们和狄拉克二等兵的进展？”罗宾斯问。

“不介意的话。”斯奇拉德说着又拿起餐具。

“进展缓慢，”罗宾斯坦陈道，“我们认为造成记忆漏出的是压力和感官输入。我们无法对他施加像上战场那样高强度的压力，但可以一次一点地把布廷的生活片段灌输给他。”

“布廷的记录？”斯奇拉德问。

“不是，”罗宾斯答道，“至少不是布廷撰写的报告和档案，也不是其他人提供的记录。这些东西并非来自布廷本人，而我们又不想引入外界视角。凯南和威尔逊中尉使用的是原始信息源，布廷的记录和笔记，还有布廷的东西。”

“你指的是布廷的个人物品？”斯奇拉德问。

“他拥有的物品，他喜欢的事物——还记得软糖豆吧？还有他认识的其他人的东西。我们把狄拉克带去布廷居住和成长的地方。你知道的，他就是凤凰行星本地人，搭交通艇下去没多久。”

“他倒是过得舒服，还能下去散心，”斯奇拉德嫌弃地说，“但你说进展缓慢。”

“更多的布廷意识正在呈现，”罗宾斯说，“但大部分似乎只是人格。我读过狄拉克二等兵的心理评估档案，到目前为止，他都算是被动型的性格，更倾向于接受事情发生在身上，而不是促使事情发生。和我们共事的第一周，他确实如此；但过去这三周以来，他越来越过度自信和有领导欲望，也就是说从心理学角度讲，他越来越像从前的布廷。”

“这么说，他正变得越来越像布廷。很好，”斯奇拉德说，

“他回忆起什么了吗？”

“呃，缓慢就缓慢在这儿，”罗宾斯说，“回来的记忆非常少，而且大部分和家庭生活有关，而不是工作。我们给他播放布廷口述的工作记录，他总是一脸茫然地听着。给他看布廷小女儿的照片，他就会焦躁不安一分钟，然后告诉你拍照时发生了什么。情况让人很挠头。”

斯奇拉德嚼着牛排，陷入思考。罗宾斯趁机享用了几口凉水——其实没有他说的那么提神。

“关于小女儿的记忆没有唤起什么相关记忆吗？”斯奇拉德问。

“有时候会，”罗宾斯说，“有张照片是布廷和女儿在某个研究基地，让他想起了布廷在那里完成的部分工作，是意识缓存的早期研究，时间在他返回凤凰星空间站、开始使用我们获得的康苏科技之前。但就布廷为何决定叛变这个问题而言，他没想起任何有价值的内容。”

“给他看布廷女儿的其他照片。”斯奇拉德说。

“能找到的都给他看过了，”罗宾斯说，“其实并不多，而且这儿没有她的物品，玩具、绘画等等的一概没有。”

“为什么没有？”斯奇拉德问。

罗宾斯耸耸肩，答道：“她死在布廷返回凤凰星空间站之前，我猜他不愿意随身携带她的物品。”

“这么说就有意思了。”斯奇拉德说。他的视线像是聚焦在远方某处，说明他正在读取脑伴传来的信息。

“什么？”罗宾斯说。

“你说话的时候，我调取了布廷的档案，”斯奇拉德说，“布廷是殖民者，但他为殖民联盟工作的时候，却必须驻扎在军事研究局的设施内。来空间站之前，他的最后一个工作地点是科维尔科研空间站，听说过吗？”

“耳熟，”罗宾斯说，“但记不清了。”

“据说是个零重力实验室，”斯奇拉德说，“搞生物医学研究，所以布廷才去了那儿，但研究的主要是武器和导航系统。有意思的来了，空间站实际上位于一个行星环上空，离环面仅有一公里。用行星环的碎石测试近距导航系统。”

罗宾斯听懂了。有行星环的石质行星很罕见，有人类殖民地的就更稀奇了——殖民者更愿意选择体育场大小的石块千年落一回的地方，而空中还有军事研究局的空间站绕轨道飞行的，恐怕就只有那么一个了。

“奥玛。”罗宾斯说。

“奥玛，”斯奇拉德赞同道，“人类不再拥有的殖民地。我们永远无法证明袭击殖民地和空间站的是不是奥宾人。有可能是勒雷伊人袭击了殖民地，他们在和人类作战时削弱了兵力，在得到补充前又遭到了奥宾人的袭击。因此我们不可能为此事向奥宾人宣战。我们只知道还没等人类聚集军队前去收复，奥宾人就宣布了对那个星系的宗主权。”

“而布廷的女儿就在那个殖民地。”罗宾斯说。

“根据伤亡名单，她在空间站，”斯奇拉德把名单发给罗宾斯过目，“那个空间站很大，有家属区。”

“天哪！”罗宾斯说。

“你知道，”斯奇拉德漫不经心地说，叉起最后一块牛排送进嘴里，“科维尔空间站遭到攻击时，并没有被完全摧毁。事实上，有可靠数据表明，空间站大体完好无损。”

“哦。”罗宾斯说。

“包括家属区。”

“啊，好吧，”罗宾斯忽然明白过来，“我想说我已经不喜欢你的主意了。”

“你说狄拉克的记忆对压力和感官输入的响应最强烈，”斯奇拉德说，“带他去布廷女儿死去的地方，布廷女儿的全部私人物品应该也在那儿，这应该算是非常带劲的感官输入了吧。”

“只有一个小问题，那个星系属于奥宾，由奥宾拥有并守卫。”罗宾斯说。

斯奇拉德耸耸肩。“这就是压力的来源。”他说。他把餐具在盘子上摆在“完毕”的位置，从面前推开盘子。

“麦特森将军之所以接管狄拉克二等兵，就是因为将军不希望他死在战场上，”罗宾斯说，“把他扔进奥玛空域似乎违背了这个愿望，将军。”

“对，可是，三天前我有四艘飞船和一千多名部下忽然失踪得像是从来没存在过，因此将军不想使狄拉克受到伤害的愿望只能让步了，”斯奇拉德说，“说到底，狄拉克毕竟是特种部队的人。我可以强制执行调令。”

“麦特森会不开心的。”罗宾斯说。

“难道我会吗？”斯奇拉德说，“尽管麦特森对特种部队和我总是一副高高在上的态度，但我和他的关系总归不错。”

“不只对你，”罗宾斯说，“他对所有人都高高在上。”

“是啊，他倒是个公平的王八蛋，”斯奇拉德说，“他自己也清楚，但觉得无所谓。话虽如此，我可不想跟他对着干，但迫不得已我还是会的。不过我觉得应该没这个必要。”

侍者过来收走斯奇拉德的盘子，斯奇拉德顺便点了甜品。罗宾斯等侍者离开后问：“为什么觉得没这个必要？”

“要是我说特种部队已经有人登上奥玛，正在为收复星系作准备呢？”斯奇拉德问。

“我会非常怀疑，”罗宾斯说，“这种动静迟早会引来注意，而奥宾人冷酷无情。要是被他们发现，他们是绝对不会容忍的。”

“这一点你说得对，”斯奇拉德说，“但你怀疑错了。特种部队驻扎奥玛已经超过一年，甚至登上过科维尔空间站。我认为我们可以不惊动任何人，让狄拉克二等兵进出一趟。”

“怎么进出？”罗宾斯说。

“非常小心地进出，”斯奇拉德说，“再用上几件新玩具。”

侍者带着将军的甜品回来：两大块巧克力屑曲奇。罗宾斯盯着盘子，他很喜欢巧克力屑曲奇。“你明白要是你错了，没能瞒着奥宾人让狄拉克进出空间站，奥宾人就会杀死他，你收复奥玛的秘密计划就会暴露，狄拉克脑子里布廷的情报也会跟着他一起消失。”罗宾斯说。

斯奇拉德咬了一口曲奇，说：“有风险。但要收益就要承担风险。我们如果这么做，却没有成功，那咱们可就他妈死定了。但要是不这么做，就要冒狄拉克永远无法恢复布廷记忆的风险，那我们在奥宾人的下一步计划面前就毫无还手之力，到时候咱们一样他妈死定了。横竖是个死，上校，我更愿意站着死，而不是跪着被处决。”

“你很擅长描绘心理意象，将军。”罗宾斯说。

“谢谢，上校，”斯奇拉德说，“尽力而为罢了。”他伸手拿起第二块曲奇递给罗宾斯，说，“拿着，我看你口水都要滴下来了。”

罗宾斯望着曲奇，环顾四周道：“我不能吃。”

“当然可以。”斯奇拉德说。

“按理说我不能在这儿吃东西。”罗宾斯说。

“那又怎样？”斯奇拉德说，“去他妈的。这个传统很可笑，你自己也知道。所以尽管打破它。拿着。”

罗宾斯接过曲奇，愁眉苦脸地盯着看。

"唉，敬爱的上帝啊，"斯奇拉德说，"难道还要我命令你吃了这鬼东西不成？"

"也许有用。"罗宾斯说。

"好吧，"斯奇拉德说，"上校，我向你直接下令。吃了这该死的曲奇。"

罗宾斯吃下曲奇，侍者义愤填膺。

"看哪。"哈利·威尔逊对雅列说，两人走进褐耳鹰号的货舱。"您的战车。"

所谓"战车"有一个碳化纤维兜篮座椅，有两个极小的离子引擎（座椅左右各一个，功率有限，机动性更是可怜），还有一个办公室冰柜大小的物体，位于座椅的正后方。

"这叫战车？太难看了。"雅列说。

威尔逊嘿嘿一笑。雅列的幽默感在过去这几周突飞猛进，或者说越来越合威尔逊的口味——让他想起他认识的那个愤世嫉俗的查尔斯·布廷。威尔逊对此既高兴又警觉，高兴是因为他和凯南做出了成绩，警觉是因为布廷再怎么说都是人类的叛徒。威尔逊挺喜欢雅列，不希望这种命运落在他头上。

"难看归难看，但技术是最先进的。"威尔逊说。他走过去，拍拍冰柜模样的物体。"这是我们创造出的最小的跃迁引擎，"他说，"刚从装配线上热烘烘地下来。不光体积小，还是我们这几十年来在跃迁引擎技术方面获得的第一项重大突破。"

“让我猜猜看，”雅列说，“基于我们从勒雷伊人那儿偷的康苏科技。”

“被你说得像是我们干了坏事似的。”威尔逊说。

“呃，你要知道，”雅列拍拍脑袋，“要不是康苏科技，我也不会陷入这种困境。这么说吧，我对使用康苏科技持保留意见。”

“说得非常有道理，”威尔逊说，“不过这东西确实不错。我的一个朋友参与了研发，我跟你说过来着。绝大多数跃迁引擎都要求你在使用前飞入较为平坦的时空，必须远离行星才行。这个就没那么挑剔了，到拉格朗日点就可以。只要一颗行星有个够大的卫星，你就能找到五个重力场足够平坦的临近地点供你发动引擎。再解决几个小缺陷，就能革命太空旅行了。”

“‘解决几个小缺陷’？”雅列说，“我马上就要使用这东西了，有缺陷可不妙。”

“缺陷在于引擎对与其连接的物体质量非常敏感，”威尔逊说，“质量太大就会在时空连续体上制造出过大的局部翘曲，导致跃迁引擎行为怪异。”

“比方说？”雅列问。

“比方说爆炸。”威尔逊说。

“听起来很不鼓舞人心。”雅列说。

“嗯，说爆炸不是很准确，”威尔逊说，“我向你保证，真正发生的物理过程还要更加怪异。”

“你可以住嘴了。”雅列说。

“不过你没必要担心，”威尔逊继续道，“需要五吨左右物质，引擎才会变得不稳定。所以这爬犁才这么像沙滩车。就算加上你，质量也还是远远低于阈值。你应该不会有事。”

“应该不会有事。”雅列故意重复道。

“喂，别那么孩子气好吗！”威尔逊说。

“我还不到一岁，”雅列说，“我愿意孩子气就孩子气。来，扶一把，让我上去。”

雅列好不容易才坐进爬犁的兜篮座位；威尔逊帮他扣上安全带，把MP放进座位一侧的储物箱。“检查系统。”威尔逊说。雅列激活脑伴，连接上爬犁，检查跃迁引擎和离子引擎的完整性——一切正常。爬犁没有手动控制装置，雅列要用脑伴控制它。“爬犁挺好。”雅列说。

“防护服呢？”威尔逊问。

“也挺好。”爬犁的驾驶舱是开放式的，雅列的防护服转成真空防护状态，头罩会滑下来完全遮住面部，封闭起整个身体。防护服的纳米机器纤维有感光能力，会把视觉和其他电磁信息直接喂给雅列的脑伴，因此雅列在头罩遮住双眼时反而比平时“看”得更清楚。雅列的腰部围着重复呼吸装置，在必要的情况下能提供一周空气。

“那么你可以出发了，”威尔逊说，“你在这边的坐标已经输入系统，从那边返回的时候也必须有坐标。你只用输入坐标，然后舒舒服服一躺，剩下的全交给爬犁。斯奇拉德说特种部队的接应队伍会在那边等你。你的联络人是马丁上尉，他有为你确认他身份而设的秘钥。斯奇拉德说你必须不折不扣执行他的命令。明白了？”

“明白。”雅列说。

“很好，”威尔逊说，“那我走了。这儿马上开始抽真空。打开防护服。舱门一开，你就激活导航程序，接下来的事情都交给它。”

“明白。”雅列重复道。

“祝你好运，雅列，”威尔逊说，“希望你能找到有用的东西。”他走出停机舱，褐耳鹰号的维生系统嘶嘶抽出舱内的空气。雅列激活头罩，瞬间黑暗之后，随着防护服的视觉信号传入，雅列的周围感知能力来了个三级跳。

嘶嘶抽气声逐渐减轻，终于消失，雅列坐在真空里。隔着金属船身和爬犁的碳化纤维外壳，他能感觉到舱门徐徐打开。雅列激活爬犁的导航程序，爬犁从地面升起，缓缓驶出舱门。飞行计划的轨迹显示在雅列的视野内，目的地离此处有一千多公里，是凤凰星和卫星贝纽之间未被其他物体占据的L4点。离子引擎发动，雅列感觉到加速度产生的重力。

爬犁来到L4点，跃迁引擎适时激活。视野上方不到一公里处忽然出现了一组宽阔的行星环，突如其来得让雅列惊愕不已。行星环包围着左手边一颗蓝色类地行星的边缘。雅列的爬犁刚才还在以可观的速度前进，此刻却变得一动不动。离子引擎在跃迁前一瞬间熄火，惯性并没有跟着爬犁一起跃迁。雅列对此很高兴，他觉得那两个离子引擎太小，恐怕没法及时停下爬犁，他会一头扎进行星环，撞死在翻滚的巨岩上。

“狄拉克二等兵。”雅列听见有人这么说，核实秘钥叮咚一声发进脑伴。

“在。”他说。

“我是马丁上尉，”雅列听见对方说，“欢迎来到奥玛。请耐心等待，我们这就来接你。”

“不如你把方向发给我，我来找你。”雅列说。

“还是免了吧，”马丁说，“奥宾人最近对这一带的扫描比平时更勤快。我们不想给他们看见我们的机会。请原地等待。”

过了一分钟左右，雅列发现行星环里有三块石头在缓缓向他移动。“似乎有石块在朝我飞来，”他向马丁发送道，“我要机动闪避了。”

“别。”马丁说。

“为什么？”雅列问。

“因为我们不喜欢追着你跑。”马丁说。

雅列把防护服对准来袭的石块并放大，注意到石块有突出的边缘，而且都拖着像是牵引索的东西。雅列望着石块飞近，最后来到爬犁附近。其中一块石头在雅列前方改变姿势，另外两块石头开始连接牵引索。石块有一个人那么大，呈不规则的半球形，近看像是没有头部开口的乌龟壳，以四角对称伸出四个突起，突出物各有两个关节，末端是张开的手掌，都有能对折的大拇指。石块下端平坦，色彩斑斓，中央有一条线，说明下端是能打开的，上端并排有几小块平坦而光滑的补片，雅列估计那是感光材料。

“没想到吧，二等兵？”石块发出了马丁的声音。

“没有，长官。”雅列说。他在内部数据库里查询与人类友好（至少不公开抱有敌意）的少数几个智慧物种，却没有找到有谁哪怕只是稍微有点像面前这怪物。“我以为你会是人类。”

雅列感觉到一阵强烈的好笑情绪，马丁说：“我们是人类，二等兵，和你一样是人类。”

“你看着不像人类。”话刚出口，雅列就后悔了。

“当然不像，”马丁说，“但我们也不居住在典型的人类环境中。我们经过改造，以适应所生活的地方。”

“你们住在哪儿？”雅列问。

马丁的一条突出物朝周围挥了挥，说：“这儿，适应居住在太空里。防真空的躯体。用有光合作用能力的条带获取能量，”马丁拍拍他的下部，“这里面有个器官，养殖改造过的海藻，提供我们需要的海藻和有机化合物。我们可以在这儿一住就是几周，执行刺探和破坏任务，而奥宾人根本不知道我们来了。他们一直在寻找防卫军飞船，肯定困惑得要死要活。”

“那是当然。”雅列说。

“好了，斯特罗斯说我们可以走了，”马丁说，“我们要拖你回去，等着。”雅列觉得爬犁一抖，接着是微弱的震颤，牵引索开始收紧，拖着爬犁驶向行星环。石块飞得很稳定，靠后肢的小型喷气背包调整姿势。

“你们天生就是这样？”雅列问。

“我不是，”马丁说，“他们在三年前创造了这个躯体型号。一切都是全新的，然后征求志愿者测试。不经测试就把意识丢进去，那就太极端了。我们想知道人类能不能适应它而不发疯。这具躯体几乎是个全封闭系统。氧气、营养成分和水汽来自我的海藻器官，排出的废物反过来供海藻食用。不需要像人类那样吃喝，甚至不像普通人那么撒尿。不做你天生应该做的事情确实能让人发疯。你肯定不相信不撒尿能伤害你的心智，但请相信我，确实会。这是他们在全面投产前必须解决的问题之一。”

马丁指着另外两块石头说：“哪，斯特罗斯和波尔，他们天生就是这个躯体，在里面过得非常适应。我跟他们解释吃汉堡和拉屎，他们看我的表情像是我发疯了。给他们解释普通人的性生活简直就是对牛弹琴。”

“他们也过性生活？”雅列讶异道。

“性欲可不能随便瞎摆弄，”马丁说，“那对物种来说是坏事。对，我们随时都能过性生活。”他指着下端说，“我们这儿有开口，外壳边缘能和其他人的外壳边缘无缝连接。我们能用的体位比较受限制。你们的躯体比我们的更加灵活。但另一方面，我们能在真空里打炮。这把戏就够瞧的了。”

“应该是吧。”雅列说。他觉得上尉正在步入“过度分享”的领域。

“但我们是另外一个人种，这点毫无疑问，”马丁说，“连命名体系都和特种部队的其他人不一样。我们的姓氏来自往日的科幻作家，而不是科学家。我换躯体的时候连名字也一块改了。”

“你还会换回去吗？”雅列说，“换回普通躯体？”

“不了，”马丁说，“刚换过来的时候还愿意，但现在已经习惯了，这就是我的普通躯体，而且还是大势所趋。防卫军制造我们是为了创造战斗优势，和创造原来的特种部队一样。结果很成功。我们就像暗物质，可以偷偷摸向飞船，敌人以为我们是碎石，直到我们在和飞船擦身而过时把便携核弹贴在船壳上，接下来嘛，他们就什么都没法以为了。”

“但还不止如此，”马丁继续道，“我们是第一批为适应太空生活而有机改造的人类。我们的每个器官都是有机体，甚至包括脑伴——我们拥有第一批完全有机的脑伴。这个改进将广泛应用于特种部队的下一个新躯体型号。我们的所有东西都通过DNA表现。他们要是能找到让我们自然繁殖的办法，那人类就有新物种了：宇宙人，居住在行星际的空间之中。到时候我们就不需要为了土地打仗，意味着人类将会胜利。”

“除非你不想长得像乌龟。”雅列说。

马丁送来一阵强烈的好笑情绪。“说得好，”他说，“确实如此，我们也知道。我们自称卡美拉，你明白的。”

雅列困惑片刻，想起他在卡森营地以十倍速观看的科幻电影，这才回过神来。“就是那个日本怪物？”

“你明白了。”马丁说。

“你们也能喷火吗？”雅列问。

“问奥宾人吧。”马丁说。

爬犁进入了行星环。

钻进科维尔空间站侧壁上的窟窿，雅列第一眼看见的就是那具尸体。

卡美拉之前报告特种部队说科维尔空间站大体完好，但“大体完好”对居住在真空里的士兵显然意义不同。空间站内没有空气、生命和重力，多亏了太阳能电池板和坚固耐用的工程设计，部分电路系统还没有切断供电。卡美拉很熟悉空间站，他们来过这里，搜集没有被奥宾人摧毁或掠走的档案、文件和物品。他们没有碰尸体，因为奥宾人还时不时地登上空间站，要是尸体数量大幅度减少，他们多半会注意到。因此脱水的冰冷尸体都还在空间站内飘浮。

这具尸体贴在走廊舱壁上。炸开这个窟窿的时候，雅列估计尸体应该不在附近，爆炸造成的减压会把他吸入太空。雅列转身向马丁确认。

“新飘来的，”马丁证实道，“至少没在这个区域见过。尸体和各种物品总在空间站里飘来飘去。你要找的人里有他吗？”

雅列飘向死者。尸体被烤干了，所有水分都已沸腾散失。就算布廷认识他，现在肯定也认不出了。

雅列看着死者的白大褂，姓名牌说他叫厄普托·查特杰。纸一样的皮肤是绿色的。名字应该属于殖民者，但他显然曾是某个西方国家的公民。

“不知道他是谁。”雅列说。

“那就走吧。”马丁说。他用两只左手抓住栏杆，推着躯体飘进走廊。雅列跟上去，遇到尸体碰撞着飘过走廊就松开栏杆躲避。天晓得他会不会在走廊里或其他某处撞见佐伊·布廷的浮尸。

不，一个念头说。他们没有找到过她的尸体。他们几乎没有找到殖民者的尸体。

“停下。”雅列对马丁说。

“怎么？”马丁问。

“我记起来了。”雅列说着闭上眼睛，尽管他还戴着头罩。再睁开眼睛，他觉得思路更加敏锐，精神更加集中。他同时知道了应该去什么地方。

“跟我来。”雅列说。

雅列和马丁是从武器研究区进入空间站的，向着转轴走是导航和生物医药研究区，转轴中央是零重力实验室。雅列领着马丁向转轴走，顺时针穿行于走廊之间，偶尔停下，让马丁用千斤顶撬开不工作的应急门。走廊照明灯的电力来自太阳能电池板，光线虽然微弱，但对于雅列的增强视觉已经绰绰有余。

“到了，”雅列最后说，“这是我作研究的地方。也就是我的实验室。”

实验室充满了碎屑和弹孔。闯进实验室的人对抢夺技术成果毫无兴趣，只想杀死里面的所有人。台面和一张桌子的侧面有干涸的黑色血迹。至少有一个人中枪死亡，但尸体不在这里。

杰罗姆·寇斯，雅列心想。我的助手叫这个名字。他出生在危地马拉，小时候移民到美国，正是他解决了缓存溢出的问题——

“妈的。”雅列骂道。有关杰瑞·寇斯的记忆飘浮在脑海里，努力寻找背景信息。雅列扫视房间，寻找电脑和记忆存储设备，但一无所获。他问马丁：“你们的人拿走了这儿的电脑吗？”

“没动这个房间的，”马丁说，“我们找到机会进来之前，有些实验室的电脑和其他设备就已经失踪，肯定被奥宾人或其他什么人拿走了。”

雅列推着自己飘到他知道属于布廷的办公桌前。桌面上的东西早就飘得不知所终。雅列拉开抽屉，找到的都是文具、活页夹之类的东西，没有特别有价值的。正要关上放活页夹的抽屉，雅列看见其中一个活页夹里有纸张。他停下来，从中抽出一张纸。一幅画，有佐伊·布廷的签名，字写得很有热情，不怎么清晰。

她每周三上美术课的时候，都要给我画一幅画。每次我拿到一幅新的，就用图钉挂起来，取下上一幅收进活页夹。从来不扔掉。雅列瞥了一眼办公桌上方的软木板，有图钉，但没有画。最后一幅大概飘到房间的某个角落里去了。雅列按捺住非得去寻找的冲动，推了一把办公桌，飞向房门。马丁还没来得及问他去哪儿，他就飞进了走廊。马丁连忙追了上去。

科维尔空间站的工作区走廊犹如医院般空空荡荡；家属区则尽量表现得完全不同。脚下铺着地毯——尽管只是工业地毯。美术课的老师鼓励孩子在走廊墙上作画，画里有太阳、猫狗和鲜花山丘，除非你是家长，否则绝对不会认为那是艺术。而走廊里的碎屑和墙上的零星黑色血迹也破坏了欢乐的气氛。

布廷是研究的带头人，而且有小孩，所以住处比大部分人的宽敞，但仍旧狭小得令人难以忍受——空间在空间站上非常珍贵。布廷的住处是十号，位于C走廊尽头（C代表猫，墙上画满了各种构造稀奇古怪的猫）。雅列拖着身体在走廊里飞向十号房间。门关着，但没有锁。雅列拉开门，飘了进去。

和其他地方一样，物品也在房间里无声飘荡。雅列认出了其中一些，另外一些他认不出来。大学朋友送的一本书。相框里的一张照片。一支笔。他和谢莉尔度蜜月时买的小地毯。

谢莉尔，他的妻子，登山时失足摔死。就在他来这里前辞世，出发前倒数第二天是她的葬礼。他记得他在葬礼上抓着佐伊的手，听见佐伊问妈妈为什么要走，要他许诺永远不离开她。他当然许诺了。

布廷的卧室很小，旁边佐伊的卧室对五岁以上的人来说都狭窄得难受。超小号的儿童床塞在一个角落里，卡得紧紧的，所以没有飘走，连床垫都还在原处。图画书、玩具和毛绒动物四处飘荡。其中一样东西吸引了雅列的目光，他伸手抓住。

大象巴巴。在殖民联盟停止接受富国殖民者之前，行星凤凰就已经是殖民地了，这里有很多法国人，布廷就是法国血统。巴巴与阿斯泰利克斯、丁丁和呆子都是凤凰星儿童喜欢的卡通人物，这些角色纪念的是地球上的童年时光，地球离凤凰星太远，很少有人会想起它。佐伊没见过活生生的大象——进入太空的大象屈指可数——但谢莉尔把巴巴当四岁生日礼物送给佐伊时，她仍旧喜出望外。谢莉尔死后，佐伊将巴巴当作图腾，不管去哪儿都要带着它。

他出发去凤凰星作为期数周的最终测试，把佐伊留在海伦娜·格林的住处，他还记得佐伊因为没带巴巴而哭得多么伤心。他已经快要误机，没时间回去取。最后他答应给她的巴巴找个塞莱斯特，这才止住她的哭泣。安静下来的佐伊亲了他一下，去凯伊·格林的房间和小朋友玩了。随后他就完全忘了巴巴和塞莱斯特这件事，直到按计划要返回奥玛和科维尔的那一天。正在琢磨该怎么合情合理地解释他为何空手回家，忽然有人把他拉到一边，说奥玛和科维尔遭到攻击，基地和殖民地全员尽灭——他的女儿，他最爱的那个人，孤单惶恐地死去，远离爱过她的所有人。

雅列抓着巴巴，意识和布廷记忆之间的障碍土崩瓦解，他感觉到布廷的哀恸和愤怒，就仿佛这是他自己的情绪。找到关键了。正是这件事，他的女儿，他的佐伊·乔丽，他的欢乐源泉，她的死让布廷走上了叛变之路。雅列无力地抵抗着，感觉着布廷的情绪，勉强想象得知女儿死讯时的厌恶和惊骇；生命中由女儿占据的位置，现在是空洞而可怕的痛楚；还有，疯狂而怨毒的欲望，想在哀悼之外做些什么事情。

记忆的洪流冲垮了雅列，事情一件件想起来，闯进意识，扎下根须，激得他不停喘息。记忆闯进意识的速度太快，有些本身就不完整，有些他无法完全理解，用粗略的线条勾勒出布廷叛变之路的轮廓。雅列不记得他和奥宾人第一次接触的过程，只记得有一种发泄的感觉，像是作了某个决定，这个决定将他从挥之不去的痛苦和愤怒之中解放了出来——他看见自己和奥宾人达成协议，以他关于脑伴和意识研究的知识换取安全的容身之处。

他无法把握科学工作的细节，理解布廷的这些知识需要大量训练，而雅列的大脑根本没有这些训练所需要的神经通道。他只得到了感官体验的记忆：策划假死逃遁时的快乐，与佐伊分离时的痛楚，离开人类空域、着手创造复仇工具的欲望。

在纷乱的感觉和情绪之中，偶尔也有确凿的记忆如珠宝般闪光，是在记忆场里重复出现的数据，是因为不止一次事件而记住的内容。有些事情在记忆中忽隐忽现，但他就是抓不住。他知道佐伊是布廷叛变的关键，但不知道这个关键究竟是怎么起作用的，他觉得每次伸出手，答案都会滑出手心，他急得心痒难耐。

雅列转而将注意力放在确凿而能把握住的记忆片段上。雅列的意识围住其中一段记忆，那是个地名，从说话方式不同于人类的异族的语言粗略翻译而来。

雅列知道布廷在哪儿了。

布廷住处的大门滑开，马丁抓着门框飘进来，见到雅列在佐伊的房间里，推动身体飘向他。“该走了，狄拉克，”他说，“瓦列说奥宾人快到了。他们肯定在空间站装了监控设备。我真蠢。”

“给我一分钟。”雅列说。

“没有一分钟了。”马丁说。

“好吧。”雅列说，他抓着巴巴飘出房间。

“现在可不是拿纪念品的时候。”马丁说。

“闭嘴，”雅列说，“咱们走。”他推着躯体飘出布廷的住处，没有回头看马丁有没有跟上。

厄普托·查特杰还在雅列和马丁最初看见他的地方。在外窥探的奥宾侦察机却是新出现的。

“没有别的路可以离开空间站吗？”雅列问，他和马丁挤在查特杰的尸体旁边。他们能从一个角度看见侦察机，不过侦察机显然还没有发现他们。

“当然有，”马丁说，“问题在于我们能不能在其他侦察机出现前赶到地方。逼不得已的话，我们可以敲掉一架侦察机。再多就有麻烦了。”

“你们班的人呢？”雅列问。

“正在过来的路上，”马丁说，“我们尽量把环外活动控制到最低点。”

“换了其他时候倒是个好主意。”雅列说。

“我不认得那艘飞船，”马丁说，“像是新型号的侦察机，我连它有没有武器都不清楚。要是没有，咱俩用MP应该就能敲掉。”

雅列思考着这个方案。他抓住查特杰，把尸体朝洞口轻轻一推。查特杰缓缓飘过洞口。

尸体有一半通过了洞口，马丁说：“目前看还不错。”

查特杰突然四分五裂，侦察机射出的子弹击穿了冻干的尸体。肢体碎块剧烈转动，又被穿过洞口的弹雨打得粉碎。雅列能感觉到子弹打在走廊对面墙上的冲击波。

雅列有了一种特殊的感觉，像是大脑在被针戳。侦察机微微改变姿势。“卧倒！”雅列想对马丁说，但信息没传过去。雅列站稳脚跟，抱着马丁一起卧倒，又一轮弹雨打过走廊，把洞口撕得更宽大，擦着雅列和马丁的身体飞过去。

明亮的橙色火焰在外面一闪，从他卧倒的位置，雅列看见侦察机猛地一歪。侦察机下方，一枚导弹画着弧线飞上来，击中侦察机的腹部，将它炸成两截。雅列默默记住：卡美拉确实能喷火。

“——玩得真开心，”马丁说，“现在我们必须躲藏一两周了，奥宾人会四处搜索炸毁飞船的凶手。二等兵，你给我们的生活增加了不少乐趣。现在该走了。弟兄们已经把牵引索射上来了。趁着其他侦察机还没赶到，咱们快逃。”马丁起身爬过去，一使劲飞出洞孔，飘向悬在上方五米处的牵引索。雅列跟上去，一只手抓住牵引索保命，另一只手攥紧巴巴。

奥宾人搜捕了三天，这才罢手。

“欢迎回来，”威尔逊说，他走近爬犁，忽然停下，“那是巴巴？”

“是啊。”雅列坐在爬犁上，把巴巴抱在大腿上。

“我好像不太想问你这是发生了什么。”威尔逊说。

“你会想的，”雅列说，“相信我。”

“和布廷有关？”威尔逊问。

“和他的关系太大了，”雅列说，“哈利，我知道了他为何叛变。我全知道了。”

10

雅列抱着巴巴返回凤凰星空间站的前一天，特种部队巡洋舰鱼鹰号跃迁进入长野星系，前去调查跃迁无人机从神户星矿场传回的求救信号。鱼鹰号就此失去联系。

雅列应该向罗宾斯上校汇报，但他径直走过罗宾斯的办公室，在麦特森将军的秘书阻拦他之前，闯进了麦特森的办公室。麦特森在办公室里，抬头看着雅列进门。

“拿着，”雅列把巴巴塞进惊讶的麦特森手里，“龟孙子，我现在知道为啥要揍你了。”

麦特森低头看着毛绒动物，他说：“让我猜一猜，这是佐伊·布廷的，看来你已经恢复记忆了。”

“记起的足够多了，”雅列说，“足够知道你要为她的死亡负责。”

“有意思，”麦特森放下巴巴，“我怎么觉得应该是勒雷伊人或者奥宾人？”

“别装傻，将军。”雅列说。麦特森挑起一侧眉毛。“你命令布廷来这儿工作一个月，他请求带上女儿，但你拒绝了。布廷留下女儿，女儿死了。他怪你。”

“你显然也一样。”麦特森说。

雅列没有理会他，问：“你为什么不让他带上女儿？”

“二等兵，我又不是开托儿所的，”麦特森说，“我需要布廷集中精神工作。布廷的老婆已经死了。谁来照顾他的女儿？他在科维尔空间站有朋友能帮忙，所以我叫他把女儿留在那儿。我没想到空间站和殖民地会遭到袭击，没想到他女儿会死。”

“凤凰星空间站有的是平民科学家和工作人员，”雅列说，“有不少人带着家属。他可以在这儿找人或者雇人在他工作时照看佐伊。这个请求合情合理，你自己也清楚。说实话吧，你为什么不让他带上女儿？”

罗宾斯得到麦特森秘书的通知，走进将军的办公室。麦特森不安地动了动身子，说：“听着，布廷有个顶尖的大脑，但脾气也怪得可以，妻子去世之后尤其糟糕。谢莉尔就像散热片，吸收了他的怪脾气，她让布廷保持正常。她不在了，布廷变得很不对劲，特别是牵涉到女儿的事情。”

雅列张开嘴，麦特森举起一只手。“二等兵，我没有责备他的意思，”麦特森说，“他妻子去世了，他有个小女儿，当然非常挂念她。我当过爹，明白那种感受。可他在团队协作方面也有缺陷，这就使问题更严重了。他的研究进度已经落后。这是我调他来凤凰星空间站完成测试的另一个原因。我希望他能好好做事，别被其他事情分心。结果挺不错，我们提前完成测试，情况非常好，于是我下令把他提升到主任级别，在测试阶段之前我无论如何都不会这么做。科维尔空间站遇袭的时候，他正在回去的路上。”

“他认为你拒绝他只是因为你是个小心眼暴君。”雅列说。

“呃，他确实这么认为，”麦特森说，“完全是布廷的风格。哪，他和我一向合不来。我俩的个性不对付。他需要花很大力气伺候，要不是这厮是他妈的天才，根本犯不着那么麻烦。我和我的人总是在他背后盯着他，他特别讨厌这一点。他讨厌必须解释和证明他做得对。他讨厌我根本不在乎他讨厌不讨厌。要是他认为只有我是卑鄙小人，我可一点也不惊讶。”

“你难道想说其实并非如此？”雅列问。

“当然了。”麦特森说。雅列投来怀疑的目光，麦特森举起双手。“好吧。唉，也许我和他不愉快的历史扮演了一个小小的角色。也许比起其他人，我更加不愿意放他一马。我承认。但我最关注的是能不能让他出成果。再说我还给那龟孙子升职了呢。”

“但他一直没有原谅你害死佐伊的事情。”雅列说。

“二等兵，你难道认为是我想害死那小姑娘吗？”麦特森说，“你难道认为我不知道要是答应了他的请求，他女儿现在就还活着吗？老天！布廷因此恨我，我根本不怪他。我不想害死佐伊·布廷，但我承认我应该为她的死亡承担部分责任。这话我也对布廷说过。你自己在记忆里找好了。”

确实如此。雅列在脑海里看见麦特森走进他的实验室，尴尬地表示哀悼和同情。雅列回忆起他听见那些愚蠢字句时的感受，麦特森的言下之意是孩子的死并不怪他，那一刻他的心情是那么惊愕。他感觉到冰冷的怒火涌上心头，不得不提醒自己，此时的这些感情来自另外一个人，死去的也不是他的女儿。

“他没有接受你的道歉。”雅列说。

“这一点我已经知道了，二等兵，”麦特森沉默片刻，这才重新开口，“说到哪儿了？你显然已经有了布廷的记忆。你是他吗？我是说，在内心深处，你是他吗？”

“我还是我，”雅列说，“还是雅列·狄拉克。但我能感觉到查尔斯·布廷的感受。我理解他的行为。”

罗宾斯重复道：“你理解他的行为。意味着你赞同吗？”

“叛变？”雅列问。罗宾斯点点头。“当然不。我能感觉到他的感受，感觉到他有多么愤怒，有多么思念女儿。但我不知道他是怎么为此背叛全人类的。”

“感觉不到还是记不起来？”罗宾斯问。

“两者都是。”雅列答道。在科维尔空间站灵光突现后，更多的记忆陆续重现，都是与布廷生活各方面相关的特定事件与零碎数据。雅列能感觉到发生的事情已经改变了他，为布廷的生活创造了更肥沃的土壤。但鸿沟仍旧存在。雅列不得不克制住自己的担忧。“也许继续思考能唤起更多的记忆，”他说，“但这方面我暂时没有任何情报。”

“但你知道他现在的下落，”麦特森把雅列从白日梦中惊醒过来，“布廷，你知道他在哪儿。”

“我知道他曾经在哪儿，”雅列说，“至少知道他离开时要去哪儿。”地名清晰地出现在雅列的脑海里，布廷似乎对这个地名非常专注，仿佛那是他的护身符，把地名烙印在记忆里。“他去了阿瑞斯特。”

麦特森和罗宾斯用脑伴调取阿瑞斯特的资料，两人沉默片刻。麦特森最后说：“哦，糟糕。”

奥宾人的母星系有四颗气体巨行星，其中之一叫查，轨道位于碳基生命的适居带内，有三颗行星尺寸的卫星和几十颗更小的卫星。较大卫星里最小的一颗叫萨鲁夫，轨道位于查星的洛希极限边缘，被巨大的潮汐力破坏成了无法居住的岩浆球。第二颗叫奥比诺，大小是地球的一倍半，但由于缺少金属元素而比地球轻，它是奥宾人的母星。第三颗叫阿瑞斯特，尺寸和质量都和地球差不多。

阿瑞斯特有大量的土生动物，但很少有奥宾人居住，只有几个面积不等的前哨基地；但它离奥比诺很近，因此几乎不可能前去袭击。防卫军飞船无法潜入，阿瑞斯特离奥比诺只有几光秒。他们刚出现就会被奥宾人扑杀。除非集合大股武装力量，否则不可能把布廷从阿瑞斯特带走。带走布廷意味着宣战，而就算敌人只有奥宾一方，殖民联盟也还没有作好准备。

“咱们得和斯奇拉德将军谈谈。”罗宾斯对麦特森说。

“确实，”麦特森说，“要是存在非得特种部队出动不可的任务，那就是这个了。说起来——”麦特森望向雅列，“等我们把事情告诉斯奇拉德，你就必须回特种部队了。怎么处理是他的问题，意味着你也会成为他的问题。”

“我会想你的，将军。”雅列说。

麦特森嗤之以鼻：“你说话真是越来越像布廷了，这可不是好事。倒是提醒了我，下去见见那只虫子和威尔逊中尉，让他们再检查一下你的大脑。我要把你还给斯奇拉德将军，但我答应过不会弄坏你。按照他的标准，太像布廷似乎也算‘弄坏’。至少对我来说如此。”

“遵命，长官。”雅列说。

“好，你可以走了，”麦特森拿起巴巴扔给雅列，说，“这东西也带走。”

雅列接住巴巴，面对将军放在麦特森的办公桌上，说：“还是您收着吧，将军，留个念想。”没等麦特森有机会反对，他就朝罗宾斯点点头，走了出去。

麦特森盯着毛绒动物看了几秒钟，抬头望着像是要说什么的罗宾斯。“上校，他妈的一个字也别说这大象！”麦特森说。

罗宾斯换个话题，问道：“你认为斯奇拉德还会收下他吗？

你自己说过，他说话越来越像布廷了。”

“你自己说吧，”麦特森朝雅列背影消失的方向挥挥手，“你别是忘了吧？是你和斯奇拉德要从零部件拼凑起那个王八蛋的。现在他在你们手上了，或者说在斯奇拉德手上了。老天。”

“所以你很担心。”罗宾斯说。

“我从开始就一直很担心他，”麦特森说，“他在我们这儿的时候，我总希望他能做点什么蠢事，好让我找个合法的理由毙了他。我们在培育第二个叛徒，特别是这个还有军用的躯体和大脑，这点让我很不喜欢。要是我说了算，我更愿意把狄拉克二等兵关进一个只有厕所和喂食口的大房间，关到腐烂为止。”

“但他仍然是你的部下。”罗宾斯说。

“斯奇拉德说得很清楚，他要狄拉克回去，天晓得他有什么该死的傻理由，”麦特森说，“他指挥的是战斗部队。如果真的吵起来，决定权肯定会落在他手上。”麦特森拿起巴巴，看了又看。“我只希望看在老天的分上，他知道他在做什么。”

“嗯，”罗宾斯说，“也许狄拉克并不如你所想的那么像布廷。”

麦特森轻蔑地“哼”了一声，朝罗宾斯晃晃巴巴。“看见了？这可不是什么该死的纪念品。这是查尔斯·布廷本人送来的警告。不，上校，狄拉克正是如我所想的那么像布廷。”

“毫无疑问，”凯南对雅列说，“你已经变成了查尔斯·布廷。”

“他妈的见鬼。”雅列说。

“真他妈的见鬼，”凯南附和道，他指着显示器说，“你现在的意识模型与布廷留下的那个几乎完全相同。不同之处固然还有，但区别已经很细微了。不管从哪方哪面说，你的意识都和过去的查尔斯·布廷一模一样。”

“我没有什么不同的感觉。”雅列说。

“真的吗？”哈利·威尔逊从实验室的另外一头说。

雅列张开嘴，正要说话，忽然停下了。威尔逊咧嘴一笑。“你确实感觉到了不同吧，”他说，“我看得出，凯南也看得出。你比以前更有侵略性，反驳起来嘴巴更利落。雅列·狄拉克比较安静和内向——更加单纯，尽管这么说并不完全确切。你不再安静和内向，当然更不单纯。我记得查尔斯·布廷，你更像他，而不是过去的雅列·狄拉克。”

“但我并没有想叛变人类的念头啊。”雅列说。

“当然不会，”凯南说，“你和他有相同的意识，甚至有部分记忆也相同。但你有你自己的经历，塑造你看待事物的方法。你和他就像同卵双胞胎，拥有相同的基因，但过着不同的人生。查尔斯·布廷和你是意识的孪生兄弟，但你的经历仍旧是你的经历。”

“所以你们不认为我会变成坏人咯？”雅列说。

凯南做了个勒雷伊人的耸肩动作。雅列望向威尔逊，威尔逊做了个人类的耸肩动作。他说：“你说你知道查尔斯叛变的动机是女儿之死，你现在记得他女儿和他女儿是怎么死的了，但你的行为和我们在你脑海里见到的东西都证明你不会因此崩溃。我们打算建议允许你返回现役。他们会不会采纳我们的建议是另外一码事，毕竟你脑内的这个家伙正是一年前策划颠覆人类的那位老兄。不过我认为这不是你要担心的问题。”

“这当然是我要担心的问题，”雅列说，“因为我想找到布廷。我绝对不会袖手旁观，我不但要协助完成任务，还希望能亲自找到他，把他带回人类世界。”

“为什么？”凯南问。

“我想理解他，我想知道什么原因能让一个人做出这种事情，能让一个人叛变。”雅列说。

“你会惊讶于原因有多么微小，”凯南说，“甚至只是某个敌人的些许善意就够了。”凯南背过身去，雅列忽然想起凯南的处境和效忠对象。凯南望着别处，嘴里说：“威尔逊中尉，能让我和狄拉克二等兵私下谈几分钟吗？”威尔逊挑起眉毛，但没说什么就走出了实验室。凯南转向雅列。

“我想向你道歉，二等兵，”凯南说，“还想提醒你一些事情。”

雅列对凯南露出不明所以的笑容，说：“凯南，你没什么需要向我道歉的。”

“我不同意，”凯南说，“正是我的怯懦造就了你。要是我足够坚强，挺过萨根中尉对我的酷刑折磨，应该已经死了，你们不会知道这场针对人类的战争，也不会知道查尔斯·布廷还活着。善恶暂且不论，但我要是足够坚强，你就没有理由要出生，也不会被另外一个意识占据大脑。可我很脆弱，想活下去，哪怕是以囚犯和叛徒的身份活下去。有些人类殖民者会说这是业报，因果只能由我自己承受。

“但我在无意之中对你犯了罪，二等兵，”凯南说，“比起其他所有人，我更有资格当你的父亲，因为如果没有我，他们就不会对你犯下可怕的恶行。人类用人工意识——你们那该死的脑伴——制造活生生的士兵，这已经很可怕了，但对于你，出生只是为了承载另一个意识，这简直是渎神的罪孽。侵犯了你成为自己的权利。”

“没你说的那么可怕。”雅列说。

“唉，真是有那么可怕，”凯南说，“勒雷伊人崇尚灵性和原则，信仰是我们处世之道的核心。我们最高的价值观就是自我的神圣性——我们相信每个人都应该有自主选择的权利。呃——”凯南摇了摇脖子，“当然，是每个勒雷伊人。和大部分种族一样，我们很少关注其他种族的需求，特别是双方需求有所冲突的时候。

“不过无论如何，”凯南继续道，“选择都很重要。独立也很重要。你上次来见我和威尔逊的时候，我们让你选择是否继续。你还记得吧？”雅列点点头。“我不得不坦白，我那么做不但为了你，也为了我自己。因为正是我导致你在无法选择的情况下出生，所以给你选择的机会就是我的道德责任了。你接受这个机会，作出选择，我觉得我减轻了部分罪孽。不是全部。我的恶业还没消完，但毕竟消除了一部分。二等兵，我要为此谢谢你。”

“不客气。”雅列说。

“现在我要提醒你了，”凯南说，“萨根中尉在我和她第一次见面时折磨了我，最后我屈服了，几乎将我们袭击人类的计划和盘托出，但有一点我撒了谎。我说我从没见过查尔斯·布廷。”

“你见过他？”雅列说。

“对，”凯南说，“见过一次，他来向我和其他勒雷伊科学家解释脑伴的构造，讨论怎么为勒雷伊人改造脑伴。很有吸引力的人类。非常热烈。有他独特的魅力，就算勒雷伊人也看得出。他有激情，我们勒雷伊人对激情很能共鸣。非常有激情。很有紧迫感。而且极其愤怒。”

凯南凑近雅列：“二等兵，我知道你以为事情和布廷的女儿有关，从某种程度上说，确实有关，但布廷还有别的动机。女儿之死可能只是导致某个念头成形的意外事件，驱策他的是这个念头，让他成为叛徒。”

“是什么？”雅列问，“那个念头是什么？”

“不知道，”凯南坦白道，“复仇当然是最明显的理由，但我见过他，复仇无法解释一切。二等兵，你会有更好的角度去搞清楚这一点。你拥有他的意识。”

“我完全不知道啊。”雅列说。

“嗯，也许你会想到的，”凯南说，“我必须提醒你，你要记住，无论他受什么驱使，他都已经向这个动机屈服了，完全而彻底地屈服了。劝他回头已经为时已晚。你的危险是如果遇见他，你会认同他和他的动机。你毕竟是为了理解他而设计出来的。捞到机会，布廷一定会利用这一点。”

“我该怎么做？”雅列问。

“记住你是谁，”凯南说，“记住你不是他，记住你永远有选择。”

“我会记住的。”雅列说。

“希望如此，”凯南说着站起身，“祝你好运，二等兵。你可以走了。出去的时候叫威尔逊进来。”凯南走到橱柜前，有意背对雅列。雅列走出房门。

“你可以回去了。”雅列对威尔逊说。

“好的，”威尔逊说，“希望他的话对你有用。”

“很有用，”雅列说，“这家伙很有意思。”

“这么说也不错，”威尔逊说，“知道吗？狄拉克，他把自己看成了你的长辈。”

“我看出来了，”雅列说，“挺好，虽说我没想到会有这么一个父亲。”

威尔逊嘿嘿笑道：“生命充满惊喜，狄拉克。你接下来要去哪儿？”

“大概是去见凯南的孙女。”雅列说。

雅列返回凤凰星空间站之前六小时，红隼号启动跃迁引擎，跃入一个有颗暗淡的橙色恒星的星系，从地球望去，这里属于圆规座星系，但你的望远镜要足够强大才能看得到。红隼号的目标是检查殖民联盟货船汉迪号的残骸，通过紧急跃迁无人机送回凤凰星的黑匣子数据说汉迪号的引擎遭到故意破坏。红隼号没有送回黑匣子数据，红隼号消失得无影无踪。

机师休息室里，克劳德中尉从他的老巢上抬起头——所谓老巢，其实是张桌子，上面摆着俘获警惕心不强的人的诱饵（学名：一摞扑克）——看见雅列站在面前。

“哎呀，莫不是笑话大师他本人驾到？”克劳德笑着说。

“哈啰，中尉，”雅列说，“长久不见。”

“可不怪我，”克劳德说，“我一直都在这儿，你去哪儿了？”

“出去拯救人类呗，”雅列说，“你知道的，日常工作。”

“活儿很脏，但总得有人干，”克劳德说，“还好是你不是我。”克劳德伸腿蹬出一把椅子，抬手拿起扑克。“怎么不坐？一刻钟以后我要去办补给任务的起飞手续，正好有空教你怎么打输德州扑克。”

“我已经知道怎么打输了。”雅列说。

“瞅瞅，你那种风格的笑话又来了。”克劳德说。

“我来其实是为了你的补给任务，”雅列说，“希望你能让我跟你下去一趟。”

“乐意之至，”克劳德开始洗牌，“把你的离港许可发给我，咱们正好上船打两把。补给交通艇下去一路上基本都靠自动导航，之所以非要我坐上去，只是为了万一坠机，上头可以说还死了人。”

“我没有离港许可，”雅列说，“但我需要去一趟凤凰星。”

“为什么？”克劳德问。

“给死去的亲属扫墓，”雅列说，“而我很快就要出任务了。”

克劳德嘿嘿笑着开始切牌，他说：“等你回来，那位死去的亲属应该还在原处吧。”

“我担心的不是那位死去的亲属。”雅列说。他伸手指着扑克说：“可以吗？”克劳德把扑克递给他，雅列坐下开始洗牌。“看得出，中尉，你喜欢赌博。”他说。他洗完牌，把扑克放在克劳德面前。

“切牌。”雅列说。克劳德从三分之一处切开牌堆。雅列拿起较小的一叠摆在面前。“咱们同时各挑一张，我的点数高，你带我去凤凰星，我去见我想见的人，你起飞前我一定回来。”

“要是我的点数高，咱们就三局两胜。”克劳德说。

雅列笑着说：“那就太缺乏运动精神了。准备好了吗？”克劳德点点头，雅列说：“抽牌。”

克劳德亮出方片八，雅列是梅花六。“该死！”雅列说。他把面前的扑克推向克劳德。

“死去的亲属是谁？”克劳德拿起扑克。

“很复杂。”雅列说。

“说来听听。”克劳德说。

“制造我来容纳的那个意识的主人的克隆体。”雅列说。

“好吧，你说的复杂可真是一点不错，”克劳德说，“我半个字也没听懂。”

“他就像是我的兄弟，”雅列说，“但我不认识他。”

“你才一岁大，生活就这么多姿多彩。”克劳德说。

“我知道，”雅列说，“不是我的错。”他站起身，“回见，中尉。”

“唉，别走，”克劳德说，“给我一分钟，我撒个尿咱们就走。上交通艇的时候你千万别开口，话都由我来说。另外记住一点，要是遇到麻烦，我会全推到你身上。”

“那还用说？”雅列说。

瞒过机舱管理人员简单得甚至可笑。雅列紧跟克劳德，克劳德以公事公办的高效率作完起飞前的检查，和管理人员谈了谈。他们对雅列视而不见，觉得既然他跟着克劳德，所以就有权登船。三十分钟后，交通艇悠然飞出凤凰星空间站，雅列向克劳德展示他不怎么擅长打输德州扑克，克劳德恼羞成怒。

到了凤凰星空间站的地面太空港，克劳德和地面人员交谈片刻，然后回到雅列身边，说：“他们装货需要三个钟头，你能在三个钟头之内打个来回吗？”

“墓地就在凤凰城外。”雅列说。

“那就没问题了，”克劳德说，“知道怎么去吗？”

“完全不清楚。”雅列说。

“什么？”克劳德说。

雅列耸耸肩，坦白道：“我没想到你会真的带我下来，所以没有作过准备。”

克劳德哈哈大笑。“上帝眷顾傻瓜，”他朝雅列打个手势，“那就来吧，咱们去见你的兄弟。”

梅泰里天主教公墓位于梅泰里区的心脏地带，梅泰里区是凤凰星最古老的几块居住区之一，建立时凤凰星还叫新弗吉尼亚，凤凰城还叫克林顿，敌人还没有将早期殖民地夷为平地，迫使人类集结收复这颗星球。公墓里历史最久的墓碑可追溯到殖民初期，梅泰里当时只是塑料和泥巴搭建的房屋，骄傲的路易斯安那人定居此处，把这里称为克林顿城的第一个住宅郊区。

从第一排墓碑出发，雅列要探访的坟墓位于墓地另一头。三个坟墓只有一块墓碑，上面刻着三个名字，生卒日期各自不同：布廷家的查尔斯、谢莉尔和佐伊。

“老天，”克劳德说，“一家人啊。”

“不，”雅列在墓碑前跪下，“不完全是。谢莉尔葬在这里。佐伊死在远方，和许多其他人一样，没有找到尸体。查尔斯没有死。下葬的另有其人，是他创造的克隆体，好让别人以为他自杀了。”雅列伸手摸着墓碑，“所以这里并不是一家人。”

克劳德看着跪在墓前的雅列。“我去兜一圈。”他说，想给雅列一段时间独处。

“不，”雅列看着他说，“别走。我马上就好。”克劳德点点头，望向附近的树林。雅列把注意力放回墓碑上。

他对克劳德撒了谎，他想见的人其实不在这里。除了丁点怜悯，雅列对被布廷杀害以伪装自杀的克隆体毫无情绪可言。布廷的记忆还在雅列脑海里不断涌现，布廷对克隆体抱着最冷静客观的态度，甚至没有激起任何感情；克隆体在布廷眼中不是人类，只是完成目标的工具，但雅列对那个目标全无记忆，因为布廷在最后动手之前先备份了他的意识。雅列试着同情克隆体，不过他来这里是为了别人。雅列希望克隆体从来没有苏醒过，然后就不再去想他了。

雅列把注意力放在谢莉尔·布廷这个名字上，感觉到模糊而自相矛盾的情绪在记忆里泛起回响。雅列意识到布廷固然喜欢他的妻子，但要称“喜欢”为“爱情”就有点言过其实了。他们结婚是因为两人都想要孩子，彼此理解，还算喜欢和对方相处，但雅列感觉到这份情感纽带到最后逐渐淡漠。两人之所以没有分手，纯粹因为都爱女儿，比起离婚的麻烦和对女儿的伤害，冷却的关系更加能够容忍和易于接受。

从雅列脑海的裂缝里冒出一段出乎意料的记忆：导致谢莉尔丧命的那次旅行，她不是一个人去的，而是和一个朋友，布廷怀疑那是她的情人。雅列没有觉察到嫉妒。布廷并不怨恨她有情人，布廷自己在外面也有女人。但雅列感觉到了布廷在葬礼上的愤怒，遗体告别时，疑似妻子情人的那家伙在墓前停留得太久，占用了布廷哀悼亡妻的时间，占用了佐伊与母亲告别的时间。

佐伊。

雅列在墓碑上勾着佐伊的名字，念着她的名字，她应该在这里安息，但却没有。他感觉到哀恸从布廷的记忆中淌出，流入他的心灵。雅列再次抚摸墓碑，感觉着刻在石头上的名字，他哭了。

一只手落在雅列的肩膀上，他抬起头，看见是克劳德。

“没事，”克劳德，“每个人都会失去心爱的人。”

雅列点点头，说：“我知道，我失去了我爱的人。萨拉。我感觉到她的死亡，感觉她在我心里留下一个空洞。但这个不一样。”

“因为是个孩子？”克劳德说。

“是我根本不认识的孩子，”雅列说，再次抬头望着克劳德，“她死的时候，我还没有出生。我不认识她。不可能认识她。但我确实认识。”他指指太阳穴，“有关她的一切都在这儿。我记得她的出生，记得她走的第一步、说的第一个字。记得在她母亲的葬礼上抱着她。记得最后一次见到她。记得听说她的死讯。都在这儿。”

“谁也不会拥有别人的记忆，”克劳德想安慰雅列，“脑袋不是这么工作的。”

雅列苦笑道：“但确实可以，我确实有。我跟你说过了。我出生是为了承载另一个人的意识。他们以为不会成功，结果却成功了。现在他的记忆成了我的记忆。他的人生成了我的人生。他的女儿——”

雅列停了下来，无以为继。克劳德在雅列身边跪下，搂住他的肩膀，让他哀悼死者。

“不公平，”克劳德最后说，“要你悼念这个孩子，这不公平。”

雅列轻声一笑，淡然答道：“要公平？找错宇宙了。”

“这倒是的。”克劳德赞同道。

“我想悼念她，”雅列说，“我对她有感觉。我能感觉到我对她的爱——他对她的爱。我想记住她，尽管这意味着我必须悼念她。记住她并不是那么难以忍受，你说呢？”

“不，”克劳德说，“应该不是。”

“谢谢，”雅列说，“谢谢你陪我来，谢谢你帮助我。”

“朋友嘛，就该这样。”克劳德说。

“狄拉克。”简·萨根说。她站在两人背后，“你被重新激活了。”

“啪”的一下，雅列感觉到他重新融入集体，感觉到简·萨根的知觉涌向他，感觉到稍微有点反感，但大部分意识因为返回更大的自我存在体而欢欣鼓舞。雅列在脑海深处明白，融合不仅是为了共享信息和建立更高层次的意识，更是为了控制，为了把个人与集体绑在一起。特种部队士兵很少退伍的原因在于，退伍意味着失去融合，失去融合意味着孤独。

特种部队士兵几乎从不单独存在，哪怕身体独处的时候也一样。

“狄拉克。”萨根又说。

“用正常方式说话，”雅列说着站起身，但没有去看萨根，“你这样很没礼貌。”

萨根犹豫了极短的一瞬间，然后说：“好吧。狄拉克二等兵，该走了。我们必须返回凤凰星空间站。”

“为什么？”雅列说。

“我不能在他面前说，”萨根指的是克劳德，“没有冒犯你的意思，中尉。”

“没关系。”克劳德说。

“跟我说清楚，”雅列说，“否则我是不会走的。”

“我向你下令。”萨根说。

“拿你的命令堵屁眼去吧，”雅列说，“我忽然烦透了做特种部队的一分子，烦透了被人推来推去。你要么告诉我去哪儿和为什么，要么我就留在这儿不走了。”

萨根长叹一口气，转向克劳德：“你要是敢把今天的事情说出去，信不信我一枪毙了你？顶着脑门毙。”

“大姐，”克劳德说，“你说什么我都信。”

“三小时前，奥宾人摧毁了红隼号，”萨根说，“红隼号在被完全摧毁前发射了跃迁无人机。过去两天内，我们还损失了另外两艘飞船——消失得无影无踪。我们认为奥宾人想对红隼号重施故伎，但不知为何失败了。我们运气不错，虽说不知道这个算不算走运。除了这三艘，特种部队上个月还失踪了四艘飞船，显然奥宾人专拣特种部队下手。”

“为什么？”雅列问。

“不知道，”萨根说，“但斯奇拉德将军决定我们不能坐看船只遭受袭击了。狄拉克，我们要去抓布廷。十二个小时内动身。”

“发疯了吗？”雅列说，“我们只知道他在阿瑞斯特。有整整一颗卫星要找。我们能动用多少舰艇？要进攻的可是奥宾人的母星系啊。”

“我们知道他在阿瑞斯特上的方位，”萨根说，“我们有个瞒过奥宾人抓他的计划。”

“怎么抓？”

“这个我就不能大声说了，”萨根说，“讨论结束，狄拉克。你到底走不走？离袭击开始还有十二个小时。你已经害我浪费时间下来找你，回去就别再害我浪费时间了。”

11

该死，将军，简·萨根心想，她匆忙穿过风筝号，赶往停机舱控制室。别躲着我，专横的兔崽子。她留神没有把念头按特种部队的对话模式发送出去。特种部队成员的思考和说话两者很接近，几乎每个人都有那种“我难道念出声了？”的时刻。但现在脑袋里的念头要是说出声，肯定会惹来不必要的麻烦。

自从收到命令，去凤凰星接回擅离职守的雅列·狄拉克，萨根就开始四处寻找斯奇拉德将军。与命令同时收到的还有一份通知，狄拉克重新归她指挥；另有一组来自罗宾斯上校的保密备忘录，详述最近发生在狄拉克身上的各种事情。他去科维尔空间站走了一趟，记忆突然涌入脑海，他的意识模型现在和查尔斯·布廷的一模一样。除了这些材料，罗宾斯还转发了一份麦特森将军写给斯奇拉德的信，麦特森强烈要求斯奇拉德不要让狄拉克返回现役，建议至少扣留他到人类与奥宾人的本轮对抗结束为止。

萨根觉得麦特森将军是个混账东西，但不得不承认他的话正中要害。指挥狄拉克的时候，萨根始终不太舒服。他是个有本事的好士兵，但他脑袋里还有第二个意识，随时会漏出来污染前一个意识，这一点让萨根很警惕，她还明白狄拉克有可能在执行任务时发疯，连累其他人一块丧命。那天狄拉克在凤凰星空间站的散步区发疯时正在休假，萨根还觉得这算是个胜利呢。直到麦特森跳出来解除了她对狄拉克的责任，她才允许自己对狄拉克产生怜悯情绪，认识到狄拉克从未证实过萨根对他的怀疑。

但当时是当时，萨根心想，现在狄拉克回来了，而且脑子确实不太对劲。他在凤凰星上居然有胆子抗命，萨根费了九牛二虎之力才没动手再给他开个屁眼。他第一次发疯的时候，萨根用眩晕弹制服了他，这次她很想再给他脑门一枪，以此证明她有多么不喜欢布廷传染给他的那个德性。回程搭乘的是信使快船，直接驶入风筝号的停机舱，一路上她甚至没给他好脸色看。斯奇拉德在船上，正在和风筝号的指挥官科里克少校谈话。萨根早些时候从风筝号呼叫在凤凰星空间站的将军，将军没有理会她，此刻既然在同一艘飞船上了，萨根打算去堵将军，该说的话还是非说不可。她一步两级台阶地爬上楼梯，推开控制室的门。

“就知道你要来。”见到她走进房间，斯奇拉德说。将军坐在操纵停机舱的控制台前。操纵停机舱的士兵可以通过脑伴完成所有任务，一般来说也肯定如此，控制台只是后备系统而已。说到这个问题，飞船上的所有控制设备其实都是脑伴的后备系统。

“你当然知道我要来，”萨根说，“你是特种部队的司令官。能通过脑伴信号查到我们每个人的位置。”

“这倒不是，”斯奇拉德说，“只是因为我熟悉你这个人而已。我把狄拉克重新交给你指挥，就根本没指望过你不会来找我麻烦。”斯奇拉德把椅子稍微转了个角度，伸展双腿。“我确定你要来，特地清空了这个房间，方便咱们私下谈谈。结果，你看。”

“允许我自由发言吗？”萨根问。

“请便。”斯奇拉德说。

“你他妈的失心疯了，长官。”萨根说。

斯奇拉德哈哈大笑：“中尉，没想到你会说得这么自由。”

“你和我读过同样的报告，”萨根说，“我知道你明白狄拉克现在有多么像布廷。他们连思考方式都一模一样。但你居然让他参与搜寻布廷的任务。”

“对。”斯奇拉德说。

“天哪！”萨根喊道。特种部队的交谈方式迅速而高效，但实在不适合发表感叹。不过为了强调，萨根还是向斯奇拉德将军发送了一波烦闷和恼怒的情绪，将军默然接受。萨根最后说：“我不想负责指挥他。”

“我不记得问过你要不要负责指挥他。”斯奇拉德说。

“他对我们排的其他士兵是个危险，”萨根说，“对任务也是个危险。你明白我们要是失败意味着什么。我们不需要额外增加的风险。”

“我不同意。”斯奇拉德说。

“老天在上，”萨根说，“为什么？”

“接近朋友，但更要接近敌人。”斯奇拉德说。

“什么？”萨根说。她忽然回想起几个月前和凯南的交谈，当时凯南也说了同样的话。

斯奇拉德重复一遍，然后说：“我们尽最大可能接近了敌人。他就在我们的队伍里，而且不知道自己是敌人。狄拉克认为他是我们的一员，因为据他所知，他确实是。但现在他的思考和行为方式都像我们的敌人，而我们会知道他的每一个念头。这一点极其有用，值得冒险。”

“除非他叛变。”萨根说。

“他要是叛变，你会知道的，”斯奇拉德说，“他融入了你们排，他的行为一旦有悖于你们的利益，你和任务内的其他人都会立刻知道。”

“融合又不是读心术，”萨根说，“我们只在他开始行动之后才知道他的想法，这意味着他可以杀死我的一名士兵或者暴露我们的方位，还可以做许多其他事情。就算融入集体，他还是个危险。”

“中尉，有一点你说对了，”斯奇拉德说，“融合不是读心术——除非你有合适的固件。”

萨根感觉到通信队列里叮咚一声：脑伴升级。她还没来得及接受，数据包就开始自动解压。升级代码迅速传播，大脑电信号模式紊乱了一瞬间，搅得萨根好生难受。

“这他妈是什么？”萨根说。

“读心术升级包，”斯奇拉德说，“一般只有将军和特殊军事调查官才配置，不过我觉得你有这个资格，但仅限这次任务。你一回来我们就去掉，你要是敢告诉别人，我们就打发你去个偏僻荒凉的破地方。”

“我不明白，怎么可能呢？”萨根说。

斯奇拉德做个鬼脸，答道：“你自己想想吧，中尉。想想我们是如何交流的。我们思考，决定要和别人说话了，脑伴就会翻译出来。不管你愿不愿意，我们公开的想法和私下里的念头并没有显著区别。我们要是不能读心，那才叫奇怪呢。脑伴就是干这种事的。”

“但你没有告诉大家。”萨根说。

斯奇拉德耸耸肩：“谁也不想知道他其实没有隐私吧，连自己的脑袋里都一样。”

“所以你能读到我私下里的想法？”萨根说。

“比方说你说我是专横的兔崽子？”斯奇拉德问。

“那个是有上下文的。”萨根说。

“是话就有上下文，”斯奇拉德说，“别担心，中尉。没错，我能读到你的念头。我能读到受我指挥的每一个人的念头。但通常我不会去读。没必要，而且绝大多数时间都是无用信息。”

“但你能读到别人的想法。”萨根说。

“对，可绝大多数人都很无趣，”斯奇拉德说，“我当上特种部队司令官，刚升级的时候，花了几乎一整天听别人的想法。你知道大部分人在大部分时间想什么吗？他们在想，我饿了；或者，我要拉屎；或者，我要跟他上床。然后又回到我饿了。就这么周而复始直到死亡。相信我，中尉，和这种能力共度一天，你对人类心智的复杂性和伟大程度的看法就会不可逆转地大打折扣。”

萨根笑了：“随你怎么说吧。”

“我就这么说了，”斯奇拉德说，“不过，以你而言，这种能力会派上实际用处，因为你能听到狄拉克的想法，感觉到他的个人情绪，但他不会知道他受到了监视。要是他考虑叛变，你会在他动手前知道。你可以在狄拉克杀人或破坏任务前反制他。我认为这足以抵消带上他的风险了。”

“他要起了二心我该怎么办？”萨根问，“他要是成了叛徒？”

“那当然是处决他了，”斯奇拉德说，“一秒钟也别犹豫。但你必须确定，中尉，你知道我能钻进你的脑袋，所以请别心血来潮就崩了他的脑袋。”

“是，将军。”萨根说。

“很好，”斯奇拉德说，“狄拉克在哪儿？”

“他在停机舱，和排里战友在一起作准备工作。上来的路上我把命令告诉了他。”萨根说。

“你现在何不查查他？”斯奇拉德问。

“用我的升级程序？”萨根问。

“对，”斯奇拉德说，“在任务开始前学习一下，任务开始你就没空摆弄了。”

萨根打开新工具，找到狄拉克，开始听他的念头。

“简直是抽风。”雅列心想。

“你说对了。”斯蒂芬·西博格说。雅列离开后，他加入了二排。

“我难道说出声了？”雅列说。

“不，白痴，我会读心术。”西博格说着送来一波好笑的情绪。萨拉·鲍林死后，雅列和西博格之间的问题烟消云散，两人都因为失去萨拉而倍感难过，这种情绪压过了西博格对雅列的嫉妒（或者其他不快）。说他是朋友，雅列或许还会有点犹豫，但两人之间的关系已经趋向友爱，加上融合这个纽带就更加融洽了。

雅列环视停机舱，见到那二十四架跃迁爬犁——也就是迄今为止生产出来的所有爬犁。他望向西博格，西博格爬上一台，正在检查系统。

“我们要拿这东西去攻打一颗星球，”西博格说，“几十个特种部队士兵，各坐一个沙鼠笼子太空旅行。”

“你见过沙鼠笼子？”雅列问。

“当然没有，”西博格说，“我连沙鼠都没见过，但我见过照片，看起来就是这个模样。什么傻逼会去开这种东西啊。”

“我就开过。”雅列说。

“倒是回答了我的问题，”西博格说，“感觉如何？”

“感觉很没遮挡。”雅列说。

“好极了。”西博格说着翻个白眼。

雅列明白他的感受，但也理解这次袭击背后的逻辑。几乎全部有星际航行能力的生物都会使用飞船在真实空间内往来，因此出于必要性考虑，行星际侦测和防御网络的分辨率都限于飞船尺寸的大型物体。环绕阿瑞斯特的奥宾防御系统也不例外。特种部队的飞船会立刻被发现并遭受攻击，而比一个人大不了多少的微型框架结构物体就不会了。

特种部队知道这一点，是因为他们已经六次派出爬犁，悄悄钻过防御网络，刺探阿瑞斯特向外发送的通信信号。正是在最后一次任务中，他们在一道通信光束中听到了查尔斯·布廷的声音，那次通信是在公开频道上，发往奥比诺星，询问补给船只的抵达时间。捕捉到信号的特种部队士兵追踪到源头——阿瑞斯特星一个大型岛屿岸边的科研前哨基地，他耐心等待，直到布廷再次对外联络，他确定了布廷的方位，这才踏上归程。

得知这个消息，雅列打开了录音文件，听他应该要成为的那个人的说话声音。他在威尔逊和凯南播放的录音中听过布廷的声音——和这个文件里的完全相同，虽然更苍老、嘶哑和紧张，但音色和声调不会有错。雅列意识到布廷的声音和他的多么相似，尽管早有心理准备，但还是觉得颇为不安。

我的人生很离奇，雅列心想，抬头看了看，确认这个念头没有漏出去。西博格还在研究爬犁，看样子应该没听见他说话。

雅列穿过那几排爬犁，走向停机舱里的另一个物体：球形，比爬犁稍大。这是特种部队使用的有趣玩意儿，名叫“俘虏舱”，要是有人或物需要运输，但又无法亲自押送，特种部队就会动用这东西。球体中空，能容纳大部分中等体形智慧种族的一名成员，特种部队士兵把运输目标塞进去，封闭舱门，后退，看着俘虏舱的喷射引擎点火，把舱体送上天。喷射引擎一点火，舱内的大功率反重力场就适时打开，否则乘客非得被压扁不可。太空中的特种部队飞船负责收回舱体。

俘虏舱是为布廷准备的。计划很简单，突袭已确认布廷所在的科研前哨站，切断其与外部的通信；抓捕布廷，把他塞进俘虏舱，弹射到跃迁距离之外，风筝号跃迁过来，停留足够收回俘虏舱的时间，然后在奥宾人追击前逃跑。抓走布廷之后，他们将使出老伎俩摧毁科研前哨站，用一颗恰好够大的流星抹去前哨站，流星坠落的地方与前哨站的距离恰到好处，不会引来任何怀疑。这次流星将落在离海岸几英里的地方，掀起海啸消灭前哨站。特种部队研究落石战术已有几十年，他们知道该怎么掩饰成一场意外。要是一切按计划进行，奥宾人甚至不会知道他们遭到了袭击。

在雅列看来，这套计划有两个互相关联的重大缺陷。首先，跃迁爬犁无法着陆，进入阿瑞斯特的大气层就得玩完，就算侥幸活了下来，在大气层中也无法操纵爬犁飞行。执行任务的二排战士将跃迁到阿瑞斯特大气层边缘的真实空间，然后靠近宇宙高空跳伞，飞向地面。二排战士做过这种事情，萨根在珊瑚星战役中试过，算是没有办法的办法；但雅列觉得这是自找麻烦。

突入手段引出了计划中的第二个重大缺陷：任务完成后，二排战士的脱身会不太容易。抓捕布廷成功后，下达给二排的命令听起来很不妙，尽量远离科研前哨站，免得被预定的海啸淹死（任务计划考虑周到，提供了附近的高地分布图，他们在那里应该——应该？——不会被大浪打湿），接着徒步走进无人定居的岛屿内陆躲藏几天，等待特种部队发送俘虏舱救回他们。执行任务的二排士兵有二十四人，需要不止一轮俘虏舱撤离，萨根已经通知雅列说他俩将最后离开阿瑞斯特。

想起萨根的通知，雅列皱起眉头。他知道萨根一直不太喜欢他，也知道这是因为萨根从一开始就知道他的原型是一名叛徒。萨根比雅列更了解他自己。他转调给麦特森的时候，萨根的告别感觉颇为真诚，但自从他在墓地见到萨根和重新受她指挥之后，萨根就似乎特别生他的气，就仿佛他正是布廷本人。一方面，雅列能理解，因为正如凯南所说，比起以前的雅列，他现在确实更像布廷；但在更切实的一方面说，雅列很厌恶被当成敌人。雅列暗自怀疑，萨根要他留到最后是不是方便她神不知鬼不觉地处理掉他。

他把这个念头赶出脑海。萨根有能力杀死他，这一点他很肯定；但除非他给萨根一个理由，否则她是不会杀他的。最好别给她理由，雅列心想。

再说了，他真正担心的并不是萨根，而是布廷本人。任务预计会遇到驻扎科研站的小股奥宾士兵的抵抗，但没有考虑科学家和布廷会不会抵抗。雅列觉得这么想不对。雅列脑海里有着布廷的愤怒，尽管不明白布廷的研究细节，但他知道这个人足智多谋。雅列觉得布廷恐怕不会轻易认输——倒不是说布廷会拿起武器，他明显不是战士，但布廷的大脑就是他的武器。正是布廷的大脑想出办法背叛殖民联盟，导致众人陷入此刻的境地。想当然地以为他们可以进去抓了布廷就走，这可不是好兆头，他几乎确定会遇到出乎意料的情况。

会怎么出乎意料呢？雅列就猜不到了。

“饿不饿？”西博格问雅列，“只要一琢磨任务的疯狂程度，我就特别想吃东西。”

雅列笑道：“你肯定经常饿得难受。”

“特种部队的福利，”西博格说，“和跳过尴尬笨拙的青春期一样。”

“最近在研究青春期？”雅列问。

“是啊，”西博格说，“因为要是运气好，我有朝一日也能活到那个年纪。”

“你刚才还说咱们能跳过尴尬笨拙的青春期呢。”雅列说。

“嗯，等我长到那么大的时候就不尴尬笨拙了，”西博格说，“来吧，今晚吃千层面。”

他们去吃东西了。

萨根睁开眼睛。

“如何？”斯奇拉德问，她倾听雅列心声的时候，斯奇拉德一直在看着她。

“狄拉克担心我们低估了布廷，”萨根说，“担心布廷会以我们没料到的手段发动攻击。”

“很好，”斯奇拉德说，“因为我也这么觉得。所以才要狄拉克参与任务。”

绿意盎然、云雾缭绕的阿瑞斯特占据了雅列的视野，庞大得让雅列吃了一惊。突然跃入大气层的边缘地带，但只有一个碳纤维笼子包裹着身体，这会让你心烦意乱。雅列觉得他要掉下去了——当然，这正是他此刻面对的现实。

够了，他心想，把自己从爬犁里松开。雅列在向着阿瑞斯特的方向找到了另外五名早于他跃迁的战友：萨根、西博格、丹尼尔·哈维、安妮塔·曼利和弗农·魏格纳。他还找到了俘虏舱，不由松了一口气。俘虏舱的质量离五吨限额只差一点，大家稍微有点担心它会重得无法使用迷你跃迁引擎。战友都已经与爬犁分离，此刻正在自由飘浮，缓缓飘离将他们带到这里来的机械蜘蛛。

他们六个人是前锋部队，任务是引导俘虏舱降落，为很快就将赶到的二排其他成员清理出降落区域。布廷所在的岛屿覆盖着茂密的热带丛林，因此降落的难度很大；萨根选择降落的草场距离科研前哨站大约十五公里。

“散开，”萨根对部下说，“穿过最难降落的那段大气层再集合。在我开口前保持通信静默。”

雅列调整姿势，面对阿瑞斯特一头扎了下去，脑伴刚感觉到稀薄大气的推力，就让纳米机器人涌出背包，组成保护性的球体，力场将他安放在内部中央，免得他碰到球面被烧焦。球体不透光，雅列独自悬浮在狭窄而黑暗的小世界里。

此时剩下的只有雅列自己的思绪，他将心思转到奥宾人身上，布廷与之为伍的种族桀骜不驯但又深具魅力。殖民联盟对奥宾人的记录可以追溯回联盟初期，人类与奥宾人就一颗人类定居者命名为卡萨布兰卡的星球发生争执，结果奥宾人以可怕的效率铲除了定居者，负责收复那颗星球的防卫军也同样惨败收场。奥宾人不投降，也不接受战俘。他们如果下定决心要什么，那就会不断努力，直到成功。

要是挡路挡得他们不痛快了，他们会觉得一劳永逸除掉你比较符合他们的利益。制造凤凰星空间站将军食堂钻石穹顶的亚拉人，他们可不是被奥宾人有条不紊地消灭的第一个种族，更不会是最后一个。

不过奥宾人有个好处，就是他们不像其他星级种族那么索求无度。殖民联盟开辟十个殖民地的时间，奥宾人只会开辟一块。另外，虽说碰到了合适的星球，奥宾人会毫不犹豫地从原先主人的手上抢过去，但合适奥宾人的星球却不多。自从卡萨布兰卡之后，奥玛是奥宾人第一次抢夺人类的星球，尽管看情形更像是投机行为（按照推测，他们是从勒雷伊人那里抢走的，而勒雷伊人是靠战斗从人类手上抢走的），而不是真正的扩张行动。奥宾人不愿无缘无故地扩张种族领地，这是防卫军怀疑发动战争另有其人的主要原因之一。但如果是勒雷伊人突袭奥玛又试图纳为己有，殖民联盟肯定会报复并尝试收复失地。勒雷伊人懂游戏规则，不像奥宾人那么清高。

奥宾人还有一点很值得玩味，那就是一般而言，除非你挡了他们的路或者妄图向他们下手，奥宾人对其他智慧种族提不起半点兴趣。他们既不设立大使馆，也没有任何同其他种族交流的官方渠道。就殖民联盟所知，奥宾人从未与任何其他种族签署过条约。奥宾人要是和你开战，你只会在他们朝你射击后才知道。你要是不和奥宾人开战，他们就完全不与你来往。奥宾人没有恐外症，恐外症意味着仇恨其他种族。他们只是无所谓而已。但就是这样的奥宾人，却和另外两个种族结成联盟，共同对抗殖民联盟，这一点让人心惊胆战。

撇开奥宾人与其他智慧种族的关系（或者该说缺乏关系？）不提，尽管殖民防卫军不怎么相信，但各个种族之间确实流传着有关奥宾人的一条流言：奥宾人的智能不是演化的产物，而是另外一个种族赐予他们的。防卫军之所以不相信这条流言，是因为银河系的这块空间内竞争激烈，说哪个种族会费神费力帮助钻木取火的后辈，这个念头实在太荒谬了。防卫军只知道有种族灭绝了所开发星球上的类智能生物——铲除竞争者永远不嫌早，却不知道会有谁反其道而行之。

但这条流言若是属实，那么奥宾人的智能设计者多半是康苏人，附近空间只有他们拥有足以提升一整个物种的尖端科技，再说他们还有这方面的哲学动机，因为康苏人的种族使命就是帮助本地区的其他智慧种族趋向完美（简而言之，康苏人就是榜样）。他们这套理论的缺点在于，康苏人帮助其他种族趋向康苏式完美的手段通常是强迫某个倒霉种族和他们作战，或者逼着两个弱小种族互相争斗，就像康苏人在珊瑚星战役中促使人类对抗勒雷伊人那样。最有能力创造出另一个智慧种族的种族更倾向于直接或间接地毁灭一个智慧种族，这个智能种族可能是因为未能达到康苏人难以预测的高标准而沦为牺牲品。

说康苏人不可能创造奥宾人，难以预测的高标准就是主要理由之一，因为在所有智慧种族中，唯有奥宾人全无文化可言。人类和其他种族对奥宾人进行的为数甚少的外星生物学研究发现，除了纯粹工具性的简单语言和研究技术的能力之外，奥宾人没有任何创造才能，没有适于其任一感官的艺术形式，没有外星生物学家能辨认出的任何文学、宗教和哲学。奥宾人甚至都不怎么有政治，这一点尤其闻所未闻。奥宾社会过于缺乏文化，甚至有撰写奥宾人档案的防卫军人员严肃地提出，奥宾人是否闲聊——究竟有没有闲聊的能力——都很成问题。雅列不是康苏人的专家，但他觉得康苏人如此关注不可言喻之物和末世，应该不会创造一个对两者都毫不在意的种族。要是奥宾人确实来自智能设计，倒反而成了演化具有价值的确凿证据。

包裹着雅列的纳米机器人球体突然分开飞远。强光照得他拼命眨眼，好不容易才适应过来，他开始感知附近的队友。指引能束找到他，高亮标出其他人，对光线敏感的防护服使得他们近乎隐身，俘虏舱也有伪装层。雅列飘向俘虏舱，想去检查俘虏舱的情况。萨根让他退开，自己过去检查。雅列和队友聚拢，但仍旧保持间距，免得妨碍别人打开降落伞。

全班到低无可低的高度才打开降落伞，尽管有伪装，但还是瞒不过有心人的眼睛。俘虏舱的降落伞很大，撑得住相当强的空气阻力变化，噼啪一声巨响，纳米机器人构成的伞罩猛地打开，被空气撕成碎片，紧接着迅速重组。俘虏舱的降速减慢，降落伞撑住了。

雅列扭头望向南方几公里外的科研前哨站，提高头罩的放大倍数，看前哨站有没有什么异常动静，好判断一下他们有没有被发现。他没有看到，魏格纳和哈维证实了他的观点。几秒钟过后，全班降落地面，抱怨着把俘虏舱推进草场边缘的树丛，快手快脚用枝叶盖住。

“大家千万记得咱们把东西藏在哪儿了。”西博格说。

“安静。”萨根说，注意力似乎放在脑子里的什么事情上。“是伦琴呼叫，”她说，“其他人正准备打开降落伞。”她提起MP，“走，咱们确定一下不会发生意外。”

雅列忽然有种特殊的感觉，像是脑袋被戳了一下。

“噢，该死！”雅列说。

萨根扭头看他，说：“怎么了？”

“有麻烦了。”雅列说，这句话才说到半截，雅列就觉得他和全班的融合被猛地切断了。他惊呼一声，抱住脑袋，一种主要感官被强行扯出脑壳的剧痛席卷而来。雅列看见和听见战友纷纷倒地，因为痛苦和晕眩而惨叫呕吐。他跪倒在地，竭力呼吸，跟着一阵干呕。

雅列挣扎起身，跌跌撞撞跑向萨根，萨根跪在地上，正在擦嘴角的呕吐物。他抓住萨根的胳膊，想把萨根拉起来，他说：“快，不能倒下，必须躲起来。”

“他妈——”萨根咳嗽两声，啐了一口，抬头看着雅列，“怎么了？”

“我们被切断了，”雅列说，“我在科维尔空间站遇到过这种事。奥宾人在阻止我们使用脑伴。”

“怎么阻止？”萨根喊叫的声音响得过头。

“不知道。”雅列说。

萨根站起身，东倒西歪，说：“是布廷，是布廷告诉他们的。肯定是他。”

“有可能。”雅列说。萨根轻轻晃动，雅列稳住她的身体，绕到正面对她说，“中尉，我们必须行动。要是奥宾人在阻挡信号，那他们就肯定知道我们来了。他们会来找我们。我们必须集合大家，迅速撤退。”

“还有其他人在下来，”萨根说，“一定要……”她停了下来，挺直腰，像是被冰冷可怕的东西浇了个透心凉。“噢，天哪，”她说，“噢，天哪。”她抬头望向天空。

“怎么了？”雅列也抬起头，寻找空气中的小小涟漪，那是经过伪装的降落伞。他花了一秒钟才意识到天上空空如也，又花了一秒钟才明白这代表着什么。

“噢，天哪！”雅列说。

阿历克斯·伦琴刚开始还以为他不知怎的和战友失去了能束链接。

唉，妈的，他心想，调整姿势，展开四肢，旋转几圈，让能束接收器搜寻战友的位置，让脑伴根据最后一次通信外推计算他们的方位。不需要找到所有人，一个就够，有一个就能重新链接，重新融合。

什么也没有。

伦琴抛开担忧。他有过失去能束链接的经历——只有一次，但一次就绰绰有余了。上次他落地后就恢复了链接，这次仍会那样。再说他也没时间可以浪费了，因为他马上要打开降落伞，为了隐藏行踪，他们的开伞高度必须尽可能地接近地面，因此这是个精细活儿。伦琴请脑伴确定高度，直到这时，他才意识到脑伴和他已经足足有一分钟没有任何联系了。

伦琴花了十秒钟处理这个念头，但大脑拒绝处理。他再次尝试，这次大脑不但拒绝处理，还拼命抗拒，因为大脑知道接受这个念头的后果。他再次尝试访问脑伴，一次再一次，一次又一次，每次都要抵抗住正在以指数增长的惊恐感。他在脑海里喊叫。没人回答。没人听见他的喊叫。他孤独一人。

阿历克斯·伦琴这时已经丧失了大部分理智，在余下的掉落过程中不停地扭动踢打，撕扯天空，用他极少使用的嗓子惨叫，大脑有一小部分游离在现实之外，惊讶于脑壳里回响的这个声音。降落伞没能打开，因为它和伦琴的几乎全部物品和脑内过程一样，也受脑伴控制，靠脑伴激活。脑伴这种设备多年来始终非常可靠，殖民防卫军人员早就不将其视为设备，而是与大脑的其他部分和士兵的躯体一样，当成了天生就有的东西。伦琴的坠落越过了最低开伞高度，他不知道、不在乎也没有感觉到经过生死线意味着什么。

逼得伦琴发疯的并不是因为知道自己大限将至，而是孤独和隔绝，出生六年以来，这是他第一次也是最后一次被切断融合。有融合的时候，他能感觉到本排战友的每个亲密细节，他们怎么作战、怎么交媾、怎么度过活着的每个时刻和死亡的那个时刻。

知道他们辞世时会有自己陪伴，知道自己辞世时会有他们陪伴，这让伦琴非常安心。但现在他们没有在陪伴他，他也没有在陪伴他们。隔绝产生的恐怖，无法在朋友和他迎来相同命运时安慰他们的羞愧，两者陪着他坠向死亡。

阿历克斯·伦琴再次扭动身体，面向即将杀死他的大地，发出被遗弃者的凄惨叫声。

雅列惊恐地望着天空中旋转的灰色小点——它似乎在最后几秒内越飞越快——发现那其实是个不停尖叫的人，随着让人恶心的泼溅响声，那人重重地摔在草场上，紧接着还可怕地弹了一下。这一幕吓得雅列恢复了行动能力。他猛推萨根，叫喊着催促她快跑，自己跑向其他战友，拽起他们，推着他们跑向树林，以免被掉落的躯体砸死。

西博格和哈维已经恢复神志，但只顾呆望天空，看着朋友赴死。雅列猛推哈维，扇了西博格一耳光，叫喊着要他们动起来。魏格纳躺在地上不肯动弹，看样子像是恐慌症发作，雅列拖起他，交给西博格，叫西博格快跑。他伸手去拉曼利，曼利推开他，尖叫着爬向草场。她爬起身，开始奔跑，战友的躯体落在周围，摔得四分五裂。跑出六米，她停下了，蓦然转身，在尖叫中丧失了剩余的理智。雅列转过身，不让自己看见一具躯体砸落在她身边，一条腿飞出来砸中她的肩膀和脖子，碾碎了大动脉和骨头，折断的肋骨插进肺部和心脏。曼利闷哼一声，尖叫戛然而止。

从第一具躯体算起，两分钟内，二排其他的士兵全摔死在了地上。雅列和战友在树林里望着这一幕。

结束以后，雅列转向本班剩下的四个人，查看情况。他们都处于程度不同的惊吓状态，萨根的反应最正常，魏格纳则最迟钝，不过他终于明白了周围正在发生什么。雅列有点犯恶心，除此之外都还好，他有过很长一段切断了融合的时间，现在没有融合也能正常行动。就目前而言，领头的是他。

他转向萨根，说："我们必须移动。进树林，离开这儿。"

"任务——"萨根说。

"不存在任务了，"雅列说，"敌人知道我们在这儿，我们要是留下就必死无疑。"

这几句话似乎打醒了萨根，她说："必须派人回去。搭乘俘虏舱。通知防卫军。"她盯着雅列说，"但你不行。"

"我不行。"雅列赞同道。他知道萨根这么说是出于怀疑，但此刻没空担心这个问题。他不能回去，因为全班只有他还能正常行动。他建议道："你回去。"

"不行。"萨根淡然答道，语气不容置疑。

"那就西博格吧。"雅列说。除了萨根，西博格最接近正常；他可以向防卫军讲述发生了什么，告诉他们作好最坏的准备。

"西博格。"萨根赞同道。

"好的，"雅列转向西博格，"过来，斯蒂芬，我帮你坐进去。"

西博格摇摇晃晃地走过来，搬开盖住俘虏舱的枝叶，他伸手去开门，却忽然停下了。

“怎么了？”雅列说。

“该怎么打开这东西？”西博格说，因为长久不说话而嗓音嘶哑。

“用你的……糟糕。”雅列说。俘虏舱是通过脑伴打开的。

“唉，真他妈的了不起。”西博格怒气冲冲地跌坐在俘虏舱旁边。

雅列走向西博格，突然停下，昂起头。

远处有东西正在接近，而且毫无掩饰踪迹的打算。

“怎么了？”萨根问。

“有人来了，”雅列说，“而且不止一个，奥宾人。他们发现我们了。”

12

他们东躲西藏了半个钟头，终于被奥宾人逼进死角。

要是分头逃跑，将追击的奥宾人引向不同的方向，那就有可能牺牲其他士兵，保护一两个人溜掉。然而，为了弥补融合缺失的问题，他们待在一起，留在彼此的视线之内。刚开始带路的是雅列，萨根拽着魏格纳殿后。跑着跑着，雅列和萨根交换了角色，萨根领着他们跑向北方，远离追击他们的奥宾人。

微弱的呜呜声越来越响，雅列抬起头，透过树冠望见一架奥宾飞行器赶过队伍，向北而去。前面的萨根向右急转，跑向东方，她也听见了飞行器的呜呜声。几分钟后，第二架飞行器出现，追上队伍，降到离树冠仅有十米的高度。随着一阵稀里哗啦的巨响，周围的树枝纷纷爆裂坠地。奥宾人开火了。几颗大口径弹丸打在萨根前方的地面上，她连忙停下脚步。向东跑到此为止，全班转向北方。飞行器掉头飘向他们，他们一旦放慢脚步或者向东向西偏离太远，就奉上一阵弹雨。飞行器并不是在追杀他们，而是在驱赶他们去某个目的地。

十分钟后，他们走进另一块较小的草场，来到了这个目的地，第一架飞行器里的奥宾人正在等待他们。第二架飞行器在身后准备降落，再往后是最初出现的那群奥宾人，雅列他们一直没有甩掉这些家伙，此刻能在树林中见到他们的身影了。

魏格纳还没有完全从失去融合的精神创伤中恢复正常，他挣脱雅列的手，举起MP，显然是决定不能不战而降。他瞄准等在草场上的那群奥宾人，扣动扳机。MP毫无反应。为了防止敌人用MP对付防卫军士兵，MP开火需要脑伴验证，但此刻没有得到验证。魏格纳绝望嘶吼，紧接着一颗子弹击中他的脑袋，打飞了眉骨以上的所有部分。雅列看见一名奥宾士兵垂下武器。

雅列、萨根、哈维和西博格聚成一团，抽出战斗匕首，背靠背地各自面对一个方向。拔刀是个毫无意义的挑衅姿态，他们不认为奥宾人需要走进匕首的攻击范围才能杀死他们。知道他们将死在伙伴的身旁，这还算是个小小的安慰。不是融合，但他们只能指望这么多了。

这时，第二架飞行器已经着陆，从里面走出六个奥宾人，三个携带武器，两个带着其他装备，最后一个空着手。空着手的那个以奥宾人特有的优雅步态晃晃悠悠走向人类，在安全距离之外停下，三个携带武器的奥宾人守在他背后，他不停眨动的复眼似乎对准了离他最近的萨根。

“投降吧。”奥宾人说的是英语，虽说带齿音，但很清晰。

萨根惊讶道："什么？"就她所知，奥宾人从不接受俘虏。

"投降，"奥宾人又说，"否则就死。"

"我们要是投降，你会让我们活下去？"萨根说。

"对。"奥宾人说。

雅列瞥了一眼他右手边的萨根，看见她在考虑对方的要求。雅列觉得这个要求没什么不好，即使投降，奥宾人也还是有可能杀死他们，但不投降就百分之百死路一条。他没有建议萨根接受，他知道萨根不信任他，也不想听他关于任何事情的建议。

"放下武器。"萨根最后说。雅列扔掉匕首，解下MP，其他人也一样。奥宾人逼着他们脱掉背包和腰带，只剩下贴身的防护服。原先那群奥宾人里走出两个，捡起武器和装备返回飞行器。一个奥宾人走到哈维面前，雅列感觉到哈维绷紧了肌肉，估计哈维正在拼命克制踢打对方的冲动。

除掉武器和装备后，奥宾人强迫他们散开，携带设备的奥宾人走过来，在他们每个人面前挥舞那个设备，寻找着什么东西，雅列估计是在找隐藏的武器。两个奥宾人查完另外三个，来到雅列面前，突然停下了检查，其中一个用奥宾语对领头的奥宾人说了句什么，音调柔和婉转。领头的奥宾人带着两个带武器的奥宾人走到雅列面前。

"你跟我们走。"奥宾人说。

雅列望向萨根，想知道她是否希望自己乖乖听话，却没得到任何反应。雅列问："去哪儿？"

领头的奥宾人转身叽叽喳喳说了几句，他背后的一名奥宾人举起枪，瞄准斯蒂芬·西博格的腿开火。西博格惨叫倒地。

领头的奥宾人把视线放回雅列身上，又说了一遍："你跟我们走。"

"我操，狄拉克！"西博格说，"跟他妈的奥宾人走！"雅列出列，奥宾人押着他走向飞行器。

萨根望着雅列出列，有一瞬间考虑是否要扑上去拧断他的脖子，干掉奥宾人和布廷的战利品，确保狄拉克不会得到做蠢事的机会。那一刻转瞬即逝，再说成功的把握实在不大。要是成功了，他们会被悉数处决。现在至少还活着。

领头的奥宾人转向萨根，他认出萨根是这个班的首领。"你留下。"奥宾人说完一跳一跳地走开，没有给萨根开口的机会。她上前一步，想和越走越远的奥宾人说话，但另外三个奥宾人举枪逼近。萨根举起双手退开，但奥宾人继续向前走，示意萨根和其他人行动起来。

她转向还躺在地上的西博格，问："腿怎么样？"

"防护服挡住了大部分力道，"他指的是防护服硬化和吸收枪弹冲击力的能力，"不算太糟糕，我能活下去。"

"能走路吗？"萨根问。

"只要你别逼我享受走路的乐趣就行。"西博格答道。

"那就走吧，"萨根伸手拽起西博格，"哈维，带上魏格纳。”丹尼尔·哈维走到死去的战友身前，用消防员的姿势背起尸体。

奥宾人赶着他们走进略微偏离草场中央一点的洼地，一小丛树木说明底下的岩床已被侵蚀。他们走进洼地，萨根听见一架飞行器离开的呜呜声，接着是另一架飞行器降落的声音。来者比前两架更大，落在洼地附近，从腹部的舱门里滚出几台一模一样的机器。

“这他妈是什么？”哈维说着放下魏格纳的尸体。萨根没有吭声，望着机器——共有八台——绕着洼地自行就位。与机器同来的奥宾人爬上机器顶部，掀开金属盖板，露出发射钢矛的多管巨炮。掀开所有盖板之后，奥宾人激活了钢矛炮；险恶的钢矛炮缓缓启动，开始追踪物体。

“防护栏，”萨根说，“把咱们困在这儿。”萨根尝试朝一台钢矛炮走了一步，钢矛炮转向她，开始追踪她的动作。她又向前走了一步，钢矛炮发出刺耳的高频尖啸，萨根估计这是越界警告，估计再走一步的下场至少是被打断一条腿，不过她没有冒险验证这个猜想。她从钢矛炮前退开，钢矛炮关闭警铃，但直到萨根又退了几步才停止她的追踪动作。

“他们早就准备好这些东西了，”哈维说，“好得很。你觉得可能性大吗？”

萨根望着那些钢矛炮，说：“实在不大。”

“怎么说？”哈维说。

“这些东西来自科研前哨站，”萨根指着钢矛炮说，“肯定是的。附近没有其他建筑物，而科研前哨站通常不会配备这种东西。他们用这些东西关押过别人。”

“哦，好吧，”西博格说，“关押过谁？为什么呢？”

“特种部队失踪了六艘飞船，”萨根没提被奥宾人袭击并摧毁的那一艘，“机组人员总得有个去处，说不定就被带到这儿来了。”

“但还是没有回答为什么的问题。”西博格说。

萨根耸耸肩，她自己也没想明白这一点。

飞行器起飞的声音响彻四周。引擎的轰鸣声渐渐远去，附近只剩下了大自然的环境声响。

“好得很。”哈维说，他朝钢矛炮扔了块石头，钢矛炮追踪石头的飞行轨迹，但没有开火。“把我们扔在这儿，没有吃的喝的，没有东西防风遮雨。你觉得奥宾人会不会从此再也不来了？”

萨根觉得这个可能性确实非常大。

“这么说，你就是我了，”查尔斯·布廷对雅列说，“有意思，还以为我会更高些呢。”

雅列没有说话。一进科研前哨站，他就被关进容槽，上了锁，被推着穿过几条空旷的走廊，最后来到他估计是实验室的地方，这里满是陌生的仪器。

雅列被扔在那儿躺了几个钟头，布廷这才走进房间，大踏步走到容槽前查看雅列的身体，就仿佛他是一只很有意思的大虫子。雅列希望布廷能凑到近处，好赏他一记头槌，可惜未能如愿。

“那是开玩笑。”布廷对雅列说。

“我知道，”雅列说，“可惜不好笑。”

“唉，”布廷说，“最近缺乏练习，你应该已经注意到了，奥宾人不怎么爱说俏皮话。”

“注意到了。”雅列说。来科研前哨站的这一路上，奥宾人都完全沉默。领头的奥宾人只对雅列说过四个字：落地后的“出去”和打开便携容槽时的“进去”。

“这就只能怪康苏人了，”布廷说，“制造奥宾人的时候，他们估计忘了放幽默模块，当然，还忘了放很多其他东西。”

雅列不由自主地（也可能是因为脑袋里布廷的记忆和人格）集中了精神，他问：“这么说是真的了？康苏人提升了奥宾人。”

“你想叫提升就叫提升吧，”布廷说，“但‘提升’这个词天生就有提升者意图良好的含义，不过在这儿却看不见证据。就我从奥宾人这儿听说的，康苏人某天心血来潮，想要是将智能赐予某个物种会发生什么，于是来到奥比诺，找到一种位于低等生态位的杂食动物，给了他们智力。明白吗？只是想看看会发生什么而已。”

“发生了什么呢？”雅列问。

"各种出乎意料的后果接踵而至，我的朋友，"布廷说，"最后嘛，暂时是你和我都来到了这间实验室。一条直线，连接了开端和此刻。"

"我不明白。"雅列说。

"你当然不明白，"布廷说，"你没有掌握全部的数据，我在来这里之前也没有那些数据，所以就算你知道我当时知道的全部事情，也不会知道这一点。你知道我知道的多少事情？"

雅列没有答话。布廷笑道："总之够多的了。看得出你和我有一部分相同兴趣。提到康苏人，我看见你竖起了耳朵。也许咱们该从比较简单的事情开始。比方说，你叫什么？你算是我的克隆体，和你说话却不知道怎么称呼你让我有点心烦。"

"雅列·狄拉克。"雅列说。

"啊哈，"布廷说，"对啊，特种部队的命名规则。名字随便挑一个，姓氏是著名科学家。我曾经给特种部队做过事情——当然，是间接的，因为你们不喜欢特种部队之外的人跑来碍事。你们管我们叫什么来着？"

"真生人。"雅列说。

"对，"布廷说，"你们喜欢和真生人保持距离。总而言之，特种部队的命名规则总让我想笑。可选的姓氏委实有限，几百个而已，大部分都是搞经典科学的欧洲科学家。名字就更别提了！雅列、布莱德、辛西娅、约翰、简。"他用愉悦的嘲讽语气说出这些名字，"就没几个西方之外的科学家，而且根本没道理嘛，特种部队和防卫军的其他人不一样，又不是从地球招募来的。你要是叫优素福·艾尔-比鲁尼其实也没有区别。特种部队使用的姓名集合体现了特种部队和你的创造者的观点。你说呢？”

“我喜欢我的名字，查尔斯。”雅列说。

“说得好，”布廷说，“但我的姓名来自家族传承，而你的只是随意搭配而来罢了。倒不是说‘狄拉克’这个名字有什么不好。狄拉克肯定来自保罗·狄拉克。听说过‘狄拉克之海’吗？”

“没有。”雅列说。

“狄拉克认为真空实际上是负能量的广阔海洋，”布廷说，“多么美丽的图景。当时有些物理学家觉得这个假说非常牵强——也许确实如此，但很有诗意，他们并不能欣赏。不过他们毕竟是物理学家，没法强求他们满怀诗意。奥宾人是了不起的物理学家，但他们内心的诗意还不如一只小鸡。他们绝对不懂得欣赏狄拉克之海。你感觉如何？”

“被捆得难受，”雅列说，“而且需要撒尿。”

“那就尿呗，”布廷说，“我不介意。容槽有自我清洁能力。再说我相信你的防护服能通过毛细作用带走尿液。”

“那得用脑伴指挥才做得到。”雅列说。不和使用者的脑伴沟通，防护服纤维内的纳米机器人只有最基础的防护能力，比方说在受到冲击时硬化，以防使用者在失去知觉或脑伴受损时受伤。排走汗水和尿液之类的次级功能则设定为非必要的。

“啊哈，”布廷说，“那好吧，看我帮你一把。”布廷走到一张试验台前，揿下台上的某个物体。塞在雅列脑壳里的厚棉絮突然消失，脑伴恢复了功能。雅列没有理会撒尿的生理需要，拼命想和简·萨根取得联系。

布廷笑眯眯地望着雅列，看着雅列在脑海里挣扎了一分钟，然后说：“没用的。这个天线能干扰十米范围内的信号。你可以在实验室里使用脑伴，但仅止于此，你的朋友们仍旧受到阻塞。你联系不上他们，联系不上任何人。”

“你不可能阻塞脑伴。”雅列说。脑伴通过一组多频信号冗余传输加密的信息流，每次传输使用的频率各自不同，变化模式由两个脑伴联系时生成的一次性秘钥决定。阻塞其中任何一个信息流都不可能，阻塞全部就更是闻所未闻了。

布廷走到天线前，再次揿下按钮；棉絮又回到了雅列的脑海里。“你说什么？”布廷说。雅列按捺住尖叫的冲动。过了一分钟，布廷重新打开天线。“一般而言，你说得对，”布廷说，“脑伴最新的通信协议是我监督研究的。我帮助设计了整套机制。你说得完全正确。你不可能阻塞通信信息流，除非用高能信号源压过所有可能存在的通信，包括自己的。

“但我不是这么阻塞脑伴信号的，”布廷说，“你知道什么是‘后门’吗？程序员或设计师会在复杂的程序或设计中留下一条方便通道，免得非要经过重重关卡才能抵达内核，这就是后门。我在脑伴系统里留了个后门，只能用我的验证信号打开。设计后门是为了让我在最后一次原型迭代时监控脑伴的功能，但同时也允许我在发现故障时微调系统以屏蔽某些特定的功能，其中就包括关闭信号传输模块。原始设计里没有这个，所以除了我谁也不知道它的存在。”

布廷停下来打量雅列，说：“但你应该知道后门啊。也许你不会想到可以当作武器使用，因为我在来这里之前也没想到，但如果你是我，就应该知道后门。说真的，你到底知道什么？”

“你怎么知道有我这个人？”雅列想引开话题，“你知道我就是你，但你是怎么知道的？”

“这就说来话长了，”布廷咬了雅列的诱饵，“我们决定将后门用作武器之后，我重新编写了武器的代码——几乎就是后门的代码，没有比这更简单的事情了。这意味着它能检查受其影响的脑伴的功能状况，结果证明非常有用，原因数不胜数，其中有一点是让我们知道每次要应付多少士兵，还允许我们看到每个士兵的意识快照——结果证明这个也很有用。

“你最近去过科维尔空间站，对不对？”

雅列没有吭声。布廷恼怒道：“哎呀，别装了。我知道你去过。别弄得像是你在泄露国家机密似的。”

“对，”雅列说，“我去过科维尔空间站。”

“谢谢配合，”布廷说，“我们知道奥玛有防卫军士兵，也知道他们进过科维尔空间站。我们在空间站放置了侦测装置，扫描脑伴里的后门，但警报从未被触发。你们在那儿的士兵肯定配备了结构不同的脑伴。”布廷望着雅列，等他作出反应，但雅列毫无反应，布廷继续道，“可是，你却触动了警铃，因为你拥有我设计的脑伴。拿到采集得来的意识信号，你能想象我有多惊讶吧？我很熟悉自己的意识图案，因为我用自己的意识模型做了许多试验。我通知奥宾人说我在找你，我们反正在搜集特种部队的士兵，所以对他们来说没什么难的。说实话，他们应该在科维尔空间站试着抓过你。”

“他们在科维尔空间站试图杀了我。”雅列说。

“抱歉，”布廷说，“哪怕是奥宾人，太投入了也难免兴奋过头。不过那次以后我就通知他们要先扫描再开枪了，这下你心安了吧？”

“谢谢，”雅列说，“今天对我的战友很有意义，他脑袋吃了一枪。”

“讽刺！”布廷说，“绝大多数特种部队士兵怎么都学不会。你是从我身上得到这一手的。如我所说，奥宾人有时候也会兴奋过头。我不但让奥宾人在外面找你，还说他们要作好受到袭击的准备，因为要是有个特种部队士兵带着我的意识跑来跑去，摸到这里来就只是个时间问题了。你们应该不会冒险发动大规模攻击，但多半会鬼鬼祟祟做点什么——事实果然如此。我们一直在监听这类袭击，监听你的信号。你刚着陆，我们就开动系统，切断了脑伴。”

雅列想起排里战友从天上坠落的情形，非常难受。他说：“王八蛋，你应该等他们全部着陆的。只要阻塞了脑伴信号，他们就变得毫无抵抗能力。你知道的。”

“才不是毫无抵抗能力呢，”布廷反驳道，“就算不能用MP，你们还有匕首和格斗技巧。切断脑伴信号会让你们大部分人恐慌症发作，但有些人仍旧能反抗。你就是例子，尽管你比绝大多数人都更有准备。你如果有我的记忆，就该知道没有链接是什么感觉。即使如此，六个人着陆也还是太多了，我们只需要你一个人而已。”

“为什么？”雅列问。

“到时候你自然知道。”查尔斯·布廷说。

“如果你只需要我，那么打算拿我们班的战友怎么办？”雅列问。

“我可以告诉你，但我觉得你已经引得我离题太久了，对吧？”布廷笑着说，“我想知道你对我有什么了解，对成为我有什么感觉，还有你知不知道我在这里的计划。”

“既然我在你面前，你就已经知道我们很了解你了，”雅列说，“你的存在不再是秘密。”

“请允许我说这一点让我非常赞赏，”布廷说，“我以为我把行踪掩盖得相当完美了。没有格式化储存意识模型的存储设备，这个怪我不好。我急着离开，你明白的，但这毕竟不是理由。怪我愚蠢。”

“我不同意。”雅列说。

“这就是你的不对了，”布廷说，“因为要是没有那东西，你就不可能出现在这儿了——这话明里暗里都说得通。我很赞赏的是他们居然把意识传送进了一颗大脑，就连我在离开前也没想到该怎么做。是谁研究出来的？”

“哈利·威尔逊。”雅列说。

“哈利！”布廷叫道，“人不错，不过不知道他有这么聪明。他掩饰得很好。当然啦，他接手之前，我已经做完了大部分工作。回到你说的事情上，殖民联盟知道我在这儿，嗯，确实是个问题。但同时也是个很有意思的机会。机会嘛，总是人创造的。好吧，言归正传，咱们就别东拉西扯了，我要告诉你，你怎么回答将决定你剩下的那几名战友的生死。听懂了吗？”

“听懂了。”雅列说。

“很好，”布廷说，“哪，告诉我，你都知道我的哪些情况。你怎么会知道我的工作？”

“只知道个大概，”雅列说，“细节我难以理解。我没有足够相似的经历，让那部分记忆扎根。”

“有没有相似的经历至关重要，”布廷说，“有意思。这就能解释你为何不知道后门了。我的政治观点呢？我对殖民联盟和防卫军的看法呢？”

“我猜你不喜欢他们。”雅列说。

“猜得不错，”布廷说，“但听起来，你对我这方面的想法没有第一手的资料。”

“没有。”雅列说。

“因为你缺乏这方面的经历，对吧？”布廷说，“你毕竟是特种部队的士兵。他们在训练课上可不会教你质疑权威。我的个人经历呢？”

“我记得大部分，”雅列说，“这方面我有足够的经历。”

“所以你知道佐伊。”布廷思忖道。

听见女孩的名字，雅列感觉到一阵情感悸动。“我知道她。”他的声音稍微有点沙哑。

布廷听出了这一点。“你也感觉到了，”他凑近雅列，“对不对？知道他们通知说她死了的时候，我有什么感觉。”

“我感觉到了。”雅列说。

“可怜虫，”布廷轻声说，“被制造出来，为了一个素不相识的孩子感觉痛苦。”

“我认识她，”雅列说，“我通过你认识她的。”

“我明白了。”布廷说，走到一张试验台前。“我被出卖了，雅列，”他恢复镇静，继续道，“你足够像我，所以相当有意思。”

“意思是说你会放过我的战友？”雅列问。

“暂时，”布廷说，“只要你好好配合。他们被枪炮困住了，要是胆敢走近到三米之内，子弹就会把他们打成肉酱，所以没必要杀他们。”

“我呢？”雅列说。

“你嘛，我的朋友，要接受全面而彻底的大脑扫描，”布廷看着桌面，双手操作键盘，“实话实说，我要记录下你的意识，仔细查看一番。我想知道你到底有多像我。你似乎缺少了许多细节，而且还需要克服特种部队的洗脑。不过，就重要的地方而言，我估计咱们挺像的。”

“我知道有一个方面咱们完全不同。”雅列说。

“是吗？”布廷说，“说说看。”

“我不会因为死了女儿就背叛全人类。”雅列说。

布廷若有所思地盯着雅列看了一分钟，最后说：“你真的以为我是因为佐伊死在科维尔而做这件事的？”

“是的，”雅列说，“而且我不认为应该用这种办法纪念她。”

“不认为，对吗？”布廷说着转过身，揿下键盘上的一个按钮。雅列的容槽隆隆开动，他觉得大脑像是被钳住了。

“我正在记录你的意识，”布廷说，“放松。”他走出房间，随手关上门。雅列觉得大脑被越钳越紧，根本放松不下来，只好闭上眼睛。

过了几分钟，雅列听见门打开又关上的声音。他睁开眼睛。布廷回来了，站在门口问雅列：“意识记录的滋味如何？”

“他妈的疼死人。”雅列说。

“这个副作用很糟糕，”布廷说，“我也不清楚为什么会这样，有空得研究一下。”

“非常感谢。”雅列咬牙切齿道。

布廷笑着说：“又是讽刺。”他继续道，“不过我带了减轻痛苦的礼物给你。”

“不管是什么，我要双份。”雅列说。

“我看一个就足够了。”布廷说，他拉开门：佐伊站在走廊里。

13

布廷说得对。雅列的痛楚不翼而飞。

“宝贝儿，”布廷对佐伊说，“给你介绍一位我的朋友。这是雅列。请向他问好。”

“你好，雅列先生。”佐伊用柔弱而犹豫的声音说。

“嗨，”雅列不敢说得太多，他害怕自己会语不成声，连忙收拾起心神，“你好，佐伊。很高兴认识你。”

“佐伊，你不记得雅列了，”布廷说，“但他记得你。我们在凤凰星的时候他就认识你了。”

“他认识妈咪吗？”佐伊问。

“他肯定认识妈咪，”布廷说，“谁不认识妈咪啊？”

“他为什么在那个箱子里？”佐伊问。

“他在帮爹地做个小实验，没什么。”布廷说。

“做完试验他能来和我玩吗？”佐伊说。

“到时候看，”布廷说，“现在和他说再见吧，亲爱的。他和爹地还有很多工作要忙。”

佐伊转向雅列说：“再见，雅列先生。”她回到走廊里，大概是回住处去了。雅列抻着脖子目送她离开，听着她的脚步声。布廷关上门。

“你明白你不可能去陪她玩的，”布廷说，“只是佐伊在这儿很孤单。我请奥宾人在一个小型人类殖民地上空放了颗卫星，盗录娱乐节目哄她开心，免得她怀念殖民联盟富有教育意义的节目带来的欢乐。不过她在这儿没有玩伴。虽说有个奥宾人保姆，但保姆只能保证她别从楼梯上摔下来。只有我陪着她。”

“告诉我，”雅列说，“她怎么可能还活着？奥宾人屠杀了科维尔空间站上的每个人。”

“奥宾人救了佐伊，”布廷说，“袭击科维尔空间站和奥玛的是勒雷伊人，不是奥宾人。勒雷伊人是为了报复殖民联盟在珊瑚星击败他们。他们根本不想要奥玛，只是挑了个最容易攻打的目标。奥宾人发现了他们的计划，算好时间，在袭击的第一阶段结束后赶到，勒雷伊人还没从和人类的战斗中恢复过来。他们把勒雷伊人赶出科维尔，开始搜索空间站，发现平民都被塞进了一间会议室关押起来。勒雷伊人杀死了全部军人和科学家，因为他们经过改造的躯体不好吃，但殖民者嘛——嗯，他们就不错。要是奥宾人没有选择那个时间点突袭，勒雷伊人已经屠杀并吃掉他们了。”

“其他平民呢？”雅列问。

"呃，当然是被奥宾人杀掉了呗，"布廷说，"你知道的，奥宾人不接收俘虏。"

"但你说他们救了佐伊？"雅列问。

布廷笑了笑。"搜查空间站的时候，奥宾人在科学实验室转了一圈，看有没有值得窃取的好点子，"他说，"奥宾人是了不起的科学家，但不怎么有创造力。他们能改良从各处找到的点子和技术，但不擅长开创思路。科学空间站正是他们对奥玛有兴趣的原因。他们发现了我在意识方面的研究，起了兴趣。他们发现我本人不在空间站，但佐伊在，于是扣下她，开始找我。"

"他们用她勒索你。"雅列说。

"不，"布廷说，"更像个善意的邀请，是我向他们提出了许多要求。"

"佐伊在他们手上，你还向他们提要求？"雅列说。

"正是如此。"布廷说。

"比方说？"雅列问。

"比方说这场战争。"布廷答道。

简·萨根摸近第八门也是最后一门钢矛炮。它和另外几门钢矛炮一样，也开始追踪她。她继续接近，它发出警报。她知道要是进入三米范围，钢矛炮就会开火。萨根捡起一块石头，径直扔向钢矛炮，石块击中目标，毫无损伤地弹开，钢矛炮的控制系统跟踪了石块，但没有加以处理。钢矛炮能分辨石块和人。了不起的工程成就，萨根心想，但不怎么厚道。

她捡起一块更大的石头，走到安全地带边缘，把石块扔向钢矛炮右侧。钢矛炮追踪石块，右手边的另外一门钢矛炮瞄准了她。这些钢矛炮在分享瞄准数据，她没法靠转移某一门的注意力逃跑。

他们所在的洼地很浅，萨根能顺着边上望出去，根据她的观察，附近地区没有奥宾士兵。他们要么躲了起来，要么相信人类哪儿也去不了。

“逮住了！”

萨根转过身，看见丹尼尔·哈维走了过来，他手里抓着什么正在蠕动的东西。哈维说：“看谁找到晚餐了。”

“那是什么？”萨根问。

“我他妈怎么知道？”哈维说，“我看见它钻出地面，赶在它爬回去之前逮住了它。居然还敢反抗。我不得不抓住它的脑袋，免得被它咬伤。我看咱们可以吃它。”

这时候西博格也一瘸一拐地走了过来，他端详着那东西说：“我才不吃呢。”

“随便，”哈维说，“你饿死好了。中尉和我一人一半。”

“我们没法吃，”萨根说，“这儿的动物不匹配我们的消化系统，估计和吃石头的效果差不多。”

哈维看着萨根，像是她刚在他脑袋上拉了一泡屎。“好吧。”他说，俯身想放走那东西。

“等一等，”萨根说，“我要你扔出去。”

“什么？”哈维说。

“把那东西扔向钢矛炮，”萨根说，“我想看它们会怎么处理活物。”

“用不着这么残忍吧。”哈维说。

“刚才你还想吃那鬼东西呢，”西博格说，“现在却担心残忍不残忍了？”

“闭嘴。”哈维说，他抬起胳膊，准备把那东西扔出去。

“哈维，”萨根说，“别直接朝炮口扔，谢谢。”

哈维忽然意识到根据轨迹向回追踪原理，抛射物会直接回到他身上。“抱歉，”他说，“犯傻了。”

“往高处扔，”萨根说，“越高越好。”哈维耸耸肩，把那东西抛向高处，那东西划着弧线飞离他们，在半空中蠕动着。钢矛炮尽可能抬高炮口追踪那东西，仰角大约五十度。炮身旋转，那东西刚回到射程内，炮口发射出一阵细密的钢针，钢针接触到那东西的身体就开始膨胀，把那东西打得稀烂。不到半秒钟，那东西就变成了一团血雾，另有两三块碎肉掉在地上。

“好得很，”哈维说，“现在我们知道这些武器很管用，而且我还在饿肚子。”

“有意思。”萨根说。

“我饿肚子有意思？”哈维说。

“不，哈维，”萨根恼怒道，“我现在才不关心你的肚子呢。有意思的是炮筒只能抬高到一定角度，这是地面压制武器。”

“所以呢？”哈维说，“我们就在地面上啊。”

“树木，”西博格忽然说，“狗娘养的。”

“有想法了，西博格？”萨根问。

“训练的时候，狄拉克和我从树上溜过去偷袭敌方，赢了一场战争游戏，”他说，“他们以为我们会从地面发动攻击，一直没想到要抬头看，于是被我们摸到了头顶上。我险些从树上掉下去摔死。不过这点子很管用。”

三个人扭头望向洼地内的树木——不是真正的树木，而是阿瑞斯特的树木对应物——细长的大型植物，向天空伸展数米。

“快说，咱们是不是都有同一个疯到家的念头，”哈维说，“我可不希望只有我一个人想到了。”

“来，”萨根说，“看看咱们能用这些树木做什么。”

“太疯狂了，”雅列说，“奥宾人不可能因为你的请求开战。”

“真的吗？”布廷说，讥讽的笑容爬上面庞，“你知道这个，是因为你对奥宾人有第一手的深入了解？因为你研究过许多年这个问题？因为你的博士论文是写奥宾人的？”

“没有哪个种族会因为你求他们开战就开战，”雅列说，“奥宾人不会为了除他们之外的任何人做任何事情。”

"他们现在也没有啊，"布廷说，"这场战争当然有目的——他们要我能给予他们的一件东西。"

"那是什么？"雅列问。

"我能给予他们灵魂。"布廷说。

"我不懂。"雅列说。

"因为你不了解奥宾人，"布廷说，"奥宾人是被创造出来的种族，康苏人制造他们只是想知道会发生什么。与传言相反的是，康苏人并不完美，他们也会犯错。他们制造奥宾人的时候犯了个大错。他们赋予奥宾人智慧，但无法给予奥宾人意识——他们没有这个能力。"

"奥宾人当然有意识，"雅列说，"他们有社会，会交流；有记忆，会思考。"

"那又怎样？"布廷说，"白蚁有社会，每个物种都能交流，不需要有智能也可以记忆——你脑袋里的电脑记得住你做的每一件事情，但那东西从根本上说不比石头更聪明。说到思考，思考难道需要你的内省吗？完全不需要。你可以制造出一个有星航能力的种族，但他们不比原生动物更懂得内省，奥宾人就是活生生的例子。奥宾人能共同意识到种族的存在，但成员不具备所谓的'人格'。没有自我，没有'我'。"

"说不通啊。"雅列说。

"为什么？"布廷说，"自我意识的标志物是什么？奥宾人有吗？狄拉克，奥宾人没有艺术，没有音乐、文学和视觉艺术。

他们能从知性上理解艺术这个概念，但不懂如何欣赏艺术。他们的交流仅限于彼此告知事实，去哪儿，山那边有什么，他们要杀多少人。他们不会撒谎。他们并没有限制撒谎的道德禁制——说起来，他们压根儿没有限制任何事的道德禁制——但他们无法编造谎言，就像你我无法凭借意念举起物体。我们的大脑没有这种构造，他们的大脑没有那种构造。每个人都会撒谎——每个有意识、需要维护自我形象的人都会撒谎，但他们不会撒谎。他们是完美的。”

“无法意识到自我的存在，我不觉得这个叫‘完美’。”雅列说。

“他们是完美的，”布廷坚持道，“他们不会撒谎。他们在他们的社会结构之内完美地彼此合作，按照预定方式解决挑战和分歧，从不背后伤人。他们是道德完美的，因为他们的道德是绝对的，是用编码写好的。他们没有虚荣心和野心，甚至没有性虚荣。他们全都是雌雄同体，交换遗传信息就像你我握手一样平常。他们也没有恐惧。”

“所有生物都有恐惧，”雅列说，“连没有意识的动物也有恐惧。”

“不，”布廷说，“生物只是生存本能，看似恐惧，但并不是一码事。恐惧是逃避死亡和痛苦的欲望，深植于你对自我有可能不复存在的认知之中。恐惧是和存在相关的。奥宾人无论怎么说都没有自我存在，所以他们从不投降，也不接受俘虏，所以殖民联盟害怕他们，明白了吗？因为你无法让他们害怕。多么了不起的优势啊！这个优势太伟大了，要是再让我负责制造人类士兵，我肯定会建议剥夺他们的意识。”

雅列不由颤抖。布廷注意到了，他说：“别傻了，狄拉克。你不会想说拥有意识对你来说有多么值得高兴吧？意识让你知道，他们制造你是为了某个目标，而不仅仅是赋予你存在；意识让你知道，你的记忆其实并不是自己的东西；意识让你明白，你的存在目标只是杀死殖民联盟要你去杀的人和东西。你是有自我的武器而已，没有自我反而更快活。”

“放什么狗屁！”雅列说。

布廷笑着答道：“哈，说得好。我恐怕也不会想要失去意识。既然按理说你就是我，所以我一点也不奇怪你有相同的感觉。”

“奥宾人要是这么完美，还需要你干什么？”雅列说。

“当然是因为他们不觉得自己有多完美，”布廷说，“他们知道他们缺少意识，尽管对他们个人无关紧要，但对种族来说就至关重要了。他们见到了我对意识的研究工作——主要集中在意识传送方面，但也有我早期关于完整记录和储存意识的笔记。他们认为我能提供他们所渴望的东西——非常想要的东西。”

“你给了他们意识？”雅列问。

“还没有，”布廷说，“但已经很接近了，足够让他们比以前更加渴望它。”

“‘渴望’，”雅列重复道，“对一个缺乏情感能力的种族，这种情绪够强烈的。”

“知道‘奥宾’是什么意思吗？”布廷问，“在这个字眼还没有被用来指代他们的种族之前，奥宾语里的‘奥宾’是什么意思，知道吗？”

“不知道。”雅列说。

“意思是‘缺乏’，”布廷昂起头，沉思道，“不觉得很有意思吗？追溯绝大多数智慧种族的自我称谓的语源，总会得到这个种族的成员的某种变体——因为每个种族都从各自的小小母星起步，相信他们就是宇宙的绝对中心。但奥宾人不一样。他们从一开始就知道他们的身份，用来描述自己的词语说明他们知道他们缺乏其他智慧种族都拥有的某样东西。他们缺乏的是意识。这是他们拥有的唯一一个描述性名词。哦，还有奥比诺，意思是缺乏者的家园。除此之外的所有词汇都干巴巴的。阿瑞斯特的意思是第三颗卫星。‘奥宾’这个名字很了不起，想象一下，要是每个种族都能用他们最严重的缺陷给自己命名，那该多好啊。我们可以管我们的种族叫‘傲慢’。”

“他们怎么知道缺乏意识对他们有影响呢？”雅列问。

“夏娃怎么知道吃智慧树的果实对她有影响呢？”布廷说，“不该有影响，但确实有。夏娃是可以被诱惑的，假如你相信上帝全知全能，就明白这说明上帝存心诱惑夏娃犯错。要我说，这个把戏怎么看怎么下作。奥宾人没有理由要渴望情感能力，对他们来说没有好处，但他们还是想要。我认为康苏人并没有搞砸，失手创造了一个没有自我的智慧种族，而是存心把奥宾人造成这个样子，设置他们渴望他们无法拥有的某件东西。”

“为什么？”

“康苏人做事需要什么理由？”布廷说，“你是附近最发达的种族，做事没必要向我们这些钻木取火的野蛮人解释理由。咱们就这么说吧，他们相当于神祇，而奥宾人则是没有情感能力的倒霉蛋亚当和夏娃。”

“所以你是那条毒蛇。”雅列说。

听见雅列用比喻反唇相讥，布廷不禁笑了。他说：“也许是吧。也许满足了奥宾人的心愿，我就会把他们赶出没有自我的天堂。不过那是他们需要处理的问题，而我从中得到了我想要的东西。我会得到我的战争，终结殖民联盟。”

三个人望着的那棵“树”高约十米，直径约一米。树干遍布褶皱，能将雨水导入内部。每隔三米，较大的褶皱长出环形枝蔓和细枝，随着高度上升，直径越来越小。萨根、西博格和哈维望着这棵树随风飘舞。

“风这么小，树都能摇成这样。”萨根说。

“上面的风也许很大。”哈维说。

“就算大也大不到哪儿去，”萨根说，“只有十米高。”

“也许是空心的，”西博格说，“就像凤凰星上的树木。狄拉克和我那次耍花招的时候，必须格外小心脚下的凤凰星树木。有些小枝杈撑不住我们的体重。”

萨根点点头。她走到树前，把体重挂在一条较小的褶皱上，褶皱撑住了一小段时间，这才被萨根折断。她再次抬起头，边观察边思考。

“打算爬树玩儿，中尉？”哈维问。萨根没有回答，抓住褶皱爬了上去，尽量平均分配重量，不让任何一条褶皱过度受力。向上爬了三分之二，到树干逐渐变细的地方，她感觉到树木开始弯曲，体重正在压弯树干。四分之三，树干明显弯曲。萨根等着听见树木折断或劈裂，但什么也没等到，只有褶皱互相摩擦的瑟瑟声音。这些树的韧性很强，萨根估计它们见识过不少大风，阿瑞斯特是颗海洋星球，大得可怕的飓风时常扫过相对而言小得微不足道的陆地。

“哈维，”萨根说，她稍微前后移动，保持树木的平衡，“你觉得树干像不像会折断的样子？”

“底部看着挺好。”哈维说。

萨根望向离她最近的钢矛炮，问：“你觉得这棵树和那门炮有多远？”

哈维猜到了她打算干什么。“对你想做的事情来说，中尉，还不够远。”

萨根不太确定，说：“哈维，把魏格纳带过来。”

“什么？”哈维说。

“把魏格纳带过来，”萨根说，“我要做实验。”哈维不敢相信地看了她一会儿，然后跺着脚去搬魏格纳的尸体了。萨根低头看着西博格，问：“你感觉如何？”

“腿很疼，”西博格说，“头更疼。总觉得缺了什么。”

“融合，”萨根说，“离了融合很难集中精神。”

“我倒是能集中精神，”西博格说，“只是总集中在我缺了多少东西上。”

“你能行的。”萨根说。西博格“哼”了一声。

几分钟后，哈维用消防员扛人的姿势带着魏格纳回来了。“让我猜一猜，”哈维说，“你要我把他递给你。”

“对，谢谢。”萨根说。

“好的，该死，有何不可？”哈维说，“没有比扛着死尸爬树更轻松的了。”

“你能行的。”西博格说。

“只要你们别让我分神就行。”哈维嘟囔道。他调整一下魏格纳的位置，开始爬树，把他和魏格纳的体重加到树上。树干吱嘎作响，弯曲得愈加厉害，哈维只能一点一点慢慢爬，一边保持平衡，一边又不能丢掉魏格纳。等他爬到萨根身边，树干已经弯曲到了近九十度。

“现在呢？”哈维说。

“能把他放在咱们中间吗？”萨根说。哈维嘟囔着小心翼翼地卸下魏格纳，转动自己的身体，把魏格纳靠在树干上。他抬头看着萨根，说，“有句话我非说不可，这么糟蹋他可不地道。”

“他在帮助我们，”萨根说，“还有更糟糕的事情呢。”她小心翼翼地把一条腿跨过树干，哈维在反方向依样而行。“数到三。”萨根说，数到三，两人同时从离地五米处跳下树。

那棵树摆脱了两个人的分量，垂直向上反弹，紧接着荡向对面，魏格纳的尸体被抛离树干，划着弧线飞向钢矛炮。这次发射不太成功，魏格纳在发射前最后一刻从树干上滑了下来，没能借到所有力量，他在上天前就失去了重心。弧线把魏格纳带到离他最近的钢矛炮前方，他刚落入射程，就被炸得粉身碎骨，变成一堆肉块和内脏掉在地上。

“我的天。”西博格说。

萨根扭头问西博格：“你那条腿能爬树吗？”

“可以，”西博格说，“不过我可不着急那么找死。”

“你不会的，”萨根说，“我去。”

“你看见了魏格纳的下场，对吧？”哈维问。

“看见了，”萨根说，“他是尸体，无法控制抛射轨迹；再说他比我重，压树的又是你和我。我体重更轻、活着、你俩体重更大。我应该能飞过钢矛炮。”

“你要是错了，就会变成肉酱。”哈维说。

“至少死得痛快。”萨根说。

“也对，”哈维说，“但很狼狈。”

“我说，等我死了，你有的是时间慢慢评论，”萨根说，

“现在嘛，咱们一起爬树吧。”

几分钟后，西博格和哈维站在了萨根左右两边，萨根蹲在弯曲的树干上，尽量保持平衡。

“有遗言吗？”哈维问。

“哈维，我一直觉得你是个他妈的讨厌鬼。”萨根说。

哈维笑着答道：“我也爱你，中尉。”他朝西博格点点头。“跳。”他说，两人跳了下去。

树木嗖地扬起，萨根调整位置，顶住加速度，保持姿势。树干荡到头，萨根双脚一蹬，把自己的力量也加在弹力上。萨根在难以企及的高度飞行，她觉得避开钢矛炮是轻而易举的事情，钢矛炮追踪着她，但无法开火。炮管跟着她移动，直到她飞出周界，落向界外的草场。她只来得及想“这会很疼”，就团起身砸在了地上。防护服瞬间硬化，吸收了部分冲击力，但萨根觉得至少撞裂了一根肋骨。硬化的防护服让她滚得比预计的更远。她终于停下，躺在高秆草的草丛中，努力回想该怎么呼吸。恢复正常所花的时间比预料中多了好几分钟。

萨根听见哈维和西博格在远处对她喊叫。她还听见另一个方向传来低沉的嗡嗡声，音调越来越尖厉。她还是躺在草丛里，调整姿势，想看那是什么。

那是两个奥宾人驾着小型武装飞行器，正在径直朝她飞来。

“你首先必须理解，殖民联盟是邪恶的。”布廷对雅列说。

雅列的头疼带着三倍的力量回来了，他很想再次见到佐伊。“我不明白。”他说。

“唉，你当然不理解。”布廷说，“你顶多几岁大，一辈子都在按照别人的吩咐做事。你几乎没有自己作过选择，对不对？”

“这番话我已经听见过了。”雅列想起了凯南。

“是特种部队的什么人说的？”布廷的惊讶不似做假。

“是个勒雷伊囚犯，”雅列说，“叫凯南，说见过你一次。”

布廷皱起眉头，答道：“这个名字很陌生，我最近见过很多勒雷伊人和艾尼沙人，印象都比较模糊。不过勒雷伊人对你这么说倒是合情合理。他们觉得特种部队这个概念在道德上异常骇人听闻。”

“对，我知道，”雅列说，“他说我是奴隶。”

“你当然是奴隶！”布廷兴奋起来，“至少也是契约奴仆，受困于你无法控制的服役期限。对，他们说你们是为了拯救人类而生，用融合把你和一个排的战友绑在一起，就这么让你们感觉良好。但说到底，这些只是控制你们的手段。你一岁大，顶多两岁。你对宇宙能有什么了解？你知道的就是他们告诉你的——宇宙充满敌意，人类永远遭受袭击。可是，如果我说殖民联盟说的那些都是错的，你会怎么想呢？”

“不可能是错的，”雅列说，“宇宙充满敌意，我见识过足够多的战斗，明白这一点。”

“但你见识的全都是战斗啊，”布廷说，“除了按照殖民联盟的旨意去屠杀，你还去过哪儿？宇宙对殖民联盟来说充满敌意，这一点倒是没说错，但充满敌意是有原因的，殖民联盟对宇宙充满敌意。自从人类进入宇宙之后，几乎遇到哪个种族都要打仗。虽说殖民联盟觉得某几个种族有利用价值，可以充当盟友或贸易伙伴，但数量少得可以忽略不计。狄拉克，在殖民联盟的跃迁视界内，我们知道有六百零三个智慧种族的存在。你知道联盟将其中多少个视为威胁，允许防卫军先发制人地任意袭击吗？五百七十七个！你对你知道的百分之九十六的智慧种族抱有敌意，这就不是愚蠢的问题了，而是种族自杀。”

“其他种族也在互相征战，”雅列说，“又不是只有殖民联盟喜欢打仗。”

“对，”布廷说，“每个种族都有要竞争和开战的对象，但其他种族不会遇到谁都要打仗。在被人类逼着结盟之前，勒雷伊人和艾尼沙人是多年的敌人，天晓得，说不定以后还会再翻脸。但没有一个种族将其他种族视为永久性的威胁。谁也不这么做，除了殖民联盟。狄拉克，听说过高端密会吗？”

“没有。”雅列说。

“高端密会是本银河系几百个种族共同召开的大型会议，”布廷说，“二十多年前召开的，旨在制定本地区具有实际效力的政府框架结构，希望能系统性地分配新殖民地，而不是让各个种族争夺战利品和抵挡企图夺走战利品的敌人，从而终结抢夺地盘的无谓冲突。大家会组建多种族部队，攻击用武力强占殖民地的任何人，借此巩固这个体系。不是每个种族都签字认可协议，但拒绝派代表参加会议的种族却只有两个。一个是康苏人，因为他们没这个必要；另一个就是殖民联盟。”

“你难道指望我相信这种屁话？”雅列说。

“我什么都不指望你，”布廷说，“因为你屁也不知道。防卫军的普通士兵根本不知道这件事。殖民者显然也都不知道。殖民联盟拥有所有的飞船、跃迁无人机和通信卫星，在空间站处理所有贸易和少得可怜的外交事务。殖民联盟是信息流通的瓶颈，他们决定殖民地该知道什么，不该知道什么。不单是殖民地，还有地球。妈的，地球的情况最糟糕。”

“为什么？”雅列问。

“因为地球在过去两百年间被逼成了社交白痴，”布廷说，“狄拉克，殖民联盟在地球牧养人类，用富国补充兵源，用穷国充当殖民种子库。殖民联盟实在太喜欢这个安排了，甚至在尽力遏制地球的社会演变。他们不希望地球发生变化，免得搞乱士兵和殖民者的生产计划，所以他们把地球与其他人类隔绝开，不让地球上的人类知道他们被完美地控制在了停滞状态。他们制造出一种疾病——他们称之为‘去势病’——告诉地球人说这是外星传染病，以此借口隔离了地球。他们让这种病每隔一两代就发作一次，只是为了巩固这个借口。”

“我遇到过地球来的人，”雅列想起了克劳德中尉，“他们又不傻，要是被迫困在原始状态，他们会发现的。”

“哦，殖民联盟每隔几年就会允许他们发明一两样东西，让他们以为自己还在发展曲线上，但都不是真正有用的东西，”布廷说，“这次是新电脑，下次是音乐播放器，再下次是器官移植。偶尔允许大家为土地打打仗，免得人们失去活力；但另一方面，地球的社会和政治结构与两百年前毫无区别，他们居然认为这是因为达到了真正的稳定点。另外，他们活到七十五岁就会老死！太荒谬了。殖民联盟把地球管得实在太好，地球甚至都没有意识到他们受到了管理。彻底被蒙在鼓里。所有殖民地也都被蒙在鼓里。没人知道实情。”

“除了你。”雅列说。

“我参与制造士兵，狄拉克，”布廷说，“他们必须让我知道情况。我拥有最高密级，直到我干掉自己的克隆体为止，所以我知道高端密会的事情，所以我知道要是不消灭殖民联盟，人类就会被连根拔起。”

“我们目前似乎还活得不错。”雅列说。

“这是因为殖民联盟占了混乱的便宜，”布廷说，“一旦高端密会通过最终协议——也就是明后年的事情——殖民联盟就无法继续建造殖民地了。高端密会将把人类踢出他们企图占领的任何一颗行星，殖民联盟也无法再去强占别人的殖民地了。人类将受到制约，要是有其他种族想抢夺人类的行星，谁会去阻止他们？高端密会不保护不参与协商的种族。人类将被缓慢但坚决地赶回母星——要是到最后还回得去的话。”

“除非开战。”雅列并没有掩饰他的怀疑。

“正是如此，”布廷说，“问题不在于人类，而是殖民联盟。除掉殖民联盟，除掉现在这个牧养人民、为了一己私利愚弄人民的政府，用真正致力于服务人民的政府取代，加入高端密会，通过分配得到新殖民地的合理份额。”

“而且在你的领导之下，对吧？”雅列说。

“在理清条理之前，对。”布廷说。

“但要去掉你的行动盟友勒雷伊和艾尼沙将要夺走的那些星球。”雅列说。

“毕竟无利不起早嘛。”布廷说。

“还有奥宾人占领地球。”雅列说。

“那是为了我，”布廷说，“个人要求。”

“倒是不错。”雅列说。

“你还是低估了奥宾人对意识的渴求程度。”布廷说。

“我还更希望你是在为佐伊复仇呢。”雅列说。

布廷后退一步，像是挨了一耳光，他凑近雅列，咬牙切齿地说道：“你知道失去佐伊对我意味着什么，你知道的。让我告诉你一些你似乎不知道的吧。从勒雷伊人手中夺回珊瑚星之后，军事情报局预测到勒雷伊人将发动反击，列出了五个最危险的目标。奥玛和科维尔空间站就在最顶上，知道防卫军是怎么处理的吗？”

“不知道。”雅列说。

“什么也没做，”布廷啐道，“就因为防卫军在珊瑚星战役后被摊薄了兵力，某位将军认为他非常想从罗布人手中抢夺一个殖民星球。换句话说，占领新地盘比保护既有产业更重要。他们知道会遭受袭击，但什么也没做。在奥宾人联络我之前，我只知道我的女儿之所以会死，都是因为殖民联盟没有履行应尽的义务：保卫自己人民的生命，保卫我女儿的生命。相信我，狄拉克，这一切都是为了佐伊。”

“你的战争要是没能按照计划展开呢？”雅列轻声问，“奥宾人仍旧想要意识，但没有东西可给你。”

布廷笑着说：“你暗示的是我们已经失去了勒雷伊和艾尼沙这两个盟友吧？”雅列没能掩饰住惊讶。“对，我们当然知道。不得不承认，我还担心了好几天呢。不过现在我们有办法让事情回到轨道上了，单凭奥宾人就能拿下殖民联盟。”

“你恐怕不会告诉我是什么办法吧？”雅列说。

“我很愿意告诉你，”布廷说，“那就是你。”

萨根在地上抓挠，寻找能充当武器的东西。手指握住了什么结实的东西，她使劲一拔——只是一块泥巴。

唉，去他妈的，她心想，一跃而起，把泥巴块扔向恰好驶过的悬浮车。泥巴块砸在第二个奥宾人的脑袋上，他向后坐在第一个奥宾人身上，第一个奥宾人没有准备，身子一歪，从鞍座上掉了下来，四仰八叉地落在地上。

萨根一眨眼就从草丛里扑到了那个奥宾人身上。头晕目眩的奥宾人举枪想瞄准萨根，萨根向旁边一让，抓住武器夺过来，顺手砸在奥宾人身上。奥宾人尖叫一声，倒地不起。

悬浮车在远处掉头，准备冲向萨根。萨根看了看手里的武器，想知道能不能在悬浮车回来之前搞明白怎么用，随即放弃了这个念头。她抓住地上的奥宾人，一拳打在对方脖子上，免得它恢复战斗力，她在奥宾人身上寻找利器，发现奥宾人腰间挂着像是战斗匕首的东西——形状和重心都很不趁手，但现在别无选择。

悬浮车已经完全转过身，正在扑向萨根。她看见炮管旋转，准备开火。萨根握着匕首俯身，另一只手拉起地上的奥宾人，闷哼一声，把奥宾人扔向悬浮车和炮口。针雨打得奥宾人在半空中手舞足蹈，萨根躲在他背后，跳到一旁，但尽量接近悬浮车，在驾驶者经过的那一瞬间挥起匕首。她感觉到胳膊被猛扯一下，自己转了大半圈，倒在地上，而匕首插进了奥宾人的身体。她在地上躺了几分钟，晕头转向，全身剧痛。

她好不容易爬起来，看见悬浮车在几百米外空转。奥宾人还坐在上面，脑袋耷拉着，只靠一小块皮肤连在脖子上。萨根把奥宾人推下悬浮车，收缴了武器和给养，擦掉座位上的血迹，花了几分钟研究怎么使用。她开着悬浮车掉头，飞向防护圈。悬浮车轻而易举地越过钢矛炮屏障，萨根在火力范围外降落，停在哈维和西博格面前。

“你看着很糟糕。”哈维说。

“感觉更糟糕，”萨根说，“好了，你是想搭车离开，还是再跟我继续磨嘴皮？”

“那要看情况了，”哈维说，“去哪儿？”

“我们有任务，”萨根说，“咱们还是去完成任务吧。”

“那是，”哈维说，“咱们三个人，赤手空拳干掉几十个奥宾士兵，袭击一个科研前哨站。”

萨根拿起奥宾人的武器递给哈维，说：“现在你有武器了，只是你得学会怎么用。”

“好得很。”哈维说着接过武器。

“你觉得奥宾人要过多久才会意识到他们丢了一架悬浮车？”西博格问。

“一秒钟都不需要，”萨根说，“来吧，咱们行动。”

“你的意识似乎记录完了。”布廷对雅列说，转向他的桌面显示器。布廷还没开口，雅列就已经知道了，因为夹住大脑的老虎钳刚在半秒钟之前松开。“你说能让你回归袭击殖民联盟正轨的是我？什么意思？”雅列问，“我不可能帮助你。”

“为什么？”布廷说，“你难道不想把人类从慢速窒息中拯救出来？”

“就这么说吧，你的讲演没能完全说服我。”雅列答道。

布廷耸耸肩，说：“看来只能这样了。既然你是我——或者说是我的副本——我还希望你能理解我的思维方式呢。可到头来，无论你拥有多少我的记忆和个性，毕竟还是另外一个人，对吧？不过，只是暂时而已。”

“这话又是什么意思？”雅列说。

“我会说到的，”布廷说，“但请允许我先给你讲个故事——能澄清一些事情。许多年前，奥宾人和一个叫亚拉的种族因为地盘起了争执。表面上看，亚拉和奥宾军力相当，但亚拉军队是由克隆人组成的。这意味着他们会受到同样的基因武器的伤害，奥宾人设计出一种病毒，这种病毒有一段潜伏期，时间长得足够让病毒传播开，然后融化倒霉的亚拉人宿主的肉体。亚拉军队被完全抹去，接着亚拉人也是一样。”

“多么美好的故事。”雅列说。

“别急，还没到高潮呢，”布廷说，“不久以前，我开始思考怎么用类似的办法对付殖民防卫军，但说起来容易做起来难。首先，殖民防卫军的军用躯体对疾病几乎完全免疫，智能血不允许病原体的存在；其次，防卫军和特种部队的躯体其实并不是克隆躯体，所以就算能感染他们，也不会得到类似亚拉人的效果。可紧接着，我想到每一具防卫军躯体里都有一件完全相同的东西，而我非常熟悉这件东西。”

“脑伴。”雅列说。

“对，脑伴，”布廷答道，“我可以制造出一种针对脑伴的缓释病毒，这种病毒将在脑伴里扎根，每次有防卫军成员互相交流就复制出去，潜伏到我选择的某日某时发作。它会导致由脑伴调节的所有身体系统发生紊乱，拥有脑伴的所有人瞬间死去，人类的全部星球都将对征服者敞开大门。快捷简单，没有痛苦。

“但有个问题，我无法把病毒传进去。我设置的后门仅限于诊疗使用。我能读出特定系统的指数，能关闭这些系统，但设计时没有考虑到上传代码。要上传代码，我需要有人接受代码，扮演携带者的角色。于是奥宾人就开始寻找志愿者。”

“特种部队的那些飞船。”雅列说。

“我们觉得特种部队士兵若是被封锁了脑伴，会变得更加脆弱。你们从未离开过它，而防卫军的普通士兵离了它还能发挥功能。结果证明这个猜测很正确。你们到后来也还是能恢复，但起初的震惊阶段给了我们充裕的时间进行研究。我们把那些士兵带到这里来，尝试说服他们担任携带者。刚开始好言好语，后来威逼利诱。可惜谁也不肯屈服，倒是都很遵守纪律。”

“他们都在哪儿？”雅列问。

“死了，”布廷说，“奥宾人的劝说手段比较有强迫性。唉，我应该改造一下的。有几个活了下来，我还在用他们研究意识。他们还活着，不过是作为广口瓶里的大脑活着。”

雅列一阵恶心，他说：“操你妈的，布廷。”

“谁叫他们不肯当志愿者。”布廷说。

“他们让你失望了，我很高兴，”雅列说，“我自己也会这么做。”

“我不这么认为，”布廷说，“狄拉克，你和他们都不一样，因为他们的脑袋里都没有我的大脑和意识，而你有。”

“就算有你的大脑和意识，我也不是你，”雅列说，“你自己说过。”

“我说过你暂时还是另外一个人，”布廷说，“我想你恐怕不知道，要是我把这儿的意识——”布廷敲敲他的太阳穴，“放进你的脑袋里会发生什么，对吧？”

雅列想起他与凯南和哈利·威尔逊的谈话，他们曾建议把记录下的布廷意识叠加到他本人的意识之上，不禁浑身冰凉。“会抹掉我现在的这个意识。”

“对。”布廷说。

“你要杀死我。”雅列说。

“唉，对。”布廷说，“不过我刚录制了一份你的意识，因为我需要微调我本人的传输过程。那是五分钟之前的你，所以你只能算是半死。”

“狗娘养的。”雅列说。

“等我把我的意识传送进你的躯体，我将亲自担任病毒的携带者。病毒当然不会感染我，但其他所有人都会尝到它的厉害。接下来，我要干掉你的战友，带着佐伊坐上俘虏舱——你们真是贴心，连这个都准备好了——返回殖民联盟的空域。我会告诉他们说查尔斯·布廷已经死了，奥宾人暂时偃旗息鼓，等脑伴病毒发作再发动攻击，强迫殖民联盟投降。事情就是这样，你和我将拯救人类。”

“别拉我下水，”雅列说，“我跟这事毫无关系。”

“真的吗？”布廷笑了，“听着，狄拉克，殖民联盟不会认为是我给他们画上了句号。到时候我早就死了，他们眼中只看得到你。唉，亲爱的朋友，你不可能置身事外。你没有选择。”

14

“这个计划我越想就越是不喜欢。”哈维对萨根说。他俩和西博格趴在包围科研前哨站的树林边缘。

“那就别多想了。”萨根说。

“这对你来说比较容易，哈维。”西博格说，他想活跃气氛，却没能成功。

萨根低头看着西博格的腿，问：“你真能行？你瘸得更厉害了。”

“我没事，”西博格说，“我才不会像坨屎似的坐在这儿，看着你俩去完成任务。”

“我不是这个意思，”萨根说，“我是说你和哈维可以交换角色。”

“我真的没事，”西博格坚持道，“再说我要是抢了哈维的饭碗，他会杀人的。”

“太他妈对了，”哈维说，“老子就擅长杀人。”

“腿很疼，但我能走能跑，”西博格说，“我不会有事的，不过现在咱们别坐着光说不练了。腿上的肌肉都快打结了。”

萨根点点头，扭头望向科研前哨站。这是一组最简朴的建筑物，北端是奥宾人的营房，紧凑得难以置信；奥宾人大概不想要也不需要任何隐私。和人类一样，奥宾人就餐时也聚在一起，许多人去营房旁边的食堂吃饭。哈维的任务是在那里闹出些动静，吸引奥宾人的注意力，让科研前哨站各处的奥宾人向他聚集。

南端有个宽敞的棚屋，里面是供能系统和稳压器。奥宾人使用的能源大体而言是巨型电池，靠和基地有段距离的风车组持续充能。西博格的任务是想办法切断供电，他必须就地取材，完成任务。

南北两端之间是科研前哨站本身。切断供电后，萨根将摸进去，找到布廷，带着他出来，塞进俘虏舱，有必要的话就揍得他不省人事。要是遇到狄拉克，她需要迅速判断狄拉克还能不能派上用场，还是跟着前身一起变成了叛徒。假如是后者，她就必须干净利落地杀死他。

萨根估计她无论如何都必须杀死狄拉克，她不认为自己有时间判断狄拉克值不值得信任，也没有升级后的脑伴帮她读取狄拉克的思想。萨根花了半秒钟嘲笑自己的读心能力，号称超级秘密武器，在真正需要的时候却根本用不上。萨根不想被迫杀死狄拉克，但她不认为自己在这件事上有其他选择。也许他已经死了，萨根心想，那就省了许多麻烦。

萨根推开这个念头，她不喜欢刚才这条思路暴露出的性格特点。要是真能遇到狄拉克，到时候再烦恼不迟吧。这会儿他们三个人要操心的事情已经够多了。说到底，最重要的是把布廷塞进俘虏舱。

我们有个优势，萨根心想，我们都不指望自己能活下来，所以我们有得选。

“准备好了？”萨根问。

“准备好了。”西博格说。

“妈的，好了。”哈维说。

“那就动手吧，”萨根说，“哈维，你先上。”

雅列打了个瞌睡，醒来时发现佐伊盯着他，他露出笑容，说：“哈啰，佐伊。”

“哈啰，”佐伊皱着眉头说，“我不记得你的名字了。”

“我叫雅列。”他说。

“噢，对，”佐伊说，“哈啰，雅列先生。”

“哈啰，亲爱的，”雅列说，再次发现自己很难保持声音的平稳。他低头看着佐伊手里的毛绒动物，问，“那是小象塞莱斯特吗？”

佐伊点点头，举起来让他看。“嗯哼，”她说，“以前还有个巴巴，不过弄丢了。你知道巴巴吗？”

“知道，”雅列说，“我记得还见过你的巴巴呢。”

“我想我的巴巴，”佐伊轻声细气地说，不过马上又有了精神，“但后来爸爸回来了，给我带来了塞莱斯特。”

“他走了多久？”雅列问。

佐伊耸耸肩，说：“很久。他说他有事情要先处理，但他说他会派奥宾人保护我，照顾我。”

“奥宾人在照顾你吗？”雅列说。

“应该是吧，”她说着耸耸肩，压低声音，“我不喜欢奥宾人，他们好无聊。”

“看得出，”雅列说，“很抱歉，佐伊，你和你爸爸要分隔那么久。我知道他非常爱你。”

“我知道，”佐伊说，“我也爱他。我爱爸爸和妈妈，爱爷爷奶奶外公外婆——可惜我没见过他们——还爱我在科维尔的朋友。我想念他们。你说他们想念我吗？”

“肯定想念。”雅列说，尽量不去想她的朋友们的命运。他望向佐伊，发现佐伊噘起了嘴。“怎么啦，宝贝儿？”他问。

“爸爸说我要和你回凤凰星，”佐伊说，“他说你会陪着我，好让他完成这儿的工作。”

“你爸爸和我谈过这件事了，”雅列小心翼翼地说，“你不想回去？”

“我想和爸爸一起回去，”她哀怨地说，“我不想让他留在这儿。”

“他不会和你分开太久的，”雅列说，“只是来带你回家的飞船特别小，只容得下你和我两个人。”

“你可以留下啊。”佐伊说。

雅列笑着说：“我也想啊，亲爱的。等你爸爸的时候，咱们可以找好多乐子，我保证。等咱们回到凤凰星空间站，你有什么特别想做的事情吗？”

“我要买糖吃，”佐伊说，“这儿没有糖。爸爸说奥宾人不造糖。他试着给我做过一次。”

“怎么样？”雅列问。

“难吃死了，”佐伊说，“我想吃硬糖球、奶油糖、棒棒糖和软糖豆。我喜欢黑色的软糖豆。”

“我记得，”雅列说，“第一次看见你的时候，你就在吃黑色软糖豆。”

“那是什么时候？”佐伊问。

“很久以前了，亲爱的，”雅列说，“但我记得很清楚，就像昨天。等咱们回去了，你要多少糖我就给你买多少。”

“不能太多，”佐伊说，“会胃疼的。”

“太对了，”雅列说，“可不能害你胃疼，胃疼很不好。”

佐伊仰头对雅列一笑，他的心都要碎了。“你好傻，雅列先生。”她说。

“哦，”雅列笑着答道，“我努力。”

“好啦，我要走了，”佐伊说，“爸爸在打盹，他不知道我在这儿。我回去叫醒他，因为我饿了。”

“快去吧，佐伊，”雅列说，“谢谢你来看我，佐伊。很高兴见到你。”

“好的，”佐伊转身离开，边走边挥手，“再见，雅列先生！回头见。”

“回头见。”雅列知道他再也见不到她了。

“爱你！”佐伊用孩子的随意语气喊道。

“也爱你。”雅列用父亲的口吻轻声说。听见隔壁走廊的门关上，他这才撕心裂肺地放出一口憋了好久的气。

雅列望着实验室，视线扫过布廷带来传送意识的控制台，在布廷推进房间的第二部容槽上稍作停留——布廷将躺进那个容槽，把意识送进雅列的躯体，抹杀雅列的存在，就仿佛雅列只是个占位符，放在躯体里等真正的主人回归。

雅列转念一想，实情难道不是这样吗？这具躯体本就是为布廷准备的，制造它就是为了这个。雅列之所以会存在，只是因为布廷的意识刚开始拒绝驻留，必须被诱骗出来，分享雅列这个保姆创造出的思维空间。更加讽刺的是，现在布廷想全盘接收，想把雅列彻底踢出去。该死，雅列疯狂地想着。我刚把这颗大脑配置成我喜欢的样子！他哈哈大笑，听见自己的笑声颤抖而怪异。他想镇定下来，用一次又一次的呼吸让自己恢复理智。

雅列听见布廷在脑海里描述殖民联盟的罪过，听见凯南（他在这些事上非常信任凯南）在回应这些指责。他回顾自己在特种部队里的过往，他们打着“为了人类安全”旗号在宇宙里做的事情。殖民联盟确实掌握着每一条通信线路，指挥着每一次行动，严格控制人类社会的各方各面，坚决而残酷地攻击他们知道的几乎所有种族。

要是宇宙真的像殖民联盟说的那么饱含敌意，也许如此严格的控制是正当的，否则就无法抢占地盘，满足种族发展的需要，为人类在宇宙中争得一席之地。但假如宇宙并非如此，鼓励殖民联盟连年征战的不是外部竞争，而是内部的疑心病和恐外症，那么雅列知道殖民联盟正领着他和他在特种部队内外认识的每一个人以各种方式走向人类的慢性死亡，而布廷向他保证说这就是事实。假如真是这样，他早该拒绝参战。

可是，雅列心想，布廷并不可靠。布廷声称殖民联盟是邪恶的，但他自己也选择要做邪恶的事情。他引导三个种族——其中两个还交恶多年——联合袭击殖民联盟，使得数以百万计的人类和数以十亿计的其他智慧生物面临战争的威胁。他用特种部队士兵做实验，杀害士兵。他还计划用脑伴病毒杀死所有的特种部队和防卫军士兵，考虑到殖民防卫军的人数和特别构造，这和种族灭绝有什么区别？殖民防卫军被消灭后，人类殖民地和地球将丧失抵抗力，无法阻止其他种族将人类的殖民地据为己有。奥宾人就算愿意，也挡不住其他种族的哄抢，而奥宾人追求的并不是土地，而是意识。

雅列意识到，缺少保护的殖民者必死无疑。人类殖民地将被摧毁，殖民者无处可去。银河系这个区域内的种族生性不喜欢和别人共享土地。地球及其数十亿人口将会幸免，你很难不打一仗就赶走几十亿人口。人口稀少、生态压力较小的殖民星球更有吸引力。但要是有谁决定袭击地球，而殖民联盟确实为其一己私利而阻碍了地球的发展，那么地球就将无力抵抗——能活下来，但损伤会很大。

难道布廷会看不到这一点？雅列问自己。也许他看到了，但宁可相信事情不会朝那个方向发展。也许他根本没考虑过行动的后果。奥宾人联络他的时候，也许布廷只看到了这个种族的绝望——他们想要他能给他们的一件东西，愿意为之付出任何代价。布廷要他们拿月亮来换，却没想到拿到月亮后该怎么办。也许布廷根本没想到奥宾人真会去打他想要的那场战争。

各种念头交织之下，雅列担心佐伊担心得要死。如果布廷兵败身死，她会遇到什么命运？如果布廷侥幸成功，她又会怎样？雅列很内疚，因为几十亿条性命的轨迹即将被改变或终结，而他却那么担心一个小女孩的命运，但他就是忍不住。他竭尽全力寻找一条能让佐伊活过重重劫难的道路。

必须作出的抉择让雅列无所适从，可供参考的信息如水流过，能做到的事情实在太少，他丧失了全部勇气。他觉得全世界只有他最不该为了这些事情苦恼，但此刻他无能为力。他闭上眼睛，考虑着他面前的选择。

一小时后，布廷领着一个奥宾人走进房间，雅列睁开眼睛。布廷说：“你醒着。”

“是的。”雅列说。

“该传送意识了，”布廷说，“我已经设置好程序，模拟运行了几次，看样子会很成功。没必要继续拖延了。”

“看来我没法阻止你杀死我了。”雅列轻松道。

布廷犹豫起来，雅列马上看了出来，先前提到杀人也让布廷有点不安。很好，雅列心想。

“说到这个，”布廷说，“需要的话，开始传送之前，我可以运行指令让你入睡。你不会有任何感觉。我建议你接受。看你愿不愿意了。”

“你似乎并不愿意。”雅列说。

“根据模拟结果来看，这样会提高传送的难度，”布廷说，“如果你也是清醒的，传送会更加保险。”

“那就算了，我还是宁可醒着，”雅列说，“我可不想增加你的难度。”

“听着，狄拉克，”布廷说，“这么做无关个人恩怨。你必须明白，你提供了一条干净利落解决问题的途径，尽可能减少各方的牺牲。我很抱歉，你不得不死，否则就会死更多的人。”

“你要用病毒杀死所有殖民防卫军战士，我怎么不觉得这是在尽可能减少各方的牺牲呢？”雅列说。

布廷转身吩咐奥宾人开始准备，奥宾人走向控制台，忙碌起来。

“告诉我，”雅列说，“你杀死殖民防卫军的所有士兵之后，谁来保护人类殖民地？人类将没有任何防护力量，因为全都死在了你手上。”

“奥宾人将在短时间内保护他们，”布廷说，“直到人类建立新的防卫力量。”

“你确定吗？”雅列说，“等你给了奥宾人意识，他们凭什么还要听你使唤？还是你打算暂且扣下，等他们满足你的下一个要求再说？”

布廷瞥了房间里的奥宾人一眼，然后面对雅列说：“我不会扣下任何东西，他们愿意配合，是因为他们答应过。”

“你愿意拿佐伊的生命赌博？”雅列问，“这就是你正在做的事情。”

“别用女儿教训我。”布廷怒道，转过身去。雅列悲伤地颤抖起来，思考着他正在作出的选择。

奥宾人朝布廷点点头：到时候了。布廷再次望向雅列，问：“开始之前你还有什么要说的？”

“还是留到以后吧。”雅列答道。

布廷张开嘴，想问这是什么意思，但还没等他说话，前哨站外就突然响起了嘈杂的声音，听起来像是超大口径的枪械在猛烈射击。

哈维就是为这种鸟事而活的。

接近前哨站的时候，他只担心萨根中尉会使出她深思熟虑、有条不紊的标志性步法，偷偷摸摸，逼着他踮着脚尖像狗屁间谍似的走路。他最讨厌这种狗屁东西。哈维知道他是哪块料，知道他最擅长什么。他是个闹哄哄的龟孙子，最擅长轰个沸反盈天，炸个天塌地陷。偶尔自省的时候，哈维估计他的原型——他的大部分DNA来源——是个什么反社会王八蛋，比方说纵火狂或者职业摔跤手，说不定还因为伤人坐过牢。不管那是谁——或者什么东西——哈维都愿意好好亲他一口。他和自己的天性相处得绝对好，禅宗和尚做梦都想有他那么好。因此，听见萨根说他的任务是吸引注意力，方便她和西博格执行任务，哈维在脑海里乐得直跳舞。他保证能吸引来无数的注意力。

问题只在于手段。

哈维不喜欢自省，但不代表他蠢。他有自己的行为准则，尽管不喜欢，但也明白隐踪匿迹的价值。之所以每次闹得翻天覆地还能脱身，首要原因就是他非常坚持战略和保障。给他任务，他会尽力完成，但选的办法总能制造出最多的混乱，但同时也一定能完成目标。哈维在战略方面的指导策略之一就是简单。只要情况不变，哈维更愿意选择快刀斩乱麻。你要问他，他会说这是他的奥卡姆剃刀兵法：踢别人的屁股，最简单的路子通常最正确。

正是这种哲学让哈维接收了萨根抢来的悬浮车，他骑上去，研究了几秒钟基本导向方法，开足马力撞向奥宾人食堂的大门。还没等他撞上，食堂大门自己向内打开了，某个奥宾人吃完饭回去值班。哈维露出疯狂的笑容，把油门踩到底，然后猛踏刹车，

（希望）把该死的外星佬撞回屋里。

动作完成得很完美。奥宾人只来得及惊叫一声，就被悬浮车的枪管捅在胸口，牵线木偶似的向后飞去，落地时几乎到了食堂的另一头。哈维的受害者旋转着摔在地上，房间里其他的奥宾人同时抬起头，许多复眼转向房门、哈维和露出了偌大枪口的悬浮车。

“哈啰！”哈维的吼声犹如雷鸣，“二排向你们问好！”说完，他恶狠狠地揿下开火按钮。

场面立刻变得一片狼藉。真是他妈的漂亮。

哈维太喜欢这个任务了。

科研站的另一侧，西博格听见哈维开始了他快活的工作，不由自主地打了个寒战。倒不是说西博格不喜欢哈维，但跟着二排出了几次任务，你很难不领悟到一个道理：要是不喜欢见到周围毫无必要地发生爆炸，那就最好远离丹尼尔·哈维。

爆炸声和枪声收到了预期的效果，把守供能系统的奥宾士兵离开岗位，去站点另一头帮助正在狂欢中遭受屠杀的同伴。西博格拖着一条腿奔向供能系统，边跑边皱眉。他冲进房门，看见几个他估计是科学家的奥宾人，吃了一惊。西博格用古怪的奥宾武器干掉一个，接着拧断了另一个的脖子——这比想象中更让西博格不舒服，他觉得手下一用劲，对方的脖子就脱开了。西博格和哈维不一样，他不是天生的暴力狂，他天生什么都不是。他从一开始就觉察到了这一点，用过度补偿加以弥补，所以许多训练队友才觉得他是个浑球。他已经克服了心魔——要是不克服，就会被人推下悬崖——但他永远克服不了一个念头：说到底，特种部队也许并不完全适合他。

西博格冲进隔壁房间，这个房间占据了棚屋的大部分空间，有两台巨型机械，西博格估计那就是他必须破坏的电池组。哈维只要还活着，就会持续吸引奥宾人的注意力，不过西博格估计这段时间不会太久。西博格在房间里寻找控制台或控制面板，希望能得到些许启示，告诉他该怎么切断电源。他一无所获，控制系统都在刚才他杀死了两个奥宾人的房间里。西博格心想他应该留个活口，说服对方帮他关闭电源，但一转念又觉得那恐怕是死路一条。

“操！”西博格气馁大叫，实在想不出更好的办法，就举起奥宾武器，朝一套电池组开了一枪。子弹打中巨型电池组的金属外壳，擦起火花。紧接着，西博格听见了尖细的呜呜声，像是空气吹出一个极小的窟窿。他望向子弹的落点，见到一股绿色的高压气流喷涌而出。西博格望着那里。

去他妈的，西博格心想，举起武器，瞄准气流喷出的位置。看看那鬼气体可不可燃。

可燃。

供能系统爆炸的冲击波将萨根掀得一屁股坐在地上，足有三秒钟眼前发黑。她刚恢复视觉，恰好看见供能室的几大块残骸朝她飞来。萨根连忙后退，躲过碎石，本能地通过融合查看西博格有没有奇迹般地活下来。当然，没有融合可供查看。另外，你也不可能逃过这种级别的爆炸。不过，她能感觉到哈维，有一瞬间因为哈维的暴力狂欢而战栗。萨根把视线投向科研站本身。窗户已被震碎，有几个区域燃起大火。她花了几秒钟制订计划，忽然意识到融合已经恢复。切断供电不知怎的恢复了脑伴功能。

萨根浪费了整整两秒钟，她陶醉在融合和脑伴的失而复得之中，然后才想到要看有没有别人和她融合在一起。

冲击波将布廷和奥宾人掀翻在地。雅列感觉到容槽剧烈抖动。两个容槽都没有倒下。灯光熄灭，半秒钟后，应急电源启动，房间里亮起柔和的绿光。奥宾人爬起来，去墙边打开实验室的后备发电机。布廷站起身，喊着佐伊的名字冲出房间。雅列看着他跑远，自己的心也提到了嗓子眼。

“狄拉克，”简·萨根说，“回答我。”融合犹如一道金光，沐浴在雅列身上。

“在。”雅列说。

“布廷还活着吗？”萨根说。

“对，”雅列说，“但他已经不是任务的目标了。”

“我不明白。”萨根说。

“简，”雅列第一次直呼萨根的名字，“佐伊还活着，就在这儿。布廷的女儿，你必须找到她，尽快把她带走。”

萨根只犹豫了一瞬间，然后说：“你得把事情全告诉我，快。”

雅列以最快的速度把他从布廷那里了解到的全部情况转给萨根，包括从布廷恢复他脑伴功能那一刻起他就开始记录的对话——尽管希望渺茫，但他仍旧希望有战友活了下来，想办法找到他。萨根没时间立刻听取全部对话，但对话已经交给了她，那就是他的证据。

等雅列传送完毕，萨根说：“我们还是应该带布廷回去。”

“不，”雅列尽可能激烈地送出这个字，“只要他还活着，奥宾人就会去救他。奥宾人有一件非常想要的东西，而布廷是关键。奥宾人既然肯因为布廷的请求而发动战争，也会为了抢他回去而发动战争。”

“那我杀了他。”萨根说。

“去救佐伊，”雅列说，“布廷交给我处理。”

“怎么处理？”萨根说。

“请相信我。”雅列说。

“狄拉克。”萨根说。

“我知道你不相信我，”雅列说，“也知道你为什么不相信我，但是，中尉，我还记得你对我说过的话。你说过，无论如何，要记得我是雅列·狄拉克。我现在要对你说，中尉，我知道我是谁。我是殖民联盟特种部队的雅列·狄拉克，我的任务是拯救人类。我请你相信我，让我完成我的任务。”

萨根沉默良久。雅列听见走廊里传来布廷回来的脚步声。

“好好完成任务，二等兵。”萨根说。

“我会的，”雅列说，“谢谢。”

“我去找佐伊。”萨根说。

“告诉她，你是雅列先生的朋友，说雅列先生和爹地都说她可以跟你走，”雅列说，“还有，别忘了她的毛绒大象。”雅列送出他认为佐伊所在的方位——就在实验室所在的这条走廊里。

“不会忘记的。”萨根说。

“我要断开融合了，”雅列说，“再见，中尉，谢谢你，谢谢你做的一切。”

“再见，雅列。”萨根说，送来一波类似于安慰的情绪，然后切断了融合；她消失了。

雅列孤独一人。

布廷回到实验室里，冲着奥宾人大喊大叫，奥宾人连忙打开几个开关。实验室重新亮起灯光。

“咱们快开始，”布廷对奥宾人说，“我们遭到了攻击，必须立刻做完这件事。”布廷看了雅列一眼。雅列笑了笑，闭上眼睛，听着奥宾人敲打控制面板的声音，布廷打开又关上容槽的门，雅列的容槽响起了低沉的嗡嗡声，正在为意识传送蓄能。

走到生命尽头，雅列最大的遗憾就是人生实在太匆匆，只有一年。但这一年他遇到了那么多人，经历了那么多事。雅列徘徊在脑海里，最后一次感受大家的身影：简·萨根，哈利·威尔逊，凯南，麦特森将军，罗宾斯上校，二排，他们共享融合的亲密感，古怪的马丁上尉和卡美拉，他和克劳德中尉说的笑话，萨拉·鲍林，他的最爱，还有佐伊。只要萨根能找到，佐伊就能活下去。萨根肯定会找到她的。

罢了，雅列心想。没有遗憾。我活得无怨无悔。

雅列听见轻柔的敲键声，奥宾人启动了传送过程。他尽可能地保持住自我的存在，到最后一刻才放弃。

隆隆巨响震得佐伊从床上摔到了地上，电视也从墙上掉了下来，佐伊哭叫起来。保姆过来看她有没有受伤，却被佐伊一把推开。她要的不是保姆，而是爹地，爹地果然马上就冲进了房间，把她搂进怀里，安慰她，说一切都会好起来的。可接着爹地放下她，说再过几分钟，雅列先生就会来找她，她必须按照雅列先生说的做，不过现在她必须和保姆留在房间里，因为这里更加安全。

佐伊又哭了一会儿，告诉爹地说她不要他走，爹地说他绝对不会再抛下她了。说不通啊，因为雅列先生马上就要来接她走，但她的感觉还是好了点。爹地对保姆说了些什么，转身离开。保姆走进客厅，拿着奥宾人用的武器回来。真是奇怪，因为佐伊从没见过保姆使用武器。外面没有再响起爆炸声，但佐伊能听见砰砰砰的枪声。佐伊回到床上，抱紧塞莱斯特，等待雅列先生。

保姆叫了一声，朝佐伊看不见的什么东西举起武器，冲出房间。佐伊尖叫着躲进床底下，哭着想起了科维尔空间站的那次，心想那些像大鸡似的怪物是不是又要来抓她了。她听见隔壁传来扑通一声，接着是一声惨叫。佐伊捂住耳朵，闭上眼睛。

再睁开眼睛，房间里多了一双脚，这双脚走向佐伊的床。佐伊捂住嘴巴，但忍不住还是抽泣了一两声。那双脚变成膝盖，又变成手和手臂，最后是一张横过来的脸，那张脸对她说话。佐伊尖叫起来，抱着塞莱斯特向后退，但她刚从床底下爬出来，就被那女人抓住，搂进怀里。佐伊又踢又喊，但几秒钟后，佐伊意识到那女人在一遍又一遍地叫她的名字。

“没事的，佐伊，”女人说，“没事了，嘘，嘘。没事了。”

佐伊终于不再挣扎，转过头说：“爹地呢？雅列先生呢？”

“他们现在都很忙，”女人抱着佐伊说，“他们叫我来接你，保证你不会有事。我是简小姐。”

“爹地叫我等雅列先生来接我。”佐伊说。

“我知道，”简小姐说，“但他们现在都脱不开身。外面很乱，他们都没法来接你，所以才派我来，保护你的安全。”

“保姆保护我的安全。”佐伊说。

“保姆被叫走了，”简小姐说，“外面现在真的很乱。”

“我听见特别响的声音。”佐伊主动说。

“对，所以大家才那么忙。”简小姐说。

“好吧。”佐伊还有点怀疑。

“哪，佐伊，”简小姐说，“我要你搂住我的肩膀，用腿缠住我的腰，紧紧地贴着我，闭上眼睛，直到我叫你睁眼。做得到吗？”

“嗯哼，”佐伊说，“那我怎么抱塞莱斯特呢？”

“嗯，把她放在你和我之间，这儿。”简小姐说着把塞莱斯特放在她的肚子和佐伊的肚子之间。

“她会挤得很难受。”佐伊说。

“我知道，”简小姐说，“但它不会有事的，准备好了吗？”

“准备好了。”佐伊说。

“那就闭上眼睛，紧紧地抱住我。”简小姐说。佐伊照她说的做，不过走出卧室的时候，佐伊的眼睛还没闭上，走进客厅，佐伊看见保姆似乎睡在地上。接下来的一路上，佐伊始终闭着眼睛，等待简小姐叫她睁眼。

萨根在科研站里遇到的大多数奥宾人都躲着她走，她估计他们都是专业科学家，但偶尔也有企图端起武器甚至徒手袭击她的。不过这里空间狭小，奥宾人的枪械过于笨重，很难精准射击，因此萨根坚持只用匕首，而且动作飞快。这套战术遇到佐伊的奥宾保姆败下阵来，她的脑袋险些被轰掉。萨根朝保姆丢出匕首，保姆一分神，萨根扑上去展开肉搏。两人在地上滚来滚去，奥宾人的一条腿突然被家具卡住，萨根知道运气来了，抓住机会挣脱出来，骑在奥宾人身上，卡住脖子掐死了敌人。她找到佐伊，抱在怀里。该离开了。

“哈维。”萨根说。

“现在有点忙。”哈维说。通过意识融合，萨根看见他正杀出一条血路，跑向另一部悬浮车。之前有一架飞船试图起飞，从空中干掉他，他开着前一部悬浮车撞了上去。

“目标到手，我需要支援。还需要交通工具。”

“五分钟，两样都给你，”哈维说，“别催我就行。”

“我必须催你。”萨根说完中断了对话。布廷住处外的走廊向北经过实验室，向东通往科研站的其他区域。要是走经过实验室的走廊，她能更快与哈维会合，但萨根不想冒险让佐伊看见父亲和雅列。萨根叹了口气，回到房间里，拿起奥宾人的武器，握在手里觉得很不称手。这是双手使用的武器，而且是奥宾人的双手，并不适合人类。萨根希望大家都逃出了大楼或者忙于追赶哈维，这样她就不需要开火了。

可惜事与愿违，她用了三次，第三次是在弹药耗尽后用枪托殴打奥宾人。奥宾人惨叫起来。佐伊也是，萨根每次被迫使用武器，佐伊就会喊叫。不过她守住了承诺，始终紧闭双眼。

萨根跑到她进入科研站的地方——底楼楼梯间一扇被击破的窗户。“你在哪儿？”她问哈维。

“信不信由你，奥宾人不怎么乐意让我借用他们的装备，”

哈维发送道，“别烦我，马上就到。”

“我们安全了吗？”佐伊问，她的脑袋埋在萨根的肩膀上，说话声音有些发闷。

“还没有，”萨根说，“快了，佐伊。”

“我要爹地。”佐伊说。

“我知道，佐伊，”萨根说，“嘘——”

萨根听见楼上传来响动。

天哪，哈维，萨根心想，快点吧。

奥宾人惹得哈维越来越生气。在食堂碾死十几个奥宾人无疑是独一无二的畅快体验——神清气爽，特别是他知道奥宾龟孙子是怎么屠杀二排大部分战友的。开着小型悬浮车撞飞船当然也有其特别的乐趣。可是，回到地面的哈维终于意识到这里有多少天杀的奥宾人，徒步跑来跑去应付他们就更是难上加难。然后还有萨根——意识融合恢复了，这是好事——说什么需要交通工具。好像还嫌老子不够忙似的。

她说了算，哈维说。事实证明，弄到一部停着的悬浮车很困难。奥宾人把悬浮车都停在院子里，但院子只有一个出入口，却至少有两个奥宾人在院子里寻找他。

看哪，哈维说，一部悬浮车进入视野，从小变大。机会来了。哈维刚才蹲在墙边，尽量不引来注意力，此刻他主动走到显眼的地方，拼命挥舞双手。“喂！”哈维喊道，“王八蛋！来抓我呀，鼻涕虫！”

不知道是听见了他的喊叫，还是看见了他的举动，奥宾人驾着悬浮车转向哈维。好吧，哈维心想，现在我他妈的该怎么办？

结果，首先是跳着躲开悬浮车枪口射出的一蓬针雨。哈维就势一滚，爬起来，用奥宾人的武器朝正在逃跑的奥宾人开火。第一枪差了十万八千里，第二枪敲掉了奥宾人的后脑勺。

所以才需要戴头盔啊，白痴，哈维心想，跑向战利品，去接萨根。一路上他遇到好几个徒步的奥宾人，他们企图用他对付悬浮车驾驶员的办法对付他。比起开枪，哈维更愿意碾死他们，不过他这人并不挑剔。

“交通工具来喽。”哈维对萨根说，见到萨根怀里的东西，他大吃一惊。“那是个孩子！”他说。

“我知道，”萨根说，把佐伊牢牢地放在悬浮车上，吩咐道，“以最快的速度赶去俘虏舱。”哈维把速度加到最大，径直飞向目的地。似乎暂时无人追击。

“我们好像是来抓布廷的吧？”哈维说。

“计划有变。”萨根说。

“布廷呢？”哈维问。

“交给狄拉克处理了。”萨根说。

“狄拉克！”哈维又吃了一惊，“还以为他死了呢。”

“相信他现在已经死了。”萨根说。

“那他怎么处理布廷？”哈维说。

“不知道，”萨根说，“只是知道他一定能做到。”

布廷睁开新躯体的眼睛。

嗯，不算新，他纠正自己：略磨损。

奥宾助手打开容槽，扶他起身；布廷踉跄着走了几步，接着又稳稳当当地走了几步。布廷环顾四周，欣喜地看见实验室有多么生机勃勃和迷人，就仿佛他的感官在最低档运行了一辈子，现在忽然被调到了最高一档。连科学实验室在他眼中也那么美好。

布廷望向旧躯体——已经脑死亡，但还在呼吸，还能苟延残喘几个钟头，顶多一天。布廷要用新躯体的记录功能录下旧躯体的死亡，带着证据和女儿登上俘虏舱。前提是俘虏舱还在原处，他心想，奥宾人抓住的特种部队士兵不知怎的逃出来了。其中之一说不定已经坐进俘虏舱离开。嗯，布廷心想，无所谓。他已经在脑海里编造了另一套说辞，就说他——狄拉克——杀死了布廷。既然无法得到意识，奥宾人于是决定休战，允许狄拉克带着布廷的尸体和佐伊离开。

嗯——不算特别可信，布廷心想。他必须想出足够多的细节。不过，无论编造什么样的说辞——

布廷忽然注意到视野内有个图标在闪动——信封的图标。

你有一条来自雅列·狄拉克的留言，视野下部出现了一行字。说“打开”就能打开阅读。

“打开。”布廷大声说。有意思。

信封打开，图标消失。留言不是文字，而是一段声讯。

“哈啰，布廷。”一个模拟的声音说，听起来很像狄拉克——布廷纠正自己：听起来很像我自己。“看来你占了上风，已经占据这具躯体。离开之前，我想跟你说说我最后的想法。

“有一位智者曾经对我说，选择至关重要，”那声音继续道，“我的生命很短暂，绝大多数时间内没有作过选择——或者至少没作过重大抉择。不过生命走到尽头，我现在面临一个选择。我无法选择生死，因为你替我作了决定；但你说我别无选择，只能帮助你实现计划，这话你说错了。我有得选，而且我已经选好了。

“我选择的是不帮助你。我无法判断殖民联盟对人类是不是最好的政府，我没有时间去了解应该了解的情况。但是，我选择不拿几百万甚至几十亿条性命冒险，不帮你推翻它的统治。也许是个错误的决定，但这是我的决定，能最大限度地允许我完成我的使命：保护人类的安全。

“说起来有点讽刺，布廷，你和我有那么多相同的想法，有着同一个意识，或许连目标都一样是为了全人类的幸福，但尽管有这么多共同之处，却在行动手段上得出了相反的结论。真希望你我有更多的时间相处，我能成为你的朋友和兄弟，而不是承载你的意识的容器。可惜为时已晚。对我来说已经太迟了——也许你还没有意识到，对你来说也一样。

“无论如何，我还是想谢谢你。好坏暂且不论，我毕竟因为你而活过一段短暂的时光，体验过生命所能给予的欢乐与悲伤。能让我有幸认识和爱护佐伊——衷心希望她现在已经安全了。我因你而生，查尔斯，也因你而死。

“现在，请允许我岔开话题，不过我保证会在最引人注目的时候说回正题。不知道你是否清楚，智能血有一项很厉害的特性是能够瞬间氧化，也就是爆燃。我忍不住觉得编码者是对智能血开了个残酷的玩笑，因为第一次见识到这个能力，是特种部队士兵在用它杀死企图吸血的昆虫。不过事实证明这个能力很有用，在战斗中救过我的命。

“查尔斯，你制造了一种病毒，打算用来征服殖民联盟。既然你那么了解电脑病毒，就应该听说过特洛伊木马这个名词。这条留言，我的朋友和兄弟，就是特洛伊木马。打开信封，你就运行了我编写的一小段程序。这个程序指示我的智能血里的所有纳米机器人在我的命令下同时爆燃。听我说话的这段时间，恰好就是我估计这段程序传遍我的智能血所需要的时间。

“现在，咱们看看结果吧。”

把佐伊放进俘虏舱的时候，萨根收到了一条留言，发送者是雅列·狄拉克。

“如果你能读到这条留言，就说明查尔斯·布廷已经死了，”留言是这么说的，“我设定让脑伴在运行程序，指挥智能血爆燃后立刻发送这条留言。即使爆燃没有杀死他——其实不可能啦——他也会在几分钟后窒息而死。无论如何，他已经死了，我也一样。不知道你会不会收到这条留言——希望会，也希望你平安顺利。再见了，萨根中尉，很高兴能认识你。若是见到凯南，告诉他，我听了他的忠告，作出了自己的选择。”

萨根把留言转发给哈维。“了不起，”哈维说，“他是骨子里的特种部队士兵。”

“对，确实是，”萨根说着示意哈维坐进俘虏舱，“哈维，进去。”

“开什么玩笑。”哈维说。

“总得有人陪佐伊回去，”萨根说，“我是指挥官，我留下。”

“中尉，”哈维说，“那孩子又不认识我，是你把她救出魔窟的，所以也是你陪她回去。再说我还不想回去呢。我玩得太开心了。估计在殖民联盟扔陨石砸烂这地方之前，我能把他们杀个干净。完事以后，我打算进去看看有什么好东西值得抢回去。萨根，你先走吧。叫他们过几天送个俘虏舱下来接我。人死卵朝天，不死万万年。反正我会玩得很开心的。”

“好吧，”萨根说，“你要是能摸进科研站，记得取回布廷实验室里传送模块的存储设备。这是首要任务。”

“那上面记录了什么？”哈维说。

“不是什么，”萨根说，“而是谁。”

远处传来嗡嗡声。“他们追上来了，”哈维说，“中尉，快进去。”

发射过后几分钟，佐伊问：“我们安全了吗？”

“对，佐伊，”萨根说，“我想我们安全了。”

“爹地怎么没来？”佐伊问。

“不知道，佐伊，”萨根摸着佐伊的头发说，“不知道。”

狭窄的俘虏舱里，佐伊向她举起手臂，萨根紧紧抱住佐伊。

15

“好吧，斯奇，你说得对，”麦特森将军说，“雅列·狄拉克终于还是派上了用场。”

麦特森将军、斯奇拉德将军和罗宾斯上校在将军食堂共进午餐，这次三个人都吃上了饭。正式打破下属不得在此用餐传统的正是麦特森将军，那次他给罗宾斯点了好大一盘番茄肉酱意大利面，旁边一位将军见了怒火万丈，他扯着嗓门答道：“干瘪老屎球，闭上他妈的鸟嘴。这个人配得上一盘该死的意大利面。”从此以后，其他将军也开始带属下前来用餐。

“谢谢，将军，”斯奇拉德说，“哪，要是你不介意，能给我说说你打算怎么修补脑伴的问题吗？你的人在脑伴里留下一道后门，害得我损失了七艘飞船。”

“罗宾斯，你具体说说。”麦特森说。两人转向罗宾斯，他小心翼翼地咽下满嘴的威灵顿牛排。

“我们近期内就将封闭那道后门——这是肯定的，”罗宾斯说，“对外宣布说这是脑伴系统的一次重大升级。问题已经解决。接下来的一段时间，我们要复审脑伴系统的全部代码，筛查遗留代码、后门和其他有可能造成安全隐患的代码。我们还将检测脑伴之间传递的交谈和信息是否有病毒。布廷传播病毒的手法再也不可能成功了。”

“从一开始就不该能成功，”斯奇拉德说，“电脑技术刚成形那会儿就存在病毒防护程序了，你们却没有在脑伴里安装这东西。你们忘记了最基础的电脑安全规则，险些害死所有人。”

“之所以没安装是因为根本不需要，”麦特森说，“脑伴是个封闭系统，对外部攻击完全免疫。就连布廷的攻击最后也没能成功。”

“但只差那么一丁点。”斯奇拉德说。

“对，之所以只差一丁点，是因为在座的某位老兄想制造一具躯体，好把查尔斯·布廷的意识塞进去，”麦特森说，“我就不说那是谁了。”

“哼。”斯奇拉德说。

“现在使用的脑伴系统反正也要淘汰了，”罗宾斯说，“下一代脑伴经过卡美拉的测试，即将向防卫军的全体人员普及。新系统采用了完全不同的架构，百分之百是有机物，代码经过优化，没有早期脑伴代码中的遗留问题。这类攻击将找不到下嘴之处，将军。”

“研发上一代脑伴的家伙大概会无计可施，”斯奇拉德说，

“研发新一代脑伴的那些人呢？你得盯着点儿他们，免得有谁走上歧途。”

“我们一定会的。”罗宾斯说。

“我拭目以待。”斯奇拉德说。

“说到走上歧途，”麦特森说，“你打算怎么处理萨根中尉？”

“什么意思？”斯奇拉德说。

“直话直说吧，她知道得太多了，”麦特森说，“通过布廷和狄拉克，她知道了高端密会，也知道我们怎么严格控制这方面的情报。她的密级没到这么高。这些信息非常危险。”

“说到底，这些毕竟是事实，”斯奇拉德说，“所以我不明白有什么危险的。高端密会客观存在。他们要是真的联合行动，我们恐怕就要逆流而动了。”

“之所以危险，是因为那不是全部的事实，斯奇，你也知道，”麦特森说，“布廷不知道反高端密会的存在，不知道我们牵涉得有多么深，不知道我们怎么操纵双方互相敌对。局势发展得很快。必须缔结联盟和作出抉择的时刻即将到来。人类将不再能够冠冕堂皇地保持中立。我们不希望萨根到处乱嚼舌根，散播流言。”

“那就把事情原原本本告诉她呗，”斯奇拉德说，“老天在上，她是情报官，应付得了真相。”

“我说了不算。”麦特森说。斯奇拉德要开口，麦特森举起双手。“我说了不算，斯奇。要是反高端密会与高端密会正式决裂，你明白那意味着什么。整个该死的银河系将会开战。到时候光靠地球招募的新兵就不够了，联盟会要求殖民地也出一把力，甚至有可能强制征兵。你知道那意味着什么。殖民地将会暴动。能避免内讧就算走运了。之所以不让殖民地知道这方面的情报，不单因为我们想把他们蒙在鼓里，还因为我们不希望整个联盟他妈的四分五裂。”

“等待越久，结果就越糟糕，”斯奇拉德说，“联盟永远也找不到好办法向殖民地通报这个消息。等殖民地自己搞明白了，他们会琢磨联盟为啥瞒了他们那么久。”

“我说了不算啊。”麦特森说。

“知道，我知道，”斯奇拉德恼怒道，“算你走运，还有个办法。萨根的服役期就快满了，我记得还剩下几个月，顶多一年，足够让我们允许她提前退役。就我所知，她退役后本来就打算离开部队。我们把她安置到一个新开辟的殖民地，她要是和邻居说起高端密会，谁他妈会在乎啊？大家都忙着种庄稼呢。”

“你觉得你能劝她提前退役？”麦特森说。

“可以诱惑她嘛，”斯奇拉德说，“几年前，萨根喜欢上了防卫军一个叫约翰·佩里的士兵。佩里比她晚几年开始服役，不过我们可以提前让他退伍。另外，她似乎也喜欢上了佐伊·布廷，佐伊·布廷是孤儿，需要安置。你明白我打算说什么了吧。”

“明白，”麦特森说，“就这么办吧。”

“我会亲自督办的，”斯奇拉德说，“说到秘密，你们和奥宾人的谈判如何了？”

麦特森和罗宾斯同时向斯奇拉德投去警惕的目光。“谁在和奥宾人谈判啊？”罗宾斯说。

“当然谁也没有，”斯奇拉德说，“你们没有在和奥宾人谈判如何继续开发布廷的意识程序，奥宾人没有在和你们谈判如何打垮仍然坚持开战的勒雷伊人或艾尼沙人。大家谁也没有和谁谈判。那些并不存在的谈判进展如何？”

罗宾斯望向麦特森，麦特森点点头。“不是特别好，”罗宾斯说，“这几天恐怕谈不出个所以然来。”

“多么不美妙啊。”斯奇拉德说。

“我还是想说说萨根，”麦特森说，“你觉得何时能得到她的答复？”

“我今天就和她谈，”斯奇拉德说，“我会给她一周时间准备。应该足够她处理好需要处理的事情了。”

“比方说？”麦特森说。

“道别和了结呗，还能是什么？”斯奇拉德说，“我还希望她帮我下几个决定。”

简·萨根望着看似微型灯光演出的东西，问：“这是什么？”

“雅列·狄拉克的灵魂。”凯南说。

萨根瞥了他一眼，说：“记得你说过特种部队的士兵没有灵魂。”

“此一时彼一时，”凯南说，“而且我现在也没那么愚蠢了。不过这确实是他的意识，”凯南说，“似乎是你的一名部下救回来的，而且据我所知，由布廷亲手录制。我明白你的任务是判断如何处理它。”

萨根点点头。斯奇拉德来找过她，提出让她和约翰·佩里退役，并且将佐伊·布廷交给他们抚养，交换条件有两个：第一，不得泄露高端密会的存在；第二，决定怎么处理雅列·狄拉克的意识。

“高端密会的事情我能理解，”萨根说，“但狄拉克的事情我不明白。”

“我只是很好奇你会怎么做而已。”斯奇拉德说，拒绝进一步解释。

“你打算怎么处理？”凯南问。

“你认为我该怎么做？”萨根问。

“我很清楚你应该怎么处理，”凯南说，“但我不是你，因此在听到你的决定之前，不会把我的想法告诉你。”

萨根望向哈利·威尔逊，他饶有兴致地看着这一幕。萨根问：“哈利，换了是你呢？”

“抱歉，简，”威尔逊笑着说，“我请求援引第五修正案。这是你的决定。”

“你可以让他复活。”萨根对凯南说。

“有可能，”凯南说，“我们现在更了解这套技术了。比起当初他们为接受布廷的人格调适狄拉克的大脑，我们现在能更好地调适大脑了。传送无法扎根的风险依然存在，到时候你会遇到狄拉克那样的情况：一个人格正常发育，另一个人格逐渐冒头。不过我认为现在的风险小得多，很快就算不上重大风险了。我认为只要你愿意，我们确实能让他复活。”

“但这并不是雅列想要的，对吗？”萨根说，“他知道布廷记录了他的人格，他可以请我想办法取回存储设备。但他没有。”

“对，他没有。”凯南赞同道。

“雅列作出了他的决定，”萨根说，“这件事的决定权在于他。凯南，请抹除记录。”

“现在你明白我为什么知道你有灵魂了吧，”凯南说，“请接受我的道歉，对不起，我曾经有所怀疑。”

“用不着道歉，”萨根说，“不过心意我领了。”

“谢谢，”凯南说，“萨根中尉，不知道我能不能向你求个人情。也许算不上人情，说是请你还债更恰当。”

“什么？”萨根问。

凯南的视线越过萨根，落在威尔逊身上，威尔逊忽然变得非常不安。凯南对威尔逊说：“你不需要留下听我说，我的朋友。”

“我当然要留下，”威尔逊说，“不过请允许我重复一遍，你是个天杀的傻瓜。”

“记住了，”凯南说，“谢谢你的关心。”

威尔逊抱起胳膊，一脸为难。

“说吧。”萨根说。

“我想死，中尉，”凯南说，“过去这几个月，我逐渐感觉到解毒剂的效力越来越弱，痛苦与日俱增。”

“我们可以加大剂量。”萨根说。

“对，也许会管用，”凯南说，“不过我很痛苦，不仅是肉体的痛苦。我远离同胞和家乡，远离能带给我欢乐的事物。我珍惜我与哈利·威尔逊的友谊，珍惜与你的友谊——天哪！与你的友谊。但每天我都觉得我身上属于勒雷伊人的那一部分，真正是我本人的那一部分，正变得越来越冷，越来越小，用不了多久，就将变得丁点儿不剩。到时候我将孤独一人，彻底孤独。活着归活着，但里面已经死了。”

“我可以劝斯奇拉德将军释放你。”萨根说。

“我也是这么告诉他的。”威尔逊说。

“你知道他们不可能释放我，”凯南说，“我已经为你们做了那么多事情，知道得也太多了。就算你们确实释放了我，你认为勒雷伊人还会欢迎我回家吗？不，中尉。我远离家乡，我知道我永远也回不去了。”

“我很抱歉，凯南，是我害你变成这样的，”萨根说，“要是能从头再来，我一定会改变这一切。”

“为什么？”凯南说，“你帮助人类避免了战争，中尉，我只是一部分代价而已。”

“但我还是很抱歉。”萨根说。

“那就还债吧，”凯南说，“帮我去死。”

“怎么帮？”萨根说。

“研究人类文化的时候，我读到了切腹自尽，”凯南说，“你知道吗？”萨根摇摇头。凯南继续道，“日本人的自杀仪式。仪式中包括一名介错人，是自尽者的副手，在切腹者最痛苦的时候杀死他，帮他减轻痛苦。我选择死于你让我患上的疾病，萨根中尉，但我害怕我会在最痛苦的时候喊救命，当初我就那么做了，结果让自己蒙羞，走上一条领着我来到这里的道路。副手能避免我再次蒙羞。我请你担任我的介错人，萨根中尉。”

“除非在战场上，否则我不认为殖民防卫军会允许我杀死你。”萨根说。

“对，我觉得这一点讽刺得难以想象，”凯南说，“不过，这次他们会允许的。我已经求得麦特森将军的许可，也求得斯奇拉德将军允许你担任我的副手。”

“我要是拒绝呢？”萨根问。

“你知道我会怎么做，”凯南说，“第一次碰面的时候，你说你相信我想活下去，你说得对。但如我刚才所说，此一时彼一时。现在，我想得到解脱。如果非得独自去死，那我就会独自去死，可我并不希望那样。”

“不会的，”萨根说，“我接受，凯南，我担任你的介错人。”

“我从灵魂最深处谢谢你，萨根中尉，我的朋友。”凯南望向默默流泪的威尔逊，“你呢，哈利？我曾请你陪我到最后一刻，你拒绝了，现在我再问你一遍。”

威尔逊使劲点头，答道：“好的。我陪你，恶心的龟孙子。我会看着你去死的。”

“谢谢，哈利，”凯南说，重新转向萨根，“我需要两天结束这里的工作。第三天晚上，你能来见我吗？”

“好的。”萨根说。

“你的格斗匕首，我认为，会很合适。”凯南说。

“如你所愿，”萨根说，“还有什么需要我帮你做的吗？”

“还有一件，”凯南说，“你要是做不到，我也能理解。”

“说吧。”萨根说。

“我出生在法拉殖民地，”凯南说，“我在那儿长大。要是有可能的话，死后也想回到那里。我知道这事非常难办。”

“交给我了，”萨根说，“哪怕我得亲自跑一趟。我答应你，凯南，我发誓你一定能回家。”

佐伊和萨根回到凤凰星空间站后一个月，萨根带佐伊搭交通艇去给父母上坟。

交通艇的机师是克劳德中尉，他问起雅列，萨根说雅列已经牺牲。克劳德中尉沉默片刻，然后开始讲雅列说过的那些笑话。萨根笑得很开心。

在墓碑前，萨根站在旁边，佐伊跪下去，读着父母的名字，音调清晰而平静。一个月，萨根看着佐伊从刚见面时的惶惑女孩——看起来比实际年龄更小，哭着要爸爸——变得越来越开朗和健谈，渐渐接近了实际年龄。说来凑巧，她只比萨根小几天而已。

"我的名字。"佐伊抚摸着她的名字说。

"你刚被劫走的时候，你父亲以为你已经死了。"萨根说。

"呃，可我并没有死。"佐伊反对道。

"当然没有，"萨根笑着说，"没有，绝对没有。"

佐伊摸着父亲的名字说："他其实不在这儿，对不对？不在这底下。"

"对，"萨根说，"他死在了阿瑞斯特星，我就是从那儿把你接回来的。"

"我知道，"佐伊望着萨根说，"雅列先生也死在了那儿，对不对？"

"对。"萨根说。

"他说他认识我，可我真的不记得他。"佐伊说。

"他确实认识你，事情很难解释，"萨根说，"等你年纪大些，我再向你解释。"

佐伊再次望向墓碑。"认识我的人都走了，"她轻轻用单调的声音说，“我的亲人都走了。”

萨根在佐伊身旁跪下，充满感情地抱了抱她。“我很抱歉，佐伊。”

“我知道，”佐伊说，“我也很抱歉。我想念爹地和妈咪，甚至有点想念雅列先生，虽然我不怎么认识他。”

“我知道他们也想念你，”萨根说，她转过来面对佐伊，“听着，佐伊，我很快就要去殖民地生活了。你要是愿意，也可以跟我去。”

“只有你和我吗？”佐伊说。

“不，你、我，还有一个我非常爱的男人。”萨根说。

“我会喜欢他吗？”佐伊问。

“我想会的，”萨根说，“我喜欢他，我也喜欢你，所以你们有理由彼此喜欢。你、我、他。”

“就像一家人。”佐伊说。

“对，就像一家人，”萨根说，“非常像一家人。”

“可我已经有爹地和妈咪了。”佐伊说。

“我知道，佐伊，”萨根说，“我绝对不想让你忘记他们，永远也不要。约翰和我只是两个凑巧有幸和你一起生活的成年人罢了。”

“约翰，”佐伊说，“约翰和简。约翰和简和佐伊。”

“约翰和简和佐伊。”萨根重复道。

“约翰和简和佐伊。”佐伊说着站起身，跟着这三个名字的抑扬顿挫摇摆，“约翰和简和佐伊，约翰和简和佐伊！我喜欢！”佐伊说。

“我也喜欢。”萨根说。

“嗯，那好吧，”佐伊说，“我饿了。”

萨根笑道：“那好，咱们去吃饭。”

“好的，”佐伊说，“让我跟妈咪和爹地说再见。”她跑过去亲吻墓碑，说，“我爱你们。”然后跑回到萨根身旁，拉住萨根的手，“我准备好了，咱们去吃饭。”

“好的，”萨根说，“想吃什么？”

“我们有什么？”

“选择多得很，”萨根说，“随便说吧。”

“好的，”佐伊说，“知道吗？我特别擅长作选择。”

“嗯，”萨根紧紧搂住女孩，“我很高兴听见你这么说。”

后 记

首先，认为既然已经奠定了基础，所以再写一本很容易的各位，允许我对你们说：哇哈哈哈哈哈！咳，才怪。

因此，我第一个要感谢的是编辑帕特里克·尼尔森·海登，他时不时发邮件轻描淡写说他多么期待读到下一章，而不是多么想掐死我——他多半早该动手，搞不好现在仍旧会，因为整本书稿已经落入他的手里，掐死我实在没有坏处（除非他还想再出一本）。

Tor出版社里还有许多绝对了不起的朋友值得我奉上爱意和巧克力：特蕾莎·尼尔森·海登、丽兹·戈瑞斯基、爱莲娜·加洛、最近离开的菲奥娜·李（她还活着，在中国）、多特·林和汤姆·杜赫迪。不过，大体而言，在Tor工作的人都值得我奉上爱意和巧克力，我这么说可不是因为我屡次拖稿而害他们受苦——好吧，也许有一点——但这绝对不会减少我的谢意。同时感谢里奇·科林，校对排版受苦了。

当然还必须感谢我的代理人伊森·艾伦伯格，他睿智而富有远见地制定了合同。

这本书之所以会存在，有一个原因是本系列首作《老人的战争》有幸在网上得到了很多称赞，这些评论者的品味深受读者信任。谢谢各位，特别要感谢的是格伦·雷诺兹、科里·多克托罗、斯蒂芬·格林、斯蒂芬·贝恩布里奇和尤金·沃罗赫。要是你怀疑过网络评论是否有用，请相信我的话：老天，太有用了。

你要是琢磨过这本书里的有些点子为何那么妙，最简单的答案是因为我见到它们在其他书籍里获得了成功，心想：“了不起，我得偷来用一用。”我有意偷师的作家有尼克·萨根［他的意识传送在《伊登伯恩》（*Edenborn*）一书里用得极为成功］、司各特·维斯特菲尔德［《复活的帝国》（*The Risen Empire*）和《世界的杀戮》（*The Killing of Worlds*）里的太空大战能看得你喜极而泣］和大卫·布林，他的“提升”概念［参见《提升之战》（*The Uplift War*）］让我非常动心。谢谢我在书里用到他们名字的各位科幻奇幻作家。

和过去一样，蕾根·埃弗雷这个第一读者实在必不可少。每个作家都应该有一个蕾根，但我的蕾根·埃弗雷只属于我自己。她是我的。走开！

查得·布林克寄给我一本书要我签名，我花了几个月才还给他——其实，书还在我手上。我觉得在书后对他表示感谢能弥补我迟迟不寄书的过错。另外，你显然不该寄书给我求签名。错不在你，在我。

德文·迪塞尔、娜塔莎·柯杜思、凯文·斯汤普勒、麦凯乐·布鲁斯、丹尼尔·美因茨、贾斯廷·拉巴里丝提尔、劳伦·麦克劳林、安德鲁·沃芬登、查理斯·通、比尔·谢弗、凯伦·迈斯纳、安妮·K.G.墨菲、常（Cian Chang）、克里斯汀、约翰·安德森、斯蒂芬·本内特、艾琳·巴比和乔·里比斯基，还有许多其他我记不起名字的朋友——因为现在是凌晨四点半——但你们知道你们是谁，我爱大家，愿意为你们生小孩，双胞胎都行。

最后但最重要的，我必须感谢克里斯汀·斯卡尔齐和雅典娜·斯卡尔齐，你们在我写作本书时是那么耐心，这对雅典娜来说尤其难熬，因为她曾经跑去跟她妈妈说："爹地好无趣。"唉，亲爱的，我保证从今往后不再那么无趣，就从这一刻开始吧。

约翰·斯卡尔齐

马上扫二维码，关注“**熊猫君**”

和千万读者一起成长吧！

图书在版编目（CIP）数据

幽灵舰队 /（美）约翰・斯卡尔齐 (John Scalzi)
著；姚向辉译 . -- 南京：江苏凤凰文艺出版社，
2019.9
书名原文：The Ghost Brigades
ISBN 978-7-5594-3466-1

Ⅰ . ①幽… Ⅱ . ①约… ②姚… Ⅲ . ①长篇小说 – 美
国 – 现代 Ⅳ . ① I712.45

中国版本图书馆 CIP 数据核字 (2019) 第 050063 号

TITLE:THE GHOST BRIGADES
AUTHOR:JOHN SCALZI
Copyright © 2006 BY JOHN SCALZI
This edition arranged with THE ETHAN ELLENBERG LITERARY AGENCY
through Big Apple Agency, Inc., Labuan, MALAYSIA.
Simplified Chinese edition copyright © 2019 Dook Media Group Limited
All rights reserved.

中文版权 © 2019 读客文化股份有限公司
经授权，读客文化股份有限公司拥有本书的中文（简体）版权
图字：10–2013–291 号

幽灵舰队

［美］约翰・斯卡尔齐 著　　姚向辉 译

责任编辑　丁小卉
特约编辑　顾珍奇　曲文迪
装帧设计　辛国栋　黄恒鑫
责任印制　刘　巍
出版发行　江苏凤凰文艺出版社
　　　　　南京市中央路 165 号，邮编：210009
网　　址　http://www.jswenyi.com
印　　刷　三河市龙大印装有限公司
开　　本　890 × 1270 毫米 1/32
印　　张　11.5
字　　数　220 千字
版　　次　2019 年 9 月第 1 版　2020 年 1 月第 2 次印刷
标准书号　ISBN 978 – 7 – 5594 – 3466 – 1
定　　价　49.90 元

江苏凤凰文艺版图书凡印刷、装订错误可随时向承印厂调换